Tatiana Amaral, Juliana Dantas,
Evy Maciel & Nana Simons

A IRRESISTÍVEL FACE DA MENTIRA

1ª edição

www.abajourbooks.com.br
São Paulo, 2020

A IRRESISTÍVEL FACE DA MENTIRA

Abajour Books. 2020
Todos os direitos para a língua portuguesa reservados pela editora.
A Abajour Books é um selo da DVS Editora Ltda.

Nenhuma parte deste livro poderá ser reproduzida, armazenada em sistema de recuperação, ou transmitida por qualquer meio, seja na forma eletrônica, mecânica, fotocopiada, gravada ou qualquer outra, sem a autorização por escrito dos autores e da Editora.

Revisão: *Eliana Moura Mattos*
Projeto gráfico, diagramação e design de capa: *Renata Vidal*
Coordenação editorial: *Felipe Colbert*

```
       Dados Internacionais de Catalogação na Publicação (CIP)
              (Câmara Brasileira do Livro, SP, Brasil)

    A Irresistível face da mentira / Tatiana
       Amaral... [et al.]. -- São Paulo : Abajour
       Books, 2020.

       Outros autores: Juliana Dantas, Evy Maciel, Nana
    Simons
       ISBN 978-85-69250-31-9

       1. Ficção brasileira 2. Suspense - Ficção
    I. Amaral, Tatiana. II. Dantas, Juliana.
    III. Maciel, Evy. VI. Simons, Nana.

  20-33307                                          CDD-B869
```

Índices para catálogo sistemático:

1. Ficção de suspense : Literatura brasileira   B869

Maria Alice Ferreira - Bibliotecária - CRB-8/7964

Nota: *Muito cuidado e técnica foram empregados na edição deste livro. No entanto, não estamos livres de pequenos erros de digitação, problemas na impressão ou de uma dúvida conceitual. Para qualquer uma dessas hipóteses solicitamos a comunicação ao nosso serviço de atendimento através do e-mail: atendimento@dvseditora.com.br. Só assim poderemos ajudar a esclarecer suas dúvidas.*

"Não me venha falar na malícia de toda mulher
Cada um sabe a dor e a delícia de ser o que é
Não me olhe como se a polícia andasse atrás de mim
Cale a boca e não cale na boca notícia ruim"

Dom de iludir, *Caetano Veloso*

PRÓLOGO

O significado do nome dele era "aquele que ama a guerra". Enquanto o observava parado, com os braços sobre os seus ombros e nossos olhos quase no mesmo nível, a um degrau abaixo de mim na subida da escada rolante do aeroporto, me perguntei se ele sabia disso.

Felipe Prado nunca perdeu, era fato comprovado. A derrota nem sequer lhe era familiar. Entretanto, será que alguma vez passou por sua cabeça que não existe plano perfeito? Ou ele dava cada passo de sua vida com a certeza de que nasceu para prosperar em tudo?

O mais irônico é que aquele foi um dos motivos pelos quais o amei.

— Chegamos bem a tempo do voo — disse, ansioso, depois de sairmos da escada e trocando a mala de mão para estender a outra em minha direção.

Aceitei sua oferta e nossos dedos se entrelaçaram, assim como nosso destino fez um dia.

No fim, ele me escolheu para vencer a batalha ao seu lado.

DELEGADO FRÁGUAS

• *Há alguns dias* •

Meu telefone tocou minutos depois de eu finalizar com a garota. Ela ainda arfava, ofegante, os seios nus e suados enquanto se recostava melhor no travesseiro do motel e aceitava o cigarro que lhe passei depois de puxar um trago. Ela sorriu sem muito interesse, desviando a atenção enquanto eu pegava o aparelho e me afastava sem me preocupar em cobrir minha nudez.

— Alô? — fui rude, reconhecendo o número do meu departamento.

Porra! Não fazia nem cinco horas que havia saído de lá e já me ligavam. Por isso meu casamento afundou. Minha esposa não suportou a barra de me ter mais na rua do que em nossa própria casa. E, pelo mesmo motivo, evitei ter qualquer outro relacionamento depois dela. Cansado de tantas cobranças e de nunca atender às expectativas das mulheres quando o quesito era atenção, desisti de tentar.

— *Delegado?* — ouvi a voz do agente Mouta do outro lado. — *Pegamos o filho da puta!*

— Qual deles?

— *Felipe Prado, o rei da fraude no imposto de renda.*

— Ele fez mesmo o que pensávamos?

Voltei até a cama e peguei o cigarro da mão da garota. Ela levantou desfilando seu corpo perfeito e foi até o banheiro. Eu me daria o prazer de mais uma rodada se o caso não merecesse tanto a minha atenção.

É disso que eu falo, o trabalho sempre vem em primeiro lugar. Não dá para vacilar, aguardar mais alguns minutos para agir. As coisas aconteciam e toda uma equipe se mobilizava para atingir o objetivo. E, quando não ocorria... bom, eu dava o meu jeito, mas sempre conseguia chegar lá.

— *Fez até muito mais. Nossos grampos captaram uma fraude milionária na empresa. O cara não apenas lavava dinheiro, mas também esquematizou um furto qualificado que vai entrar para a história.*

— Explica melhor isso, Mouta.

Puxei a cueca para cima, peguei minha calça largada no chão do quarto e a vesti. Os sapatos foram colocados nos pés sem qualquer cuidado, com displicência.

— *O cara convenceu seus clientes a fazerem um investimento espetacular.*

— Não me diga que sua teoria está em acusá-lo de passar informações erradas que culminaram na falência de muitos babacas.

— *O investimento deu certo. Aliás, deu muito certo.*

— Então onde está o problema? — Passei a camisa pelos braços, me equilibrando para manter o celular na orelha.

— *O problema é que ontem seria a data da retirada do investimento. Um dia antes, constava no sistema que o dinheiro estaria disponível na data de hoje.*

— Deixe-me adivinhar — interrompi. — Hoje não havia mais dinheiro na conta de ninguém. — Mouta fez um som concordando. — De quanto estamos falando?

— *Milhões. É o que temos de denúncia até agora. Os investidores estão entrando com ações e pedidos no Ministério Público Federal. O caso chegou à sua mesa há poucos minutos e não se fala em outra coisa aqui no departamento.*

— E o homem? O que já temos? Saiu o mandado de prisão?
— *Saiu sim, mas ele não é visto há três dias.*
— Três dias?
— *Tudo o que sabemos é que ele foi para casa, saiu pouco depois e sumiu.*
— E a família? Ele tem esposa e filho. Onde eles estão?
— *Nossas fontes disseram que estão em casa. Posso mandar averiguar.*
— Não. Mande uma equipe para a empresa e nós vamos para a casa do nosso homem. Avise o pessoal do aeroporto. Vamos cercá-lo de todos os lados. Ele deve ter se refugiado em outra propriedade da família. Quero uma busca em todos os imóveis do casal. Comece pelos mais distantes, ou os menos prováveis. E quero conversar com a esposa. Ela deve saber de alguma coisa, ou está envolvida.
— *Certo, delegado!*
— Segure as pontas aí. Já estou chegando.

Apaguei o cigarro no chão do quarto, abri a carteira, deixei o dinheiro para a conta do motel e para a garota pagar um táxi e fui embora.

· PARTE 1 ·

VANESSA PRADO

CAPÍTULO 1

Puxei a fumaça mantendo-a o máximo possível presa em meus pulmões enquanto observava, com certo temor, confesso, Gutemberg, meu filho, sentado no chão da sala, brincando de montar pecinhas de madeira. Aguardávamos Margarida, a babá do turno da noite, que ainda não havia chegado.

O dia findava e o pôr do sol no Rio de Janeiro mostrava o seu resplendor visto da varanda da minha cobertura; contudo, naquele momento, eu ignorava toda e qualquer situação, mantendo minha atenção fixa no garoto que brincava, inocente, sem qualquer ideia de como poderia se desenhar o seu destino.

Soltei a fumaça saboreando o seu sabor, apreciando a liberdade de acender um cigarro no final do dia sem precisar temer uma reação exagerada de Felipe, meu marido — ou ex-marido, eu já não podia afirmar. Tragar chegava a se assemelhar a um orgasmo, tamanho meu desejo pela rebeldia, pela quebra do protocolo, pela afronta.

Havia chegado ao meu limite, porém, não há três dias, como todos cogitavam e comentavam às minhas costas. Empregados sempre fofocam, sejam eles fiéis ou não, antigos ou novos. A vida dos patrões servia como alimento para eles, e eu lhes dei um prato cheio e suculento ao me permitir transbordar.

Cheguei ao meu limite muito antes, sem que ninguém soubesse, sem deixar pistas ou rastros. Fiz o meu papel de esposa fiel, companheira e compreensiva. Fechei os olhos enquanto refazia os meus conceitos e reorganizava meus princípios. Eu me refiz como uma bacia posta no meio de uma sala para amparar uma goteira. Ela encheu aos poucos, gota por gota, sem chamar atenção, sem que os demais notassem e sentissem necessidade de esvaziar-me; então, pegando-os de surpresa, transbordei.

Foi assim naquela noite. Poderia acontecer em qualquer uma antes daquela. Um ano antes, dois, quiçá até mesmo quatro antes de descobrir a gravidez e decidir que suportaria um pouco mais, afinal de contas, havia muito a perder. Então me fiz de bacia, e permiti que as gotas se avolumassem, criando uma profundidade de aparência calma, mas capaz de tragar qualquer um que se aventurasse em sua água.

Aquele fora um dia normal. Felipe levantou cedo, saiu para correr com seu *personal*, voltou para um café da manhã quase sem tempo, conferindo o celular a todo momento, ansioso, como julguei que deveria estar. Apesar da rotina, havia um ar de triunfo em meu marido que me irritou um pouco mais.

No meio da tarde recebi a notícia: uma viagem de última hora. As malas deveriam ficar prontas, não haveria tempo para despedidas. Sequer notara o menino no colo da babá quando passou por eles no corredor que interligava nossos quartos, mas não deixou de observar a garota antes de deixar a casa. Voltaria mais tarde para tomar um banho rápido e buscar suas malas.

— Demiti Isabel — anunciei tão logo passou pela porta do banheiro da nossa suíte.

Felipe parou, surpreso. Tentando esconder sua reação, seguiu até o *closet*, apressado. No caminho levou o celular, procurando pela mensagem que, eu sabia, estava lá.

— Como vai fazer agora com o menino? — perguntou, fingindo interesse. Dei de ombros.

— Pelo menos não precisarei sujeitar meu filho a conviver com a amante do pai.

Seu olhar cruzou com o meu pelo espelho que tomava uma parede inteira ao fundo do *closet*. Ele riu nervoso, escolhendo uma das camisas passadas e penduradas à sua disposição.

— Vai começar outra vez?

— O que você fez, Felipe?

— Do que estamos falando? Estou sem tempo, Vanessa. Esteve com seu psicólogo hoje?

— Eu quero o divórcio!

Ele riu, abotoando a camisa com a elegância que nunca o abandonava.

— Você sempre quer. — Saiu em busca da melhor gravata, comparando-as, como se não houvesse qualquer importância em meu comunicado.

— Não vou tolerar que tenha casos com as babás do meu filho.

Felipe escolheu a gravata e voltou em minha direção. Exibia um sorriso irritante. Não perdia sua segurança. Ao se aproximar, acariciou minha face e tentou me beijar. Virei o rosto, impedindo-o.

— Você não deveria se torturar com essas coisas, Vanessa. Essas invenções...

— Não me trate como se eu fosse louca! — falei um pouco mais alto. — Não me trate como se eu não soubesse o que pretende fazer.

— E o que pretendo fazer? — Afastou-se, dando pouca atenção ao meu drama.

— Eu sei de tudo, Felipe! Não adianta esconder.

Sua risada preencheu o ambiente. Felipe abriu a porta do quarto e, deixando o cômodo, foi até a escada para chamar o primeiro empregado que encontrou.

— Peça para que coloquem minhas malas no carro, por favor!

— Posso preparar o motorista? — a empregada perguntou.

— Não será necessário. Quero dirigir.

— Eu vou chamar a polícia! — anunciei sem me importar com a presença da empregada. Felipe me fuzilou com o olhar. Detestava escândalos, exibições desnecessárias.

— É melhor tomar um dos seus calmantes, Vanessa.
— Não pense que ficará assim. Não vou permitir.

Sem que eu pudesse ponderar a sua reação, fui segurada com firmeza pelos braços e arrastada para dentro do quarto. A porta bateu com força. Felipe tentou recuperar a compostura, alinhando o cabelo e ajustando a camisa.

— O que pensa que está fazendo? — falou com a raiva controlada.

— Está com medo? — Foi a minha vez de sorrir triunfante. — Está com medo do que tenho para contar? — falei mais alto.

— Cale a boca!

Ele chegou a erguer a mão, mas se conteve no último instante, o que, de certa forma, me decepcionou. Talvez ficasse mais fácil se tivesse mesmo me agredido, no entanto, Felipe não o fez, parando no último segundo. Aquele sorriso debochado brincou em seus lábios. Ele continuava lindo, mesmo com o passar dos anos, mesmo sem o frescor da juventude, quando ainda era apenas sonhos e projetos.

A vida estragou Felipe, ou, quem sabe, nunca me permiti enxergar quem verdadeiramente ele era. Mas o fato era que o homem com quem me casei, o pai do meu filho, existia apenas em minha imaginação. Aquele homem parado à minha frente, recuperando a tranquilidade com um sorriso escroto nos lábios... aquele homem, eu não fazia ideia de quem poderia ser.

Fervi por dentro.

— Isso não vai ficar assim — ameacei, descontrolada, prestes a colocar tudo a perder. Ele riu.

— Vai ficar como eu quiser. O que você vai fazer? O que pode fazer?

Mantinha a voz controlada, leve e baixa, despistando qualquer suspeita.

— Você não passa de uma mulher desequilibrada. Desestabilizada por perder o seu frescor. Alucinada, revoltada com o peso da idade.

Foi demais para mim. Descontrolada, peguei o jarro que ficava sobre o aparador — um que eu adorava, que adquiri por um preço absurdo em uma de nossas visitas às galerias de Nova York — e, sem pensar duas vezes, atirei no meu marido. Ele aparou o objeto com o braço, espatifando-o por completo.

Felipe me olhou com raiva, respirando fundo, porém, sem dar um passo na minha direção. Eu queria ter o poder de despertar a sua ira, dar a ele um motivo para me agredir, qualquer coisa que acabasse com aquela história ali. Então ele se controlou e olhou para a mão; um pequeno filete de sangue indicava o ferimento causado pelo meu descontrole.

Felipe deixou o quarto e o apartamento logo em seguida. Não disse nada. Não se despediu. Sequer olhou para o filho. Foi embora deste jeito, como se nunca tivesse entrado.

Ainda assim, aquecia dentro de mim a ideia de que não precisaria mais viver aquela vida. Não precisaria continuar ao seu lado, ser a sua esposa perfeita, fechar os olhos para seus deslizes em nome da boa sociedade.

Se eu disser que sofri, minto. Felipe morreu dentro de mim aos poucos e, quando se foi, meu corpo festejou. Deixei o apartamento logo depois dele, ignorando os olhares dos empregados e o chamado do meu filho. Entrei no carro e dirigi em busca da minha liberdade.

Desde então se passaram três dias. Felipe não voltou, não ligou, não enviou nenhuma mensagem. Entretanto, corriam pelos cantos as especulações. Começaram com as ligações do escritório, depois com a presença preocupada do Guilherme, advogado do meu marido, e, nos últimos tempos, frequentador assíduo daquela casa. Alguém que eu podia reputar como íntimo o suficiente para reconhecer a minha situação.

— Ele desapareceu. Procurei em todos os lugares, hospitais, necrotérios, até mesmo nas delegacias — anunciou. Sorri tragando a fumaça para esconder a felicidade que eu não deveria sentir. O olhar de Guilherme fixou-se no meu; ele mordeu de forma discreta o lábio inferior e, então, prosseguiu: — A situação é séria, Vanessa.

— Tenho certeza que sim.

Ele continuou me encarando enquanto eu soltava a fumaça.

O advogado não era exatamente o tipo de homem que ganhava todas as atenções quando se fazia presente. Não. Guilherme, apesar de sua beleza, parecia decidido a ocultar qualquer atributo físico que pudesse fazer com que as pessoas, em especial as mulheres, prestassem mais atenção ao seu rosto do que às suas palavras.

Mesmo assim, quando não se vestia de comportamentos sérios e sóbrios, que costumavam distanciar outros interesses que não os profissionais, quando sorria de maneira despreocupada, ou quando, distraído, tirava os óculos esquecendo-os sobre a mesa, ele deixava que sua beleza fosse revelada.

Então meu advogado era um homem alto, dono de um corpo que mesmo em suas roupas sociais chamava à atenção, com cabelo castanho e alguns fios mais dourados que davam um reflexo que, no ponto certo, reluzia seu rosto de proporções perfeitas. Seu queixo quadrado com uma pequena cicatriz na ponta lhe reservava um ar *sexy*, principalmente quando deixava que a barba crescesse um pouco.

Os olhos... ah, os olhos do Guilherme exibiam a cor exata de uma tempestade, e foi apenas quando me permiti encará-lo pela primeira vez, sem os óculos, que percebi que havia muito mais dentro daquele homem do que o que aparentava do lado de fora. Sua postura sempre distante, fria e profissional caía por terra quando ele permitia que o cinza dos seus olhos focasse em alguém, Ali, sim, Guilherme se desnudava.

Mas tudo sempre durava apenas alguns segundos. Logo ele retornava à máscara, e o profissional se sobressaía mais do que o homem.

— Podemos conversar no escritório?

— Claro!

Guilherme me acompanhou, mantendo uma distância segura, seguindo meus passos. No mesmo instante uma das empregadas se aproximou, garantindo a segurança do Guto, Gutemberg, meu filho. Entrei no escritório com o advogado em meu encalço e só me virei em sua direção quando ouvi a porta fechar.

— Se Felipe não aparecer, como conseguirei o divórcio? — fui direto ao ponto.

— Bom... — Ele pareceu desconfortável em seu terno completo, tão formal que me fazia ter vontade de rir. — Talvez seja um caso de... quem sabe...

— Acredita que ele esteja morto? — desdenhei. — Duvido muito!

Voltei a puxar a fumaça e em seguida apaguei o cigarro em um peso de papel, já que Felipe odiava cigarros e não mantinha cinzeiros pela casa.

— Veja bem... — Ele afrouxou um pouco a gravata. — Tem muito dinheiro envolvido, Vanessa. Se Felipe não aparecer...

— Eu fico com o problema.

— Não exatamente. Quer dizer... Vamos precisar trabalhar duro nisso. Felipe deu um golpe na empresa, furtou os clientes, sumiu sem deixar explicações sobre o rombo milionário nas contas.

— Milionário?

— Ainda estamos apurando o tamanho do problema, mas já começaram a conjecturar na casa dos bilhões.

— Minha nossa!

— O que quer fazer?

— O que posso fazer? Vamos perder tudo? Vou ter que abandonar o país como o crápula do meu marido fez?

— Felipe deixou o país? — Percebi de imediato seu olhar astuto se estreitando em minha direção.

— Não é o que todos estão achando? Afinal de contas, Felipe seria burro se ficasse no país depois de roubar uma quantia dessa, não seria?

Guilherme não relaxou. Sua expressão ainda era de especulação, o que me fez temer.

— Não estou escondendo nada de você, Guilherme. — Toquei a palma da sua mão com a ponta do dedo e senti o exato momento em que ele estremeceu. — Sou a pessoa mais interessada em encontrar o Felipe.

— A acusação correta não é "roubar" — ele voltou ao assunto assumindo sua postura profissional. — Seria "furto", de acordo com artigo 155 do Código Penal. Só caberia usar "roubo" se houvesse emprego de grave ameaça ou violência à pessoa. Como Felipe usou da confiança para subtrair os valores para si, configura-se furto qualificado.

Pisquei várias vezes, um pouco espantada, apesar de confiar no profissionalismo do meu advogado.

— Tudo bem então — falei com a voz mansa. — Ele furtou uma grande quantia. Como poderia ficar no país depois disso?

Neste instante bateram à porta e uma empregada a abriu, olhando para dentro com certo espanto.

— Dona Vanessa, a polícia está aí.

— A polícia? — perguntei diretamente para Guilherme, que me encarou alarmado.

— Não imaginei que apareceriam tão cedo. Ainda não alertamos sobre o ocorrido, e...

— Será que... — Levei a mão à boca, assustada.

O que eu poderia dizer à polícia? Felipe não havia morrido. Eu saberia, não é mesmo? Já não podia afirmar mais. Tudo escapou do meu controle, e há três dias eu não tinha qualquer notícia do seu paradeiro, o que me assustava mais do que aliviava.

Com a polícia entrando na história antes do previsto, seria necessário refazer os meus passos. Analisar com cuidado o que poderia dizer. E o que eu poderia dizer? O que tinha para revelar que já não fosse do conhecimento deles, ou que não me afundasse ainda mais naquela confusão?

— Calma, Vanessa! — Ele olhou sugestivamente para a empregada, o que me obrigou a manter a compostura. — Se você quiser, eu posso...

— Não! — falei com energia demais, obtendo mais uma vez a sua atenção. — Vou recebê-los.

— Mas eu posso...

— Não há nada para esconder, Guilherme.

— Pense bem.

— Já pensei demais. Se quiser me acompanhar... — Sinalizei a porta. Guilherme levantou, ajeitou o paletó, a gravata e, com um olhar sério, estendeu a palma da mão para que eu seguisse em frente.

E assim fomos para o primeiro *round* daquela história. Sem saber se ganharíamos ou perderíamos.

Tudo dependia de até onde Felipe tinha sido capaz de ir.

CAPÍTULO 2

Três homens aguardavam por nós na entrada da minha sala. Pareciam desconfortáveis e até mesmo receosos. Assim que chegamos, eles caminharam em nossa direção, como se precisassem da minha permissão para estarem ali.

— Senhora Prado?

O homem que parecia o mais importante entre os três parou à minha frente, com a mão estendida e o olhar atento ao meu, apesar do sorriso amistoso. No primeiro segundo fiquei impactada pela sua aparência, a despeito de não parecer nada refinado. Em poucos segundos na minha presença, me fez fantasiar com a hipótese de ele conseguir transpirar masculinidade.

Os braços fortes, evidenciados na camisa de manga curta nada elegante, eram dignos de admiração. Tinha uma barba clara e baixa, não trabalhada, como costumávamos ver entre os homens bem cuidados, mas que indicava que há dois dias não via uma lâmina de barbear. Isso, porém, combinava com a sua figura e com seu corte de cabelo, esse sim mais cuidadoso e moderno, além de um pouco mais escuro do que os fios que exibia no rosto.

Tinha algumas rugas, poucas, que evidenciavam o seu cansaço. Mas o olhar... Olhos claros, penetrantes, atentos, astutos, seguros... Ele me analisava, tentava captar qualquer vacilo.

Redobrei a minha atenção ao aceitar seu cumprimento. Ele sorriu, tão seguro que me fez vacilar.

— Polícia Federal. Delegado Marcelo Fráguas. — Apresentou seu distintivo, como se fosse necessário, uma vez que o exibia pendurado no pescoço. — Esses são os agentes Ruza e Mouta.

Cumprimentei os outros dois homens com um aceno de cabeça. Não aparentavam um físico tão interessante quanto o do delegado. Um deles, baixo demais, desleixado, o sapato velho e sujo, me olhava sem qualquer receio, como se eu fosse um prêmio no qual estivesse prestes a colocar as mãos. O outro não era feio, mas não se destacava estando ao lado de um homem como o delegado Fráguas. Observava a casa, atento aos movimentos e aos empregados que, curiosos, disfarçavam, inventando tarefas pela sala.

— Esse é meu advogado, Dr. Guilherme Nogueira.

Guilherme tratou de apertar a mão do delegado.

— Margarida? — falei assim que a babá que costumava trabalhar no turno da noite (mas que, com a demissão de Isabel, me auxiliava até encontrar uma substituta) adentrou a sala, demonstrando nervosismo. — Poderia levar o Guto para o quarto, por favor?

— Sim, senhora.

Observamos a babá conduzir a criança para o andar de cima, ao mesmo tempo que os demais empregados se retiravam, cientes da sua inconveniência. Só quando ficamos sozinhos reiniciamos a conversa.

— A que devo a sua presença? — perguntei me esforçando ao máximo para não denunciar a minha inquietação. Os homens se entreolharam, surpresos.

— Desculpe, mas imaginei que a senhora estivesse ciente da situação.

— Sobre qual situação exatamente o senhor está tratando?

Guilherme tomou a frente da conversa enquanto eu sentava e indicava que os outros fizessem o mesmo. Apenas o delegado se sentou; os outros dois se mantiveram de pé, olhando para todos os lados e, algumas vezes, para as minhas pernas.

— Recebemos denúncias, Dr. Nogueira. Clientes da Prado Machado Investimentos Financeiros. — Fez uma pausa proposital, analisando a nossa reação.

Eu me mantive tranquila, estável. Já Guilherme ficou visivelmente incomodado.

— Então já começaram a denunciar? — Guilherme falou, recuperando a segurança.

— Devo deduzir que já tenha ideia do que estamos tratando aqui.

— Sim. Contudo, estou surpreso. Ainda estamos averiguando a questão na Prado Machado Investimentos Financeiros. Não sabemos de quanto se trata, nem quantos clientes foram afetados. Não conseguimos sequer nos certificar quanto a ser ou não um golpe de fato, visto que o Sr. Prado está desaparecido há três dias.

O pulsar acelerado em meu peito se intensificou quando o delegado fixou os olhos em mim outra vez. Parecia conseguir penetrar em minha alma, e a sua acusação refletia mais do que clara.

— Então o Sr. Prado está desaparecido há três dias, a empresa está ciente da situação e a polícia não foi contatada? — Sua pergunta foi direcionada para mim.

— Perdão, delegado Fráguas — Guilherme o interrompeu. — O senhor tem um mandado?

— Com certeza! Desculpe a minha indelicadeza. Aqui está.
— Entregou o documento para Guilherme, que o analisou com atenção. — Temos um mandado de busca e apreensão — falou para mim.

— Aqui?

— Uma ação em conjunto. Neste momento uma equipe está na empresa apreendendo computadores e documentos.

— Mas não sabemos o que de fato aconteceu — Guilherme falou, abalado.

— Pode ter certeza de que descobriremos. Esse agora é um papel da Polícia Federal.

— Mas...

— O Sr. Prado cometeu fraudes no imposto de renda, o que atraiu a nossa atenção. Uma investigação mais apurada nos orientou para outros crimes, até que fomos surpreendidos com a denúncia do golpe.

— Meu Deus! — Levei a mão ao peito, demonstrando, pela primeira vez, algum sofrimento com a situação. Precisava que fosse assim, ou então...

— Como advogado da família, preciso analisar tudo com cuidado — Guilherme falou demonstrando preocupação por mim.

— Por enquanto vamos poupar a Sra. Prado. Ainda contávamos com a possibilidade de ser um sequestro ou algo parecido.

— Confesso que chegamos a acreditar que esta seria a notícia quando chegaram aqui — falei, abatida. Fui tomada por um temor impossível de ser contido, então que o delegado pensasse que eu temia pela vida do meu marido. — Existe a certeza de que não se trata de um golpe contra a minha família?

O delegado Fráguas sorriu, se ajeitou no sofá e afiou o olhar em minha direção. Eu me senti desnuda, como se o homem conseguisse enxergar o que, de fato, acontecia dentro de mim. Seu sorriso cínico deixava clara essa sua intenção.

— Podemos? — Indicou a casa com a mão.

— Claro! Vou pedir que um empregado os acompanhe.

Os dois homens não precisaram de qualquer ordem. Muito rápido eles sumiram pelo apartamento, deixando Guilherme inseguro, sem decidir se deveria acompanhá-los ou manter-se comigo, me livrando da avaliação do delegado. Então, sem aguardar por mim, saiu da sala, seguindo direção oposta à dos policiais.

— Se me permite a pergunta, por que não procurou a polícia quando seu marido não voltou para casa? — Seu olhar afiado continuava sobre mim. Tive o cuidado de não desviar o meu.

— Como já informamos, contávamos com a ideia de ser um sequestro.

— E mesmo assim manteve a polícia de fora?
— Aguardei o contato.
— Por três dias?

Levantei-me, sem conseguir me manter tão pacífica. Fui até a mesa próxima à outra sala e peguei a carteira de cigarros recém-comprada. Acendi um, traguei e soltei a fumaça, visivelmente nervosa.

— Meu marido sumiu, delegado. Só hoje fiquei sabendo da questão da empresa. Temos um filho pequeno. Três anos. Eu não trabalho, não conheço nada dos negócios dele. Como acredita que eu deveria agir?

— Não sei. O que acha de me falar um pouco mais sobre isso?

— O senhor tem um mandado para isso também? — Guilherme regressou à sala, acompanhado de uma das empregadas, que saiu em disparada no sentido que os policiais seguiram.

— Infelizmente, não. Mas posso conseguir. Ou a Sra. Prado pode se apresentar por livre e espontânea vontade à delegacia. O que o senhor, como advogado, aconselha?

Guilherme se postou ao meu lado, sem se aproximar demais, as mãos nos bolsos, o corpo todo tenso. Captei o momento exato em que o delegado Fráguas tirou as suas conclusões. Dei dois passos para longe do meu advogado, com a desculpa do cigarro.

— Conversarei com a minha cliente. O senhor tem mais alguma coisa para acrescentar?

— Existe algum cofre na casa? Algum espaço utilizado pelo Sr. Prado? Qualquer coisa que a senhora gostaria de indicar para os meus homens?

Troquei um olhar assustado com Guilherme, que concordou.

— Um cofre. Nele guardo minhas joias. Gostaria que o abrisse?

— Se não for nenhum incômodo. — A ironia não passou despercebida.

— Por aqui, por favor.

Assim, seguimos até que não houvesse mais nenhum lugar que não tivessem revirado em minha cobertura. Quando o delegado foi embora, tomei a decisão: precisava recuperar as rédeas daquela história, ou ela se viraria contra mim.

■ ◊ ■

Os policiais deixaram a minha casa mais tarde do que eu esperava. Guto adormeceu logo após ter seu jantar servido no quarto. Faria o possível para que meu filho não assistisse àquela cena. Muito menos que ficasse perguntando pelo pai, o que, graças a Deus, não fazia com frequência.

Maria do Socorro, a copeira, apareceu na sala, aflita não apenas pelo fato de termos visitas tão inconvenientes, mas, sobretudo, por ter se passado, e muito, o seu horário de saída.

— Posso servir o jantar, dona Vanessa?

— Pode sim. Estarei no escritório com o Dr. Nogueira, que, com certeza, jantará aqui. — Olhei para Guilherme, que não fez qualquer oposição ao convite.

Assim que a mulher saiu, caminhamos em silêncio até o escritório. Meu advogado fechou a porta, trancando-nos lá dentro. Em seguida, antes que eu conseguisse acender outro cigarro, me alcançou com passos largos e me tomou em seus braços. Sua boca buscou a minha com aflição, e foi por isso que cedi à sua urgência apaixonada.

Aceitei os lábios de Guilherme, buscando ser o mais doce e tranquila possível. Ele tinha um grande problema nas mãos, o qual ultrapassaria suas obrigações com a empresa. E eu contava com isso para me manter limpa naquela história. Porém, independentemente do quanto estar com Guilherme me favoreceria — e existia uma imensa vantagem de tê-lo apaixonado —, eu o beijava com o mesmo carinho e desejo com que o busquei três dias antes.

Gostava de Guilherme, da sua postura em minha defesa, da maneira como me olhava e como costumava me esquentar por dentro, trazendo a vida de volta ao meu corpo. Não havia a intenção de seduzi-lo. Não. Jamais arriscaria sua amizade e lealdade. Aconteceu quase que sem esperarmos. Bom, sem que eu esperasse, posso afirmar.

O advogado da nossa família e empresa podia conseguir esconder de todos como a minha presença o atordoava, mas sem nunca ocultar de mim o quanto a cada dia desejava a nossa aproximação. Nada precisou ser dito. Eu perceberia só de olhá-lo. Até porque carecia de sentir outra vez a paixão inflar o meu peito e acelerar a minha pulsação.

Há muito Felipe e eu não vivíamos como um casal de verdade, apesar de toda a minha luta para não deixar que nos afastássemos daquela forma. Guilherme surgiu como um alento, uma ideia de que nem tudo estava perdido.

Ele gemeu em meus lábios, saboreando a permissão para que me beijasse, mas sem transpor os limites que o decoro exigia, afinal de contas, era o meu advogado, estávamos ali para definir uma estratégia.

— Ah, Vanessa! — Seus lábios se juntaram uma vez mais aos meus, em uma súplica. — Deus sabe o quanto tentei te proteger disso.

Aceitei sua proteção, me sentindo grata, mas também ciente do quanto não deveria envolvê-lo naquele problema. Não além do que as questões profissionais exigiam de mim. No entanto, não havia outra opção. Só Guilherme poderia livrar a minha cara daquela confusão.

— Você não precisa comparecer. Não amanhã — acrescentou com pressa. — Podemos aguardar um...

— Eu vou. Quanto mais disposta me mostrar para ajudar, mais cedo saio da mira deles.

— Tem razão — suspirou, mantendo minha cabeça em seu peito, acariciando meu cabelo. — Mas vamos definir o que você pode e o que não pode dizer.

— Não há o que não posso dizer — rebati, me afastando.

— Vanessa...

— Vou falar a verdade. Não sei nada sobre o golpe, o furto ou até mesmo onde Felipe pode ter se escondido. Ele me enganou como enganou os clientes. A justiça precisa entender que sou tão vítima quanto os outros. E eu também estou perdendo. Como acha que vai ficar a minha vida depois disso tudo? Não posso sequer tirar meu filho do país.

— Ainda pode.

Apesar de demonstrar constrangimento por sugerir tal coisa, algo que, de fato, exigia muito da sua posição sempre tão justa e correta, Guilherme falava sério, o que me fez temer. Para chegarmos àquele ponto, a situação poderia ficar mais séria do que eu avaliava.

— Mas não o farei — determinei sem tanta segurança. — Não assim, como se fôssemos culpados. Depois disso tudo, talvez.

Outra vez ficou desconfortável, e eu conhecia o motivo. Eu pretendia partir, deixar o país, o que significava deixá-lo também. Passei a mão em seu rosto, almejando, a todo custo, evitar aquele embate.

— De qualquer forma, depois conversamos sobre isso. Felipe não fez nada em meu nome, não utilizou minhas contas e nem prejudicou o nome do nosso filho. Pelo menos aquele crápula soube ser homem nesse quesito.

Guilherme segurou minha mão e a levou aos lábios.

— Não podemos contar à polícia, Vanessa.

— E por que não?

— Não percebe? Felipe está sumido. A polícia pode desconfiar. Foram três dias sem alertarmos ninguém. E se eles começarem a cogitar...

— Não vejo motivo para irem por esse lado. Afinal de contas, Felipe deu um golpe milionário, fraudou o imposto de renda, cometeu outros crimes. Por que a polícia poderia querer seguir a nossa linha de raciocínio?

— Porque eles não podem descartar nada. Você é a esposa. Eu, o advogado. O dinheiro está desaparecido, assim como o possível ladrão.

— Possível?

— Se ninguém sabe onde está o dinheiro, não há como ter um culpado. Felipe é suspeito, não um condenado.

Precisei me afastar ainda mais dele. Não contava com aquela reviravolta e, sim, com o álibi. O que deveria fazer? Desconhecia o paradeiro do dinheiro, apesar de... Não! Não havia como Guilherme, ou qualquer outra pessoa, desconfiar de que eu já aguardava pelo golpe, ou de que eu sabia que meu marido fugiria deixando-me para trás.

A maneira que encontrei para que mirassem para outro lado era deixar que todos soubessem sobre minha situação com Felipe. O meu caso com Guilherme, mesmo existindo o fato de ser algo recente, não precisava ser debatido. Precisava apenas que soubessem que eu conhecia os casos do meu marido e que havia pedido o divórcio.

— Vanessa?

Encarei Guilherme sem saber o que dizer, ou fazer. Precisava de tempo; pensar e repensar todos os passos, e só então tomar alguma decisão.

— Estou com muita dor de cabeça.

— Mas precisamos...

— Por favor, Guilherme! Vamos jantar e deixar que o assunto acabe. Não suporto mais!

Tenho certeza de que meus olhos marejados e a cara de martírio foram o suficiente para convencê-lo. Guilherme arqueou a coluna, reassumindo sua postura profissional, e me acompanhou até a sala de jantar.

Despedimo-nos logo depois, com a sua promessa de que me acompanharia no dia seguinte, logo pela manhã, para o meu depoimento.

CAPÍTULO 3

Já passava da meia-noite, mesmo assim, eu ainda rolava na cama. Podia ser desonesta comigo mesma e reafirmar com veemência que o medo de ser desmascarada, de precisar encarar Guilherme e reconhecer que sabia do golpe antes da sua execução, ou até mesmo da condenação por algo que não fiz, colocando em risco a vida do meu filho, roubava o meu sono. Contudo, precisava reconhecer que havia desenvolvido a habilidade de ludibriar a todos, menos a mim mesma, e, porque conhecia a verdade dentro de mim, não consegui conciliar o sono.

Felipe. O meu real motivo.

Não apenas remoía todas as minhas mágoas, como revivia tudo o que me induziu a agir. O que me esfriou por dentro ao ponto de... tomar aquela decisão. Entretanto, apesar de tudo, Felipe estaria sempre ao alcance dos meus olhos, em minha vida, fosse através do período tempestuoso que nos aguardava, até que a polícia nos livrasse da culpa, ou depois, todas as vezes que encarasse meu filho, lembrando-me de que, um dia, houve amor.

E, Deus, eu amei Felipe!

Amei como nunca cogitei amar alguém. Amei com cada célula, cada respiração. Amei com cada gesto, com cada perdão que precisei libertar. Amei tanto e com tanto desespero, que precisei morrer, para, enfim, matá-lo... dentro de mim.

Sofri por dias seguidos, firmando na consciência essa necessidade, ou Felipe seria mais ágil e me mataria primeiro. E, falando de forma franca, ele conseguiria, caso eu ainda continuasse amando-o. Ele não precisava de uma arma ou de um empurrão para o precipício. Felipe me mataria com seu desprezo, sua frieza, suas traições — e não só carnais, mas também psicológicas.

Sim, ele conseguiria. Como não estava disposta a morrer, matei-o antes.

Mesmo assim, diante de tudo o que precisei passar para, enfim, ser fria o suficiente para agir, recordava a nossa história com certo pesar.

Conheci Felipe em uma festa da faculdade. Eu, ainda caloura, com toda uma vida pela frente para desbravar. Ele, veterano, último ano, esperto, o carinha que ganhava todas as garotas, um desafio para mim.

Mesmo ciente da impossibilidade de ter minha beleza ignorada por alguém como Felipe, no momento em que meus olhos encontraram os dele eu soube que não acharia a felicidade caso não o conquistasse. Precisava ganhar a sua atenção e, indo além, o seu amor. Para isso, fiz o que podia, sem que precisasse ultrapassar os limites impostos a uma mulher.

Troquei meu curso por outro, mas que ficava no mesmo prédio do dele, o que quase enlouqueceu meus pais. Bom, não tanto quanto quando anunciei que abandonaria a faculdade para acompanhar Felipe em suas viagens de negócios. Mesmo prometendo a meu pai que reabriria a matrícula, nunca o fiz; assim, limitei minha vida, me equilibrando nele e tornando-o o meu mundo.

Fui feliz. Sim, eu fui. Afinal de contas, foram vinte anos juntos. Minha história se misturava tanto à dele, que já não sabia mais onde me encontrar. Durante muito tempo fui apenas o que Felipe quis, e o que alegava precisar. Ganhei seu sobrenome, assumi a sua história, me concentrei em seus sonhos, chegando até mesmo a acreditar que eram meus.

Felipe me usou como pôde, mas confesso que só depois, quando reconheci que precisava deixá-lo partir, tomei ciência desse detalhe. Antes? Bom, antes eu vivia, respirava, me alimentava, vestia e me despia de tudo o que Felipe era.

"*Ele não é um bom homem para você!*". Ainda conseguia ouvir meu pai falando. Eu sorria no início; depois, motivada pelo amor que não conseguia abandonar, brigava, debatia. Por fim, abandonei aqueles que me amavam, e fui viver apenas com quem eu amava.

Quando minha mãe faleceu, exigi minha parte da herança, mesmo tendo me ausentado da vida deles por anos. Felipe mudava com frequência, fazendo seus sonhos crescerem — assim ele alegava, e assim fez a cada dia com que eu só tivesse ele, e apenas ele.

Aplicamos o dinheiro. Meu marido conhecia as transações, era esperto, surpreendia. Em pouco tempo o dinheiro se multiplicou, triplicou, e alimentou a ideia de que precisávamos apenas um do outro.

A primeira traição aconteceu logo após o casamento. Pelo menos foi a primeira que descobri. A desconfiança sempre existiu, mas Felipe me fez presumir ser coisa da minha cabeça, afirmando não haver qualquer possibilidade disso, e me levou a cogitar um tratamento, o qual busquei.

Não podia perdê-lo por ciúmes. Não podia perdê-lo por nada. Até o dia em que fui avisada por uma amiga e, utilizando um táxi, segui o carro do meu marido. Eu o vi entrar em um motel. Transtornada, aguardei do lado de fora, chorando, tremendo, ansiosa. Passei as duas horas e meia seguintes enfrentando a vergonha de encarar cada carro que saía daquele local.

Por fim, flagrei, briguei, chorei, ameacei. Felipe implorou o meu perdão, chorou, justificou e, no final das contas, eu o perdoei. Admiti minha parcela de culpa no ocorrido e me afastei da amiga que o denunciou.

Perdi as contas de quantas vezes a mesma cena se repetiu. Ano após ano. Fiz de tudo. Confiei e me decepcionei a cada nova descoberta. No final, sozinha, sem amigos, sem família — e sem Felipe —, não havia mais nada a ser feito que não fosse matar o amor que ainda me corroía. O sucesso e o dinheiro vieram com a mesma pressa e ansiedade que meu marido tinha em suas conquistas. Em pouco tempo, a minha vida mudou.

O dinheiro, admito, foi o nosso grande vilão. Felipe me cobria de joias, roupas exclusivas, viagens inacreditáveis. Tudo se repetindo e intensificando-se à medida que suas traições eram reveladas e sua personalidade moldada a essa nova realidade.

Então Guto veio. Felipe chorou de alegria, prometeu um mundo novo para mim, se tornou um marido amável, carinhoso, cuidadoso. Mas, quando nosso filho nasceu, tudo voltou ao normal — aliás, normal não. Pior, muito pior. Agora usava o bebê como justificativa. Criticava meu cansaço, a distância que a maternidade impõe, a indisposição, quando, na verdade, se aproveitou da minha limitação para investir pesado em suas conquistas.

Quando eu cobrava, o discurso era o mesmo: *"você já tem tudo, o que mais pode querer de mim?"* Como se uma vida de luxo e um filho fossem o suficiente para me calar.

Por isso a demora. Por esse motivo, convivi com meu marido por tantos anos ainda, após a decisão. Se continuasse amando-o, não me tornaria capaz de agir. Jamais buscaria em mim a sabedoria para aquela ação, nem mesmo prestaria atenção suficiente para aprender e analisar cada passo que aquele infeliz deu, depois que decidi tirá-lo da minha vida.

Mesmo ciente de que o amor não se tornava a bússola que me levava àquele ponto, as lembranças de quando me fiava na felicidade prometida preenchiam minha mente, sufocando-me por vezes, e me levando às lágrimas em outros momentos. A angústia me consumia. Fora o mais justo? Agi de forma correta mesmo sendo o meu marido um canalha? Não havia como sair daquela situação de maneira mais... limpa?

A resposta era única e, mesmo não a abraçando devido à moralidade que ainda me cercava, reconhecia: não havia outra saída. Ou eu vencia o Felipe, ou me deixaria abater. Porque, com certeza, meu marido levaria tudo o que pudesse de mim.

E foi o que ele fez, não?

Limpei o rosto mais uma vez, detestando-me pela culpa, e odiando-o por me obrigar a agir. Cansada e consciente de que precisaria permanecer inteira para o próximo dia, levantei rendida, fui até o banheiro. O espelho, que tomava uma grande parte da parede, me forçava a me encarar.

Ainda era difícil. Apesar de tudo, de todas as certezas quanto à minha beleza, durante muito tempo Felipe destruiu a minha vontade de me amar. Eu não me reconhecia. O espelho virou um inimigo, mesmo com todos os tratamentos de estética e todos os esforços que eu fazia para continuar jovem e magra.

Depois de anos na análise, consegui entender que desfazia da minha imagem, mesmo que impecável, porque percebia, ainda que não de forma consciente, o quanto meu marido perdia o interesse por mim. Eu estava envelhecendo e havia um preço a pagar pelos anos de vida. Pelo menos assim acreditei.

Fui salva ao enterrar Felipe. Quando decidi não o amar mais, amei a mim mesma, e fiz as pazes com o espelho. Não havia mais qualquer dificuldade em olhar com prazer meu rosto sem rugas, as sobrancelhas cheias e delineadas, fios claros e preenchidos como deveria ser. O nariz nunca precisou de qualquer retoque. Era lindo, fino e arrebitado. Não senti qualquer emoção ao relembrar o quanto Felipe o adorava.

Meus olhos, verdes e pequenos, davam uma harmonia perfeita ao rosto também fino, apesar das maçãs das bochechas perfeitas, elogiadas até mesmo pelos melhores esteticistas. Minha boca exibia o lábio inferior um pouco mais cheio do que o superior, mas isso deixava o meu sorriso esplêndido.

E o cabelo... Bom, ele ainda sustentava o tamanho e o corte que Felipe adorava. Uma leve franja descendo pela testa, fios longos e claros, lisos sem qualquer artifício. Segurei a ponta, me perguntando se seria demais mudar o visual com a investigação em curso. Afinal de contas, qual mulher sofrida pelo desaparecimento do marido iria ao melhor salão de beleza da cidade desejando um corte novo?

Não. Infelizmente eu continuaria sendo, ao menos no que tangia à minha fisionomia, o que Felipe sempre desejou. Uma boneca, mas não mais a sua boneca. Determinei com firmeza.

Cansada de relembrar, ingeri uma pílula de Rivotril. O suficiente até mesmo para compor o meu papel, afinal de contas, deveria haver dor naquele processo. Se não verdadeira, que fosse aparente. A polícia deveria credenciar minha atuação.

Parei na sacada da varanda, a noite fria recepcionando meu corpo. Olhei para o além, o mar negro era quase imperceptível, contudo, seus gritos chegavam até mim, entoando um canto de libertação, me fortalecendo como sempre fazia. Fechei os olhos organizando os pensamentos. Não havia como me incriminarem. Eu precisava seguir em frente com o plano, mesmo que precisasse sacrificar alguém nesse processo.

Então, no dia seguinte, entraria naquela delegacia munida de todo o texto perfeitamente decorado. Todos conheceriam a infidelidade do meu marido, tudo o que suportei por anos, além do meu pedido de divórcio antes do seu sumiço. Guilherme continuava sendo o meu álibi, visto que o deixei, como advogado da família, assumir o processo.

Se não fosse por Guilherme e por sua agilidade, não haveria nada que nos abonasse da culpa. Precisaríamos que Felipe fosse encontrado para que a polícia não desconfiasse de nós, porém, isso inviabilizaria o meu plano. Por isso tornava-se imprescindível que seguissem naquela direção, procurando por Felipe, enquanto eu seguia o caminho que determinei, antes de tudo acontecer.

E daria certo. Felipe continuaria desaparecido, a polícia tiraria o foco de mim e da minha família e me deixaria livre para sair do país e recomeçar. Só não sabia como Guilherme se encaixaria naqueles planos.

Sem qualquer consciência do que eu havia feito, meu advogado lutaria por mim; no entanto, no momento em que a verdade fosse revelada, tudo acabaria. Eu conhecia Guilherme o suficiente para me certificar de que haveria um futuro para nós dois se conseguisse esconder aquela verdade; do contrário, não.

Sem saída, e iniciando o processo de dormência no qual o remédio me colocava, decidi que o melhor a fazer seria aguardar e rezar para que tudo acontecesse como o esquematizado. Com sorte, seguiríamos até o fim, e então encontraríamos a felicidade.

■ ◊ ■

Sobressaltei com o toque do despertador. O enjoo me engolfou no mesmo instante, enquanto abria os olhos e me dava conta de onde estava e do que me aguardava. Abominava remédio para dormir, eles sempre roubavam um pouco do meu raciocínio e, naquela manhã em especial, eu precisaria de toda a minha capacidade de mentir, dissimular e enganar.

Levantei com a cabeça pesada, a sonolência cobrando seu preço. Fui até o banheiro, lavei o rosto com água fria e tratei de reorganizar a cabeça para o que deveria fazer. Os pensamentos precisando de certa ordem, as respostas afiadas, o corpo todo presente no que deveria fazê-lo acreditar ser a realidade.

De banho tomado e com a roupa adequada, escolhida com precisão, sem luxo, sem desleixo, na medida certa para uma esposa abandonada, preocupada com o futuro do filho, impactado com aquela confusão, desci para o café da manhã. Guto encontrava-se prestes a sair para a escola, mas a babá, como não podia deixar de ser, aguardava por mim com aflição.

— O menino vai hoje, dona Vanessa?

Puxei o ar com força. Aquela era a hora de fazer com que todos jogassem o meu jogo.

— Melhor não — falei com pesar. — Vamos cancelar todos os compromissos dele para esta semana, Margarida. — A mulher aquiesceu com a cabeça. — Mas não o impeça de estar com as crianças do prédio. A não ser... — Olhei para Guto, que estava aguardando sentadinho no sofá como a criança maravilhosa que sempre foi. — A não ser que a história já tenha se espalhado e alguém resolva ser... maldoso com ele.

— Compreendo — Margarida disse com o mesmo pesar que o meu.

Havia um grande motivo para ambicionar ter Felipe longe da minha vida, assim como havia um para o que fiz; porém, Guto ocupava a posição principal em minhas prioridades naquela história. O quanto antes o afastasse do pai, menos traumas o menino desenvolveria. Melhor que fosse cedo, quando as lembranças ainda poderiam se modificar, ou ser esquecidas. Daria ao meu filho algo melhor do que Felipe fora capaz de dar. Eu lhe daria uma vida plena, feliz e cheia de amor. Mesmo que para isso tivesse que...

Apertei as têmporas com as pontas dos dedos, massageando-as. Aquela dor de cabeça não me deixaria enquanto não tomasse um pouco de café.

— A senhora vai sair? — Margarida contorcia os dedos, ansiosa, apreensiva.

— Preciso. Mas volto logo. Mantenha-me informada. — Ela concordou e tratou de levar de volta o material escolar do menino para o quarto.

— Bom dia, Guto! — Dei um beijo demorado em seu cabelo, adorando o seu cheiro. — Dormiu bem? — Ele concordou sem nada dizer.

Guto pouco falava, apesar de articular muito bem as palavras. No geral ficava quieto, brincando, sem nada a dizer. Matava-me a ideia de que seu olhar era sempre triste, assim como me feriu mortalmente perceber seu pouco interesse pela presença ou ausência do pai. Tão novo e já consciente do desprezo.

— Quer brincar na piscina? — Ele negou. — O que quer fazer?

— Ir para a escola — disse, triste.

— Guto... — Sentei-me ao seu lado, sentindo outra vez a pontada em minha cabeça que ameaçava roubar meu juízo. — Mamãe está planejando uma longa viagem. O que acha? — Um sorriso fraco fez tremer um pouco seus lábios. — Vamos passar muito tempo juntos... — Acariciei seu cabelo. — Talvez... tenhamos que encontrar outra escola. Uma que fique mais próxima de onde vamos.

— Eu gosto da minha escola, mamãe!

— Eu sei. Eu sei. Mas, se vamos viajar, temos que escolher outra escola; quando voltarmos, você volta para esta. É um ótimo acordo, não acha?

— Uma viagem?

A voz de Guilherme me assustou. Não ouvi a sua chegada, sequer captei a campainha. Ele continuou parado, próximo ao sofá onde eu permanecia com meu filho, que, assim que notou a presença do nosso advogado, baixou a cabeça e se fechou outra vez. Levantei ajustando a camisa, procurando por amassados inexistentes.

— Guilherme! Não o vi chegar.

— A empregada falou que eu podia entrar e que você estava aqui na sala.

Ele se mantinha distante, me analisando, sustentando uma frieza que me fazia temer.

— Está pronta?

— Ainda não. Só preciso...

Outra pontada na cabeça me fez fechar os olhos. Guilherme era o meu melhor aliado, então não deveria fazer nada que colocasse em jogo a nossa amizade, ou o que quer que estivéssemos vivendo. Quando abri os olhos outra vez, tudo havia mudado. Meu advogado me encarava com preocupação diante da fragilidade demonstrada.

Então desisti de imediato do café da manhã. Se Guilherme fora capaz de se comover com meu abatimento, o qual nada tinha a ver com aquela confusão, então o melhor a fazer era suportar a dor de cabeça um pouco mais, e comover também o delegado Fráguas.

— Está tudo bem? — perguntou. Gemi baixinho, dissimulada.

— Só dor de cabeça.

— Dormiu bem?

— Como poderia? — Outra vez vi o quanto ele se preocupava e lamentava a minha situação, o que, de certa forma, me deixou bem. — Vamos. Quero acabar logo com isso.

— Vanessa...

Beijei o rosto do meu filho, acariciei seu cabelo mais uma vez e ergui a coluna, decidida. Guilherme se deteve, não finalizando o que pretendia dizer. E assim deixamos o meu apartamento.

— Prefere ir no meu carro? — questionou assim que a porta do elevador se fechou. — Devo alertá-la de que a imprensa já foi avisada. A frente do condomínio está um pandemônio. Esses crápulas...

— Podemos ir no meu. Saímos pela garagem — falei, mantendo a voz fraca.

— Vanessa, não precisa ser hoje.

— Eu sei. — Sorri, querendo ter o mínimo de confiança para não perder a farsa. — Mas prefiro assim.

Ele concordou e voltou a olhar para frente, incomodado.

— Guilherme... — sussurrei. Meu advogado se voltou para mim, domando a insatisfação. — Vou precisar tirar o Guto daqui quando isso acabar. Meu filho não vai suportar...

Fechei os olhos, golpeada por mais uma pontada. Guilherme colocou a mão em meu braço, contudo, eu sabia, desejava fazer muito mais.

— Ontem você disse...

— Que não fugiria. E não vou! Não somos ladrões nem marginais. Meu filho deixará o país de cabeça erguida.

— Entendo. — Sua mão me abandonou muito rápido, o que me alertou.

— Guilherme...

Toquei seu braço. Um gesto íntimo demais para a posição que assumíamos, mas era inevitável. Não havia como perder Guilherme quando o tinha como parte fundamental daquele plano, pouco antes de prestar meu depoimento à polícia. Seria imprescindível mantê-lo envolvido, confiando em mim, se esforçando para dar o seu melhor.

— Ainda não sei como poderei fazer. Por enquanto é só... — Dei de ombros. — Um plano, uma ideia, uma maneira de defender meu filho.

— Eu sei, Vanessa. Guto vai precisar muito de você.

— E eu de você — admiti, baixando os olhos em um perfeito gesto submisso.

— Sabe que pode contar comigo! — Sua voz saiu um pouco carregada demais de emoção, me fazendo acreditar que assumia as rédeas outras vez. — Não vou abandoná-la.

— Obrigada! — suspirei de forma teatral. — Você não faz ideia do quanto me alivia saber que posso contar com a sua... — Desci os dedos por seu braço, insinuando, provocando, mesmo por cima do paletó — amizade.

A porta abriu, nos impedindo de continuar a conversa. Guilherme me deu passagem e me acompanhou de perto. Retirei a chave do carro de dentro da bolsa e me voltei para ele.

— Pode dirigir? — pedi com cuidado, demonstrando toda a minha fragilidade.

— Claro! Não deixaria que você enfrentasse nada disso sozinha.

Sorri com doçura quando destravou o carro e abriu a porta para mim.

— Vou cuidar de você, Vanessa. Prometo!

— Obrigada! — sussurrei mais uma vez, mantendo o tom delicado e a aparência frágil. — Não sabe o quanto me aquece saber que posso contar com você.

Acariciei as costas da sua mão com a ponta dos dedos, provocando-o. — É tão difícil passar por tudo isso sozinha. Se não fosse a sua companhia...

Virei para o lado fingindo conter a emoção. Guilherme pousou a mão na minha e apertou meus dedos. O fato de estarmos em um local público o impedia de fazer algo mais íntimo, como tentar me acalentar.

Enganar o homem que havia me estendido a mão chegava a ser constrangedor. Não havia satisfação em mentir para Guilherme, muito menos em manipulá-lo. E mesmo assim ali estava eu, fazendo com ele o que permiti que Felipe fizesse comigo durante anos. Abusava dos seus sentimentos e chafurdava em sua crença cega em mim.

A diferença estava em meus sentimentos reais. Gostava de Guilherme, dedicando-lhe um profundo agradecimento. Desejava continuar o que iniciamos, mas não fazia ideia de qual caminho seguiria para me manter livre do que fiz, e não podia arriscar comprometê-lo tanto.

Enquanto Felipe foi embora sem olhar para trás, não se importando com o que aconteceria comigo e com o nosso filho, eu jamais deixaria a minha sujeira para Guilherme limpar.

— Vai ficar tudo bem, Vanessa! — disse, deixando minha mão para dar partida no carro.

— Vai sim, Guilherme — prometi, embora ele não fizesse ideia do meu nível de compromisso com aquela verdade.

CAPÍTULO 4

O policial abriu a porta da sala na qual o delegado nos aguardava de pé, atrás da mesa um tanto quanto desorganizada. Ao lado, uma mulher sentada à frente de um computador mantinha-se imparcial. Mesmo sem avisarmos, tudo havia sido preparado para o meu depoimento.

— Sra. Prado, Dr. Nogueira — ele disse com a voz seca e firme. — Se eu acreditasse em coincidência, poderia denominá-la nesta situação.

— Coincidência? — Guilherme perguntou, interessado, ao apertar a mão ofertada pelo delegado.

— Ah, sim! Sentem-se.

Obedecemos, nada à vontade. Evitei conferir o restante da sala, pois a minha insegurança alimentaria a sua curiosidade e faria de mim um prato cheio para seus questionamentos. Havia ali uma necessidade latente de firmar meu personagem, criado e estudado de forma cansativa, até que nós dois nos tornássemos um só e juntos trabalhássemos na minha verdade.

— Acabei de receber a intimação que solicitei ainda ontem — ele informou.

— Intimação? — Guilherme continuou, sem esconder o quanto aquilo lhe soava estranho. Não vou negar que também o achei, afinal de contas não ofereci qualquer resistência quanto a colaborar, não havendo, assim, necessidade de me obrigar a me apresentar naquele momento.

— Eu disse que colaboraria — falei, por fim. A voz controlada, segura, escondendo o quanto a informação me desestruturou.

Havia algo mais. Talvez Guilherme não tenha percebido, ou talvez a sua falta de percepção ligava-se à sua ingenuidade quanto aos acontecimentos reais. Entretanto, eu não precisava de mais palavras para me certificar de que o delegado se apossara de algo novo. Algo que, provavelmente, me ligaria ao caso, ou me colocaria em seu centro. Busquei, de forma ágil, em meu argumento ensaiado com perfeição, qualquer coisa que não me desviasse por completo da verdade.

Conhecia como funcionava o sistema. Um passo em falso e me colocariam como a principal suspeita. Se é que aquele delegado já não pensava nisso. Ainda assim, aguardei. Não podia disparar todas as informações de uma vez só. Precisava agir com cautela, observar o ataque do delegado e, então, dançar conforme o seu ritmo.

— Alguma novidade quanto ao caso? Descobriram onde o meu marido está?

O homem me avaliou com curiosidade, umedecendo os lábios sem se dar conta do ato. Encostou-se no espaldar da cadeira em uma posição que deveria parecer relaxada, mas que captei como um recuo, uma maneira de recuperar a posse da situação.

— Não. Até o momento o desaparecimento do Sr. Felipe Prado continua sendo um mistério. Ele não tentou sair do país. Todos os aeroportos foram acionados, a polícia rodoviária montou um esquema nas suas principais saídas e nenhum cartão de crédito foi usado, assim como as contas bancárias.

Soltei o ar com força. Se não havia qualquer pista do Felipe, então o plano podia ter dado certo. Por enquanto estávamos livres dele, porém, ainda não da polícia.

— E qual a necessidade da intimação? — Guilherme indagou.

— Bom, munidos da lei, fizemos o nosso trabalho, então conversamos com os empregados da sua casa, da empresa e também com alguns vizinhos. O que conseguimos muda um pouco o rumo da investigação.

O pânico começava a se instalar em mim. Como indicativo, um frio estranho iniciava sua trajetória, indo pela ponta dos meus dedos das mãos e pés. Se eu não fosse rápida, começaria a tremer e a não articular as palavras com a segurança necessária. Sem perceber, levei as mãos até a têmpora, massageando-a.

— Algum problema? — o delegado se interessou.

— Não acordei muito bem. Essa situação... o sumiço do Felipe... Eu me sinto como se perdesse a posse da minha própria vida. O senhor deve entender. Este não é o primeiro caso em que trabalha com situações como a minha.

— Não, não é — revelou.

— Estou com dor de cabeça. Não dormi muito bem. Precisei de remédio para conter meu corpo, que se encontrava à beira do desespero.

— Desespero? — O delegado quis saber, demonstrando um pouco mais de interesse.

Guilherme se adiantou:

— Delegado, a minha cliente sofreu com a revelação das ações do marido. Existe uma criança no meio dessa história, e não estimamos até o momento de que forma evitaremos que essa confusão chegue até ela. Além do mais, trata-se de um golpe. Felipe não apenas lesou a Receita Federal, ele furtou os clientes. Sumiu com uma quantia significativa, quebrou a empresa, o patrimônio principal da família. Existe, beirando a realidade dessa família, a quebra do seu padrão de vida, e tudo isso sem qualquer envolvimento no caso. Ainda não avaliamos de que maneira isso vai impactar financeiramente as contas da Sra. Prado.

— Entendo.

Ele bateu a caneta na mesa, pensando no assunto. Logo em seguida se ajeitou na cadeira e me encarou.

— A senhora sente-se bem para tomarmos o depoimento agora?

Concordei, ainda massageando as têmporas.

— Deseja alguma coisa, uma água, um café?

— Um café, por favor!

Mesmo sem saber qual tipo de café ele me serviria, e com quase certeza da sua pouca qualidade, ralo e entregue em um copo descartável, aceitei por acreditar que a cafeína ajudaria a controlar o meu mal-estar.

— Com leite?

— Não. Por favor, preto.

— Certo.

Ele levantou, foi até a porta e chamou alguém. A mulher sentada ao canto, diante do computador, olhava para frente como se não houvesse mais ninguém ali. Guilherme me fitou como se quisesse dizer algo, mas preferiu ficar calado. Melhor assim. Não precisava de ninguém moldando minhas palavras. Eu sabia o que fazer e me manteria no plano.

O delegado voltou pouco depois, com um copo branco, de um material que parecia isopor, um sachê de açúcar e uma espátula de plástico, pequena, já imersa no líquido.

— Não é o melhor café, mas é o melhor que temos por aqui. Há pouco tempo instalaram uma dessas máquinas com bebidas quentes. Fomos salvos do café ralo, com gosto de água fervida — gracejou ao colocar o material sobre a mesa à minha frente. — Não temos adoçantes, mas pedi sem açúcar e consegui o sachê.

— Está ótimo. Obrigada!

Eu não comia açúcar há anos, mas não faria essa desfeita com o seu esforço. Precisava fazer com que o delegado creditasse minha índole e inocência. Mantendo a expressão sofrida, fiz todo o procedimento enquanto os demais ocupantes da sala aguardavam por mim, e sorvi o líquido ainda muito quente. Só quando recostei na cadeira foi que o delegado falou.

— Podemos começar?

Olhei para Guilherme, que concordou com um gesto seguro. Então fiz o mesmo para o delegado.

— Ótimo! Esta é a escrivã, Angelina Maciel. Ela vai registrar cada palavra dita nesta sala e, após concluirmos, os senhores poderão conferir o documento e autenticá-lo. É o procedimento correto, Sra. Prado.

Outra vez concordei sem nada dizer, aproveitando para continuar bebendo o café. Ele fez um gesto para a mulher, que, no mesmo instante, se posicionou.

— Depoimento da Sra. Vanessa Gomes Prado, que se apresentou de espontânea vontade para maiores esclarecimentos sobre os crimes cometidos pelo seu marido, o Sr. Felipe Messias Prado.

Fez uma pausa proposital, avaliando as nossas reações.

— O Sr. Felipe Prado é acusado de furtar os clientes de sua empresa e desaparecer com o dinheiro, que, hoje, estima-se tratar-se de milhões. Informação ainda não confirmada pela administração da empresa em questão. Vamos dar início ao interrogatório.

— Depoimento — Guilherme o corrigiu. O delegado Fráguas deu um sorriso sarcástico e então se voltou para a escrivã e concordou com a cabeça.

— Corrigido — informou sem se abalar. — Sra. Prado, em conversa informal na sua residência, a senhora comunicou que seu marido estava desaparecido há três dias e que a senhora não fazia ideia do seu paradeiro. Exato?

— Exato — falei.

— É uma prática o Sr. Prado desaparecer por dias sem manter contato e sem informar sobre o seu destino?

— Não.

— Não? — Suas sobrancelhas se estreitaram enquanto um leve sorriso debochado brincava em seus lábios.

— Não. Felipe viajava muito, eu conhecia sempre a sua agenda; apesar disso, pouco interagíamos nesse período.

— Então a senhora está me dizendo que não costumava conversar com seu marido quando ele estava fora. — Não foi uma pergunta, e sim uma maneira de me fazer confirmar as suas palavras.

— Exato.

— Mas sabia o seu destino e a data do seu retorno.

— Geralmente, sim.

— Geralmente? — ficou mais interessado. Suspirei de forma teatral.

— Felipe viajava a negócios, todavia, nada o impedia de decidir um roteiro diferente. Muitas vezes se limitava a avisar que se atrasaria por um ou dois dias.

— Apenas isso? — perguntou.

— Sim, delegado. Ele ligava ou enviava mensagens avisando que não retornaria na data estipulada.

— Sem nenhuma explicação?

Tentei parecer a mais tranquila possível.

— Eu não pedia explicações e ele não se oferecia a dá-las.

— Havia algum motivo para isso?

— Delegado, creio que... — Guilherme tentou detê-lo.

— Desculpe, eu só estou tentando entender o motivo pelo qual o Sr. Prado está desaparecido há três dias sem que a família se interessasse em alertar as autoridades sobre o seu desaparecimento.

— A Sra. Prado está dizendo que o marido não lhe fornecia informações.

— Mas ela também disse que o normal nessas viagens era ele dizer para onde ia e o dia do seu retorno. Inclusive, quando havia qualquer mudança, ela era informada. Não é mesmo, Sra. Prado?

— Exato — concordei, ignorando a maneira como Guilherme parecia incomodado.

— E desta vez ele avisou para onde iria? — forçou.

— Não.

— Não?

Arqueei uma sobrancelha, encarando-o.

— Não.

Eu podia jurar que o desgraçado queria rir. O brilho afiado do seu olhar dava a entender que se vangloriava por pegar algum deslize. Ele lutava para comprovar a sua teoria, enquanto eu me esforçava para derrubá-la.

— Veja bem, seu marido viajou sem lhe dizer para onde estava indo. Saiu e não retornou, nem comunicou alguma mudança. Ficou desaparecido por três dias e, nesse meio tempo, descobrimos o golpe nas contas da empresa. Então preciso saber: por que a senhora, de posse de todas essas informações, não alertou as autoridades?

— Delegado Fráguas, minha cliente só ficou sabendo do ocorrido na empresa ontem. Um pouco antes da sua chegada.

— A senhora confirma?

— Confirmo. Não tenho qualquer participação na empresa. Não me envolvo em seus processos ou na sua administração. O golpe que afirmam ter sido dado pelo meu marido foi uma surpresa para mim. O Dr. Nogueira chegou à minha casa para termos essa conversa, e logo em seguida o senhor chegou para vasculhar a minha casa em busca de provas.

— Certo. Vamos nos atentar então ao fato de o seu marido estar desaparecido há três dias e isso não ser um motivo lógico para alertar as autoridades.

— A minha cliente...

— Sabia que ele estava desaparecido — o delegado o interrompeu. — E não procurou pela polícia. Por qual motivo?

Baixei o olhar para minhas mãos, desejando demonstrar um pouco de apreensão para aquele passo.

— Eu... — busquei toda a força dentro de mim para aparentar constrangimento — havia pedido o divórcio. — Fez-se um silêncio na sala, que pareceu alterar todo o rumo da conversa.

— E esse foi o motivo da briga?

Encarei o delegado sem saber como ele tinha aquela informação. Ele, outra vez, me deu seu sorriso sarcástico, que, confesso, o deixava desejável.

— Os empregados — anunciou. — Tenho aqui o depoimento da senhora Maria do Socorro Vieira, que ocupa a posição de copeira em sua residência. Ela relatou que o Sr. Prado chegou em casa sem demonstrar nervosismo ou apreensão, mas que a senhora, por outro lado, encontrava-se agitada e ansiosa, chegando até mesmo a fumar dentro de casa, um hábito adquirido naquele dia, uma vez que o Sr. Prado não suportava cigarros.

Merda!

Sem nada a dizer, concordei com a cabeça, permitindo que ele continuasse.

— Ela, assim como os demais empregados, confirmou que houve uma discussão. Também disseram não ser algo corriqueiro dentro da residência, por isso a situação alarmou a todos.

— Você não precisa responder sobre essa questão, Vanessa — Guilherme falou. A maneira íntima como me tratou ativou a mente rápida do delegado.

— Não precisa? — ele perguntou com certo toque de descrença.

— Como eu disse: pedi o divórcio. Estive com o Dr. Nogueira alguns dias antes, em segredo. Conversamos sobre a situação do meu casamento e ele concordou em dar entrada no meu pedido de divórcio. Solicitamos a partilha dos bens. Eu precisava garantir que meu filho não sofresse com a separação. Assim, o Dr. Nogueira cuidou de todos os trâmites.

— Então vocês brigaram por causa do seu pedido de divórcio?

— Não exatamente.

— Poderia explicar? — Guilherme se mexeu incomodado ao meu lado. Ele não queria que eu falasse, mas eu não queria que aquilo continuasse.

— Isso é um tanto íntimo, delegado. Não gostaria de ter a minha vida exposta.

— Não terá. Seu advogado pode cuidar dessa parte.

— Vanessa, atenha-se apenas aos fatos que justificam você não saber sobre as ações do Felipe — Guilherme me alertou.

— Tenho aqui, no depoimento da Srta. Cândida Souza, que em determinado momento da briga a senhora ameaçou chamar a polícia, e que tentou impedi-lo de sair.

Puta merda! Aqueles desgraçados não podiam ficar com a língua na boca? Cretinos!

— Ele não aceitou o divórcio. Comunicou, em cima da hora, que precisaria viajar, sem dizer para onde ia ou quando voltaria. Fiquei com a impressão de que tentaria adiar ao máximo a situação, e que, de alguma forma, prejudicaria a saúde financeira da minha casa. Ele estava com meu pedido de divórcio e minhas exigências, ainda assim se negou a conversar ou tentar encontrar um meio termo.

— O que ele disse?

Atento, o delegado se inclinou para frente, me observando como se não pudesse perder nada. Fiquei nervosa. A pressão era grande demais. Busquei as palavras de Felipe em minha mente.

— Que eu estava louca. Perguntou se eu tinha conversado com meu psicólogo. Desfez da minha decisão e afirmou que eu inventava situações para atrapalhar a vida dele.

Minhas palavras, de alguma forma, o desarmaram. Com toda certeza algum empregado havia ouvido algo do tipo. O delegado não esperava que eu dissesse a verdade, ainda que fosse a verdade que fiz questão que ele soubesse.

— E a senhora frequenta um psicólogo?

— Sim.

— E por qual motivo precisa de um psicólogo? — quis saber. A expressão curiosa em seu rosto desviava-o dos fatos. Sorri.

— Delegado, o senhor está fugindo do tema central — Guilherme o alertou, mas não ganhou a atenção do homem à minha frente, que aguardava por minha resposta.

— E quem não precisa hoje em dia? — eu disse. Ele concordou sem nada acrescentar, pensativo, digerindo cada palavra.

— A invenção que ele sugeriu seria o motivo para o divórcio?

Nada respondi. Não era obrigada a revelar além do que o necessário para o ajudar com a investigação, afinal de contas a finalidade daquele depoimento era auxiliá-lo a encontrar Felipe, e não desvendar o fracasso do meu casamento.

— Veja bem, Sra. Prado. Estamos aqui com um problema... O seu marido deu um golpe milionário na empresa. Fez pouco caso de diversos investidores, furtou o dinheiro deles e sumiu no mundo. Desapareceu como um fantasma. Não acha estranho?

— Na verdade, não. Se a intenção dele era furtar, então por que ficaria aqui, em lugares onde pudesse ser pego? Não estamos falando de alguém que não paga pensão alimentícia, delegado. Se Felipe furtou essa quantia, ele tinha um plano, e este foi executado com maestria, visto que, até o momento, mesmo com toda a ação da Polícia Federal, não foi encontrado. Enquanto isso, o senhor dedica o seu tempo para entender o fracasso do meu casamento.

Seu semblante não foi nada animador. Ele raciocinou por um tempo, e em seguida se aprumou na cadeira, voltando a sua atenção aos papéis sobre a mesa.

— A senhora foi atrás dele? Temos relatos de que a senhora saiu logo em seguida, cantando os pneus, indo na direção tomada pelo Sr. Prado. Só para deixar claro, estamos com o pedido oficial para termos acesso às câmeras, assim vamos conseguir traçar o caminho feito pelos dois carros.

Guilherme me encarou apreensivo, prestes a explodir por não conseguir dominar a situação, e com medo do que eu poderia dizer.

— Ótimo! — falei com calma. — Assim poderá confirmar o que direi. Não segui o Felipe, como o senhor acredita. Naquele dia fui até a casa do Dr. Nogueira. Queria comunicá-lo do fato, afinal de contas, ele é o responsável pela minha ação de divórcio.

— E não podia fazer isso por telefone?
— Não. Eu estava nervosa. Queria sair de casa.
— Entendo.
Fez outra pausa teatral.
— E por qual motivo decidiu se separar?
Depois de uma pausa, Guilherme interveio:
— Não responda. Não há qualquer relevância em seus motivos. Para a justiça interessa apenas a existência do processo de litígio.
— Mas ela ameaçou chamar a polícia. Consta no depoimento. Houve algo a mais? Seu marido era um homem violento? Como ele era com seu filho? Havia alguma suspeita de...
— Vanessa, não...
— Ele tinha um caso com a babá do nosso filho — revelei de uma vez por todas. Fechei os olhos, desconcentrada, querendo a todo custo organizar meus pensamentos, reajustar meu plano, alcançar a melhor maneira de não deixar que aquela informação fosse além do necessário.
— A senhora tem como provar?
— Isso sequer vem ao caso, delegado! — Guilherme gralhou, aborrecido.
— Acredito que possa ser interessante a informação. Se a esposa não faz ideia de onde está o marido, quem sabe a amante possa estar envolvida em algo? — O brilho em seu olhar ficou mais intenso. Ele parecia vibrar.
— Neste caso o senhor deveria intimá-la para depor, e não levar a minha cliente a uma situação tão constrangedora.
Ah, droga!
— Não posso fazer isso sem saber de quem se trata, onde posso encontrá-la e, principalmente, sem as provas. Então, ou a sua cliente está levantando uma acusação em falso, ou está ocultando informações importantes para a investigação.
— Ainda assim... — Guilherme falou, mas eu já estava cansada demais para continuar tentando conter a enxurrada.

— Eu vi um vídeo. A garota se despindo em um dos momentos íntimos dos dois. — Cerrei os dentes e continuei: — Dentro da minha casa.

— Vanessa... — Guilherme tentou me impedir.

— Suportei todas as traições do Felipe. Fechei os olhos acreditando ser o melhor para mim e para o meu filho, mas, quando descobri aquela menina... ela é só uma menina — sussurrei com lágrimas forçadas. — Menor de idade.

E então um silêncio constrangedor se fez na sala.

CAPÍTULO 5

O delegado Fráguas mordeu o lábio inferior, os dedos cruzados sobre a mesa, seu olhar fixo nos papéis, a mente longe, começando a juntar as peças, formulando uma teoria. No mesmo instante, me arrependi de ter contado sobre Isabel. Talvez fosse melhor me manter no papel da esposa desinformada, a que fora passada para trás.

Mas como? Ficou claro que eu saí logo em seguida, que segui o mesmo caminho tomado por Felipe, então tive que revelar sobre o pedido de divórcio, e, se este existia, uma vez que já se situava em posse da justiça, deveria haver um motivo coerente para tal ato. Eu me vi sem saída.

Precisei escolher entre arriscar com a história da Isabel, e com isso colocar todo o meu plano à mercê da sua capacidade de sair do problema, o que não me deixava nada tranquila, ou entregar o envolvimento do Guilherme, e assim perder todo o apoio de que eu precisava naquela hora. Sem contar que apontar o meu envolvimento com meu advogado poderia despertar suspeitas que eu não desejava.

O delegado Fráguas ergueu os olhos e me encarou. Veio com aquele sorriso quase sem expressão, um simples repuxar dos lábios no lado direito tão mínimo, que se assemelhava ao sorriso da Monalisa. O frio mórbido começou a atingir meu corpo, lento e constante, iniciando pelas extremidades, na ponta dos dedos, no nariz e até mesmo nas orelhas. A cada segundo de silêncio o frio se expandia, quase me fazendo tremer, mesmo sendo um dia de sol e calor tradicional do Rio de Janeiro.

— Então, Sra. Prado... — ele puxou o ar, com efeito. — A senhora está me dizendo que pediu o divórcio porque seu marido estava envolvido com a babá do seu filho, e que a pessoa em questão era menor de idade.

— Exato — minha voz já não tinha a mesma força ou segurança de antes.

— A senhora descobriu, digo, se certificou de que o caso era real, ou apenas desconfiou?

— Se fosse uma mera desconfiança eu não estaria usando-o como justificativa para o meu ato.

Ele concordou, contudo, sem deixar que aquele ar de superioridade me aliviasse.

— E como eu disse: vi o vídeo.

— Certamente.

Seu simples concordar, acompanhado daquele olhar estranho, aumentava o ritmo do gelo que subia pelo meu corpo. Apertei as mãos nas coxas, subindo e descendo para aquecê-las. Ele percebeu, o que me fez parar de imediato. Não podia demonstrar insegurança.

— Então, mesmo em posse das provas, a senhora apenas pediu o divórcio? Apenas isso? Não lhe preocupou que o envolvimento do seu marido com uma menor de idade é caracterizado crime e que isso deveria ser reportado à polícia?

Puxei o ar com força e me mexi na cadeira desconfortável.

— Ainda não sabia o que fazer com a informação. Estava... estou devastada com o ocorrido. A garota era babá do meu filho! Nunca poderia imaginar que Felipe seria ousado ao ponto de...

— Ousado? — O delegado estreitou os olhos com certo prazer pela maneira como a conversa seguia. — Se o Sr. Prado pode ser classificado como "ousado" ao ponto de algo, devo deduzir que esta não seria a primeira traição descoberta?

Um pouco mais de desconforto. Até que ponto ele me faria seguir? O que mais me obrigaria a revelar?

— Afirmei um pouco antes que superei todas as outras. Existia, sim, a situação delicada no relacionamento, delegado. Um dos motivos para não suportar mais o casamento e desejar o divórcio.

O delegado Fráguas olhou para mim, buscando respostas. Assumi o meu melhor papel de esposa exemplar e enganada.

— Não era uma constante, algo feito de forma corriqueira — falei. — Pelo menos não de uma forma que eu descobrisse. Mas de tempos em tempos algumas evidências surgiam, o casamento estremecia, eu dizia não querer mais e... — solucei forçando o choro — Felipe sabia como convencer alguém a segui-lo. Ele... ele fazia o que o senhor já deve imaginar, me convencia de que nada havia acontecido, ou, quando não podia negar, jurava amor e prometia que nunca mais aconteceria.

— Porém, continuava acontecendo — afirmou.

— Como eu disse: foram anos juntos e alguns casos descobertos. Demorei para perceber que o casamento se encontrava fadado ao fracasso. A certeza chegou com o descobrimento de que Isabel, a babá, era menor de idade.

— Compreendo.

Aguardou até que meu choro fingido fosse superado. Guilherme me ofereceu um lenço, o que quase me fez rir. Que homem no século XXI guardava um lenço no bolso para oferecer em momentos como aquele?

— E por qual motivo, durante a briga, ameaçou chamar a polícia? Por causa do relacionamento com a garota em questão? Por ela ser menor de idade?

— Quando avisei ao Felipe sobre o pedido do divórcio, informando que descobri sobre o caso deles e que demiti Isabel, ele quis fazer parecer que eu enlouqueci, disse que inventei a história. Então eu disse que tinha como provar.

— E a senhora tem?

— Vanessa... — Guilherme tentou me impedir.
— O vídeo que falei que vi. Instalei uma câmera no quarto do meu filho, sem que qualquer pessoa soubesse.
— Com o intuito de flagrar a babá com seu marido?
— Com o intuito de pegar qualquer falha no que tange ao trato dos empregados com o meu filho — falei de forma mais firme, deixando claro que tipo de mãe eu era. Ele se limitou a me dar aquele sorriso mínimo, de quem sabe que havia mais.
— E, quando descobriu o ocorrido, o que fez? Demitiu a garota e anunciou o divórcio sem se dar conta de que a menina, como menor de idade, era vítima do seu marido?
— Delegado, a minha cliente...
— É cúmplice do que poderíamos enquadrar como estupro de vulnerável. Ela viu o que aconteceu e ainda assim preferiu se livrar do problema. Sem contar que empregou uma menor de idade.

O frio que avançava aos poucos ganhou todo o meu corpo de uma vez só. No meu plano, jamais idealizei chegarmos àquele ponto, que entregar à polícia o envolvimento do meu marido com uma menor de idade pudesse me colocar em uma posição tão delicada. Se meus batimentos cardíacos fossem monitorados naquele momento, eu teria todo o meu jogo desvendado.

— Delegado — Guilherme o chamou. — Devo "relembrá-lo" que estupro de vulnerável é caracterizado para menor de idade de até quatorze anos, pessoas sem condições mentais para discernir quanto ao ato ou, de alguma forma, impossibilitadas de oferecer resistência. O que não é o caso. A garota em questão tem dezessete anos. Foi contratada no regime da CLT, respeitando o artigo 403, e está em posse de todas as suas faculdades mentais.

O delegado Fráguas afiou o olhar na direção de Guilherme, como se quisesse atingi-lo de alguma forma, incomodado com a sua intromissão, na tentativa de me apavorar. Agradeci mentalmente pela presença do meu advogado e pela sua competência.

— Por que não o entregou para a polícia? — ele forçou.

— Porque eu não queria esse escândalo para a minha família. Meu Deus! Precisar enfrentar tudo e todos porque meu marido transava com uma... uma adolescente, dentro da minha própria casa.

— Além de não ser obrigada por lei a reportar a situação a qualquer autoridade — Guilherme falou de forma dura, o que, de certa forma, pareceu dirigido diretamente a mim.

Fingi outra vez o choro. O tremor me ajudou a compor a farsa. Outra vez Guilherme me ofertou o lenço, o que me ajudou a encobrir o choro e disfarçar as lágrimas.

— Mas eu estava disposta a entregar os vídeos à polícia. Veja... — Enfiei a mão na bolsa capturando o pen drive, colocado ali como estratégia de mais um álibi. — Eu estava disposta a entregar o Felipe à polícia quando vocês apareceram para investigar o golpe. — Coloquei o pen drive sobre a mesa. Ele pegou o pequeno material, observando-o com atenção.

Neste instante, uma batida leve na porta fez o delegado recuar, então um policial entrou e o chamou para fora.

— Um instante, por favor — ele pediu ao se levantar.

Em pouco tempo ficamos sozinhos na sala. Sozinhos, não. A escrivã continuava lá, no entanto, a mulher parecia um robô. Seus dedos saíram do computador tão logo o delegado deixou a sala. Ela levantou, foi até a outra extremidade e pegou uma garrafa de água na pequena geladeira no canto. Guilherme olhou em sua direção, então se aproximou de mim querendo chamar o mínimo de atenção.

— Por que não me contou? — perguntou, alterado. Inconformado por ser pego de surpresa.

— Não queria que entendesse de forma errada a maneira como... — olhei sugestivamente para a mulher — como desenrolamos a situação.

Guilherme tentou rebater, fechou a boca, buscou argumentos e seu rosto chegou a ficar vermelho. Então ele balançou a cabeça e concordou.

— Ainda assim. Eu deveria saber dessa parte. Deveria estar em posse de todas as informações. Se eu soubesse... — Mordeu os lábios, irritado. — Por que falou da babá? — Seu tom de voz ríspido me incomodou.

— Era o certo a ser feito, não?

— Claro que não! Viu no que transformou isso tudo? Felipe desaparecido, você se colocou no lugar da esposa amargurada que descobriu o caso do marido. Tem todos os motivos para querer dar um fim nele, não acha?

Fingi horror enquanto o encarava assustada.

— Mas eu não fiz isso. Você sabe que não fiz. Ou você...

Seu semblante suavizou um pouco e ele inspirou de uma vez.

— Não, Vanessa! Eu não acho que tenha feito nada. Mas falar da babá foi errado. Além do mais, se tivesse me dito, pouparíamos o desgaste dessa cena toda. Não há nada de ilegal, apesar de absurdo, no envolvimento do Felipe com a garota.

— Eu não... eu não sabia.

E nesse momento eu me senti ridícula. Claro que entregar o vídeo à polícia não estava em meus planos quando o consegui, no entanto, o que acreditei ser um perfeito plano começava a desmoronar.

— Não sabemos o que Felipe fez, o que aconteceu. Precisamos ter cuidado. Você só precisava dizer que não sabia de nada e que há um tempo não vivia maritalmente com seu marido. Isso os empregados poderiam confirmar. O resto deixaríamos por conta do Felipe, quando e se ele for achado.

— Não quero esconder nada da polícia. Quero que eles saibam de tudo. Só assim poderei sair dessa sem qualquer mancha.

Deixei que meus olhos lacrimejados, ampliados e cheios de pavor o convencessem. Guilherme havia ficado chateado com a minha revelação, o que me colocava em risco. Precisava que meu advogado validasse cada ação minha.

— Desculpe! — sussurrei demonstrando meu sofrimento ensaiado. — O que você pensaria de mim se eu chegasse na sua casa com essa história?

Com satisfação, acompanhei seus ombros relaxarem e sua resistência se desfazer. Seu olhar suavizou e até mesmo sua boca, antes rígida, alinhada e esticada, formou um biquinho lindo.

— Você acha que eu não te aceitaria se me contasse dos casos do Felipe? Como se eu não soubesse o que ele aprontava. Pelo amor de Deus, Vanessa! Minha relação com o Felipe era próxima o suficiente para que eu não precisasse fingir não perceber seus deslizes. Vi com meus próprios olhos o quanto ele a negligenciava e humilhava, só não captei o caso com a babá. Céus! Uma menina de dezessete anos! Onde o Felipe estava com a cabeça? E quanto deve ter sido difícil para você.

Ergueu a mão para me tocar, e então se deu conta do local onde estávamos, desistindo logo em seguida. Apesar disso, se aproximou o suficiente para conseguir sussurrar uma última frase.

— E eu nunca, em hipótese alguma, conseguiria resistir a você.

Pensei em responder. Em dizer algo que o mantivesse naquele clima, que reafirmasse meu real interesse em seguir ao seu lado, mas nada consegui proferir. A mulher passou outra vez atrás da gente, fazendo-nos distanciar, e a porta foi aberta. O delegado voltou e não mensurávamos o que nos esperava.

Uma vontade absurda de enlaçar meus dedos nos de Guilherme, e assim me sentir mais segura, me invadiu com força. Um ato anormal, infantil e até mesmo fraco. Por isso me contive e aguardei até que o delegado falasse, com aquele sorriso debochado e a pose de quem finge muito bem estar relaxado, mas que eu já havia sacado que significava uma carta na manga.

■ ◊ ■

— Estamos com um problema, Sra. Prado — ele começou, se encostando no espaldar da cadeira e cruzando os pés.

— Entreguei as provas que tinha. Do que mais posso ser acusada?

— Acabei de receber o resultado de uma das provas coletadas pela perícia ontem, quando estivemos em sua casa.

— E o que encontraram? Um fio de cabelo do meu marido? Uma pegada? Fluidos? — fui irônica, mas Guilherme não gostou nem um pouco disso.

— Sangue — o delegado disse.

— Sangue? — dissemos, Guilherme e eu, ao mesmo tempo. Ele, com dúvida. Eu, com pavor.

— Sim. Encontramos embaixo da sua cama um pedaço de cerâmica com uma mancha seca que indicava ser sangue. Pedi que fosse investigado. E vejam só: é sangue.

Muito rápido a ironia me deixou, no mesmo instante em que recordei o momento em que, insana, atirei o vaso na direção do Felipe, ferindo-o na mão. Droga! Era só o que me faltava. Quando perdi as rédeas daquele plano tão bem elaborado?

— Ele pode ter se cortado em algum momento — tentei. — Ou até mesmo eu.

— No depoimento da senhora Maria do Socorro há o relato de algo se quebrando no quarto. Quando ela entrou, logo após a senhora deixar a casa, verificou um jarro de cerâmica quebrado em pedaços. Ela não soube dizer se o Sr. Prado deixou a casa com algum ferimento aparente, e sequer chegou a cogitar que a ferida pode ter sido da senhora — completou com a satisfação de quem consegue desarmar alguém.

— E o que o senhor acha que fiz? Que matei o meu marido? Que... que... — Não aguentei o nervosismo. Aquele homem me testava até me deixar no limite. — O que o leva a crer em uma coisa dessas?

— Até onde posso perceber, a senhora tem motivos para querer o seu marido fora do seu caminho — continuou, calmo, impassível, distante do que o meu sofrimento poderia causar a qualquer homem. Inalcançável.

— Eu pedi o divórcio. Não é o suficiente? Essa era a forma pela qual queria me distanciar dele. Ele é o pai do meu filho! — falei mais alto, mais abalada do que imaginei me sentir.

— O Sr. Prado sumiu. O dinheiro não está em nenhuma conta ligada a ele. Por qual motivo ele sumiria com tanto dinheiro sem se importar com o filho ou com o que lhe aconteceria após o seu sumiço?

— Delegado... — Guilherme interferiu. — Minha cliente já falou que houve uma briga entre ela e o marido. Mesmo que um dos dois tenha se machucado com o vaso, seja em qualquer circunstância, não significa que minha cliente matou o Felipe — falou com certa indignação. — O que o senhor está fazendo aqui quebra todos os protocolos. Estamos tratando do furto e do sumiço do Sr. Felipe Prado. A minha cliente se apresentou de livre e espontânea vontade. Informou tudo o que sabe. O senhor esteve na casa, na qual a Sra. Prado sequer relutou em permitir a entrada dos seus homens. Ela está colaborando. E, até onde vale a lei deste país, o senhor não pode acusá-la sem provas.

O delegado riu, fingindo estar sem graça, ciente da sua quebra de decoro e das implicações que poderiam lhe atingir caso resolvêssemos levar seu comportamento a uma esfera superior.

— Não estou acusando. Só averiguando — falou com calma, sem se desestabilizar. — É só uma teoria que passou pela minha cabeça. O Sr. Prado brigou em casa, se machucou e saiu. A Sra. Prado foi vista saindo logo em seguida, cantando os pneus, seguindo na mesma direção do marido. O Sr. Prado não foi visto outra vez. Sumiu por três dias sem que alguém se dignasse a procurá-lo. Ele furtou uma bolada. Dinheiro suficiente para três gerações viverem bem pelo resto da vida. Ou até mais, se souberem a maneira certa de aplicar. É fácil deduzir que a esposa, ao descobrir o caso com a babá, se livrou do marido e ficou com o dinheiro. Mas... é só uma teoria.

— Nesse caso, terminamos por aqui — Guilherme avisou, levantando-se de imediato. — Se o senhor tem alguma acusação a fazer, apresente as provas, faça uma acusação formal, leve o caso adiante. Por enquanto minha cliente não tem mais nada a dizer.

Guilherme aguardou que eu me levantasse, todavia, permaneci parada, congelada naquela cadeira desconfortável, o pensamento acelerado. Se o delegado levasse as investigações por aquele lado, todo o plano cairia por terra. Eu seria investigada, quem sabe até mesmo desmascarada. Poderia ser acusada de... eu já nem raciocinava mais, só não podia estar ligada à suposta morte do meu marido. Mesmo ciente de que ele não havia morrido.

— Eu não matei o meu marido — falei no modo automático, ainda com medo, sem saída.

— Você não precisa falar mais nada, Vanessa! — Guilherme falou com mais rispidez. Uma forma de me alertar a obedecê-lo. Mas eu não podia.

— Tenho como provar que não encontrei com o Felipe depois que deixei a minha casa.

— Vanessa...

Guilherme tentou sem qualquer sucesso. O delegado se aproximou, atento, ansioso por mais alguma informação que o ajudasse a elucidar aquele problema.

— É mesmo? — ele disse em tom zombeteiro. — E como faria isso?

— Naquele dia, como já revelei, fui direto para a casa do Dr. Nogueira.

— Sim, a senhora já disse isso — falou o delegado, um pouco frustrado.

— As câmeras vão comprovar o que eu disse.

— Também já sabemos dessa parte.

— Mas eu não disse o principal.

— Vanessa, não fale mais nada! — Guilherme me deu a última chance. No entanto, eu não podia fazer mais nada.

— Passei a noite na casa do Dr. Nogueira. As câmeras do prédio podem comprovar o que estou dizendo. Eles têm a hora exata em que deixei o imóvel. Depois disso, como o senhor já deve saber, uma vez que interrogou meus empregados e também deve ter averiguado nas câmeras de segurança do meu prédio, não deixei mais a minha casa até hoje, quando saí para prestar este depoimento.

— A senhora está me dizendo que...

— Sim, estou afirmando que desde aquele dia mantenho um relacionamento amoroso com o Dr. Nogueira, ou melhor, Guilherme. Desde o momento em que o meu pedido de divórcio foi documentado e protocolado, me permiti viver o que não vivia com o meu marido há anos. E não me arrependo nem por um segundo disso.

CAPÍTULO 6

Os minutos após a minha declaração pareciam levantar todas as partículas da sala e deixá-las suspensas. Até mesmo a minha respiração acompanhou. O delegado me encarava e eu devolvia o olhar com a mesma determinação. Ao meu lado, eu podia apostar, Guilherme me fitava com a mesma intensidade.

Então tudo aconteceu em sequência: o delegado levantou, seu olhar foi do meu para a escrivã, Guilherme voltou a sentar e eu consegui respirar outra vez.

— Só um minuto — o delegado anunciou, deixando a sala um tanto quanto atordoado.

Relutei para não precisar encarar meu advogado. Precisava me preparar para o embate. Desde que aquela confusão iniciou, Guilherme me alertou diversas vezes sobre a impossibilidade de revelarmos o nosso relacionamento. E o que eu havia feito? Estraguei a sua estratégia no primeiro momento em que minha cabeça foi a prêmio.

— Pelo visto, você não precisa de um advogado — ele disse, a voz grossa, contida e magoada.

Foi impossível não o olhar com pavor. Aquela declaração me horrorizou. Não apenas pela possibilidade de perder a sua proteção jurídica, mas, principalmente, de perder o seu carinho.

Por um segundo, só um segundo, relembrei a minha trajetória ao lado do meu marido. A sua devoção no início do namoro, a maneira como ele costumava me admirar, o apelido carinhoso que me acompanhou até que eu começasse a perder o frescor, como ele mesmo havia salientado no dia em que, enfim, se foi.

Boneca.

Assim Felipe me chamava. Não apenas com carinho, mas com devoção. Com aquele vislumbre de quem não conseguia encontrar nunca, em lugar algum, algo melhor para que olhar. Eu era a sua boneca, até o dia em que entendi que as bonecas também envelheciam, e, quando isso acontecia, outras mais bonitas e modernas as substituíam.

Foi isso o que Felipe fez. Encontrou outra boneca, outro ponto de admiração, outra pessoa para quem escolhera dedicar os seus suspiros e olhares. E, aos quarenta anos, eu me sentia um nada, uma pessoa deixada para trás.

Até que Guilherme, cinco anos mais novo do que eu, com seu jeito sério, suas atitudes honestas e seus olhares apaixonados, reacendeu a chama dentro de mim. Ele me fez renascer como mulher no momento em que considerei que nunca poderia me sentir de tal forma. No entanto, ali, diante de mim, nosso relacionamento fora colocado na balança e pendia para o fim. Apesar de ter saído da relação com Felipe bem mais forte, minha autoestima sofreu uma mortal queda.

Eu não queria perder Guilherme. Não podia perdê-lo.

— Desculpe se o envolvi nessa confusão.

Minha voz saiu mais frágil do que eu gostaria de demonstrar, assim como não passou despercebido ao meu advogado os movimentos das minhas mãos, esfregando-se uma na outra, em uma atitude de ansiedade.

Eu precisava de um cigarro.

— Não percebe o que fez? Eu ter dormido com você não afeta em nada a investigação. Já você ter dormido com o seu advogado, o seu único álibi, ganha a força que esse delegado quiser colocar.

— Ele não pode...

— Ah! Ele pode, Vanessa! — ridicularizou, me abalando. — Esse delegado parece que não segue as regras. Não utiliza a formalidade para chegar ao ponto em que deseja. Não se importa com a maneira como conseguirá te encaixar nessa merda, mas é o que ele vai fazer.

— Não!

— Não? Isso só vai depender da sua capacidade de deixar que seu advogado trabalhe, em vez de me colocar aqui, sem as informações, sem conseguir conduzir o seu depoimento. Fiz papel de trouxa hoje.

— Guilherme! — Levei a mão à boca, horrorizada com as suas palavras.

Ele parou no mesmo instante, fechando os olhos e contendo a raiva.

— Me desculpe! — sussurrei. — Não presumi que o abalaria tanto.

— Abalou. Não quero que os erros do Felipe caiam sobre você.

— Mas, se eles verificarem as imagens das câmeras, vão saber que eu disse a verdade.

— Vanessa... — Suspirou impaciente, como se estivesse interagindo com uma criança. — Isso se houver mesmo câmeras que consigam comprovar que seu percurso não foi modificado. Nem todas as ruas são monitoradas. E ainda corremos o risco de não haver qualquer imagem.

— Como assim?

— Existem as câmeras, mas apenas para desencorajar. Muitos condomínios e empresas fazem isso.

— Meu Deus!

Eu não contava com aquela possibilidade. Não havia estudado o caso e organizado as ideias para defender a minha revelação. Fui jogando com as cartas, tentando ao máximo desviar a atenção do delegado. Tudo o que consegui foi me enrolar ainda mais naquela confusão.

A insatisfação do Guilherme me deixava apreensiva, contudo, eu não tinha nenhuma maneira de reverter aquele quadro.

— Você pode abandonar o caso — sugeri, cheia de medo, porém, sem conseguir agir contra Guilherme.

— Não! — falou, incisivo. — Só quero que me deixe conduzir a partir daqui. E, se houver qualquer outra coisa de que precise me inteirar, qualquer informação, conte a mim, e não a ele. Entendeu?

Concordei sem nada dizer, pois a porta se abriu e o delegado entrou na sala com um comportamento diferente, aborrecido, ansioso, com pressa para deslindar o problema.

— Bom...

Ele começou sem me olhar, fingindo interesse nos papéis sobre a sua mesa. Eu poderia até acrescentar um "desconcertado" na sua descrição, mas ele parecia que agiria de forma a arrancar das pessoas o que desejava para os seus casos.

— Só preciso de mais algumas informações.

Olhou para mim, como se estivesse me pedindo autorização. Automaticamente, olhei para Guilherme, que concordou, não sei se por não compreender o rumo daquela investigação ou se por já ter algo em mente.

— E do que o senhor precisa? — Guilherme respondeu por mim. O delegado fez um biquinho, fingindo certo desinteresse.

— Acabei de solicitar que apressem a análise dos vídeos para confirmarmos a versão da Sra. Prado.

— Então acabamos aqui? — Guilherme questionou.

O delegado puxou o ar com força. Seus olhos foram do meu advogado para mim. Ele aspirava demonstrar vulnerabilidade, por isso, pisar em ovos depois de tudo o que fez consumia aquele homem de uma forma que, confesso, me deu prazer.

— Só um instante, Dr. Nogueira. Antes vocês devem saber que, como estamos em processo de investigação, precisamos que a Sra. Prado não deixe o país.

— A minha cliente é acusada de algo?

— Ela está impedida legalmente de deixar o país, se é que precisa de algo mais claro — respondeu com certa rispidez. — E não, eu ainda não fiz qualquer tipo de acusação. A questão é: a sua cliente é ponto fundamental desta investigação. Deixar o país pode atrapalhar o nosso processo.

— Não vejo como. Além do mais, o senhor tem uma ordem judicial?

O delegado ficou desconfortável, encarando meu advogado como se quisesse estrangulá-lo.

— Acabei de solicitar. Posso conseguir segurá-los aqui pelo tempo que for necessário até que a ordem judicial chegue.

Olhei assustada para Guilherme, minha cabeça doendo cada vez mais. Meu advogado sorriu com segurança, nada tenso.

— Seria interessante assisti-lo quebrar tantos protocolos e leis.

A boca do delegado formou uma linha fina, típica de quem se controlava.

— Ainda assim, Vanessa não planeja deixar o país antes que tudo esteja muito bem esclarecido. Minha cliente não tem nada a esconder, não participou das ações do marido, tem todas as provas ao seu lado e veio até aqui espontaneamente. Vamos aguardar até que a justiça tenha a mesma certeza que nós temos.

— Melhor assim.

— Mais alguma coisa?

— Ah, sim. — Ele pegou a caneta e a agenda na qual fez todas as anotações que achou necessárias durante o meu depoimento. — Preciso do nome da babá e também de onde podemos encontrá-la, já que ela foi demitida.

Dessa vez Guilherme me deu autorização para falar. Suspirei. Era horrível não ter domínio das minhas ações.

— Isabel Rodrigues — falei sem qualquer vontade. — E não sei onde o senhor pode encontrá-la. Não sou a responsável pela documentação dos empregados. Não desenvolvo relação íntima com eles a ponto de conhecer informações como essa.

— A senhora contrata uma garota para cuidar do seu filho sem qualquer referência?

Aquele homem me levaria à loucura caso eu precisasse ficar em sua presença por mais uma hora. Enfurecida, e com meu ego materno ferido, empinei o queixo ao encará-lo.

— Foi o que eu disse?

— Não, mas...

— Então não coloque palavras na minha boca. Entrevisto os empregados, contrato conforme as referências profissionais, analiso o comportamento de cada um. A parte burocrática, como documentação e contrato, fica por conta da minha contabilidade.

A surpresa pela maneira rude como me portei tornou-se evidente tanto para o delegado quanto para o meu advogado. O primeiro não esperava que eu pudesse revidar com tanta energia, principalmente depois da minha encenação, e o segundo nunca precisou conhecer esse meu lado. Desde que começamos a nos relacionar, ultrapassando a barreira entre o profissional e o pessoal, dei a Guilherme apenas minha fragilidade, doçura e desejo. Porém, reconheci que não demoraria para que ele captasse que não funcionava bem daquela forma.

— Bom, então pode me passar o contato da sua contabilidade? — ele disse, ainda surpreso.

— Posso?

Ergui a mão, solicitando a caneta e a agenda. Ele me passou com perplexidade. Anotei um telefone e o nome da empresa que atendia às necessidades da minha casa, implorando a Deus para que não fossem tão a fundo nas informações.

— Estamos liberados? — Guilherme voltou a assumir o comando.

— Sim. Entraremos em contato caso precisemos de mais alguns esclarecimentos.

Levantamos os dois ao mesmo tempo, mas paramos quando o delegado continuou:

— E não hesitem em entrar em contato caso algo novo aconteça, ou alguma informação tenha sido... esquecida. — E aquele sorriso diabólico, que me dava vontade de acertá-lo com um tapa, se apresentou. Cheio de significado, escondendo a verdade por trás das suas palavras. Estremeci, e ainda assim continuei furiosa.

— Vamos.

Guilherme, sempre muito educado, indicou o caminho e me seguiu de perto. Deixamos a delegacia em silêncio. Eu nada disse nem mesmo quando aquele agente, um dos que estiveram na minha casa um dia antes, levantou com pressa quando nos viu sair e entrou na sala em que, pouco antes, estávamos com o delegado, fechando a porta atrás de si, lacrando só para eles o que compartilhariam.

Fui tomada pelo medo.

Medo de tudo e por muitos.

Planejei conseguir manter Guto longe daquele escândalo. O que seria do menino se as pessoas direcionassem suas atenções para as nossas vidas, já que Felipe foi embora e nos deixou em evidência? Eu, ciente da realidade dos fatos, suportaria tudo sem perder a elegância. De fato, havia certa gratificação em me manter naquela posição, visto que havia algo aguardando por mim depois da turbulência. No entanto, quando pensava em meu filho, na maneira como aquilo poderia atingi-lo, repensava os meus atos e me questionava se havia mesmo feito o certo.

Aquele sentimento que me impactava e me impedia de reagir até mesmo diante de tantas câmeras posicionadas em nossa direção e dos flashes que, com constância, nos cegavam também se estendia a Guilherme. Mesmo com a real certeza de que não o usei ao me entregar naquela noite e de validar meus sentimentos por aquele homem, não havia como negar que o usei, sim, ao envolvê-lo naquele escândalo, de caso pensado, um plano muito bem estruturado e decidido por mim.

A sensação de que o delegado me alcançou além do que deveria e do quanto falhei naquele depoimento, direcionando-o para os lugares errados, me causava pânico.

Foi pensando assim que tomei duas decisões ao entrar naquele carro. Eu precisava fazer uma ligação, contrariando o que deixamos acertado, em particular, sem alertar Guilherme para o ato. E eu precisava de um momento só meu com meu advogado outra vez, nem que fosse para certificá-lo de que, mesmo com todas as provas contra mim, o que eu sentia era verdadeiro. Ao menos isso.

— Vou levá-la para casa — Guilherme falou tão logo ganhamos distância do local, deixando para trás a confusão de repórteres curiosos e ansiosos para desvendar o caso até mesmo antes da polícia.

— Não. — Fui firme, encarando o seu perfil, analisando a sua reação.

Guilherme engoliu em seco, seus dedos se fecharam com mais força no volante quando me perguntou:

— O que quer fazer? Para onde quer ir?

— Para qualquer lugar onde eu possa ficar com você. Apenas você.

Sem qualquer palavra, Guilherme alterou o curso que seguíamos. Observei com alívio quando seus ombros relaxaram e seus dedos perderam a força com que se mantinham firmes ao volante. Era isso. Guilherme ainda estava no jogo.

CAPÍTULO 7

Entrei no apartamento do Guilherme sem dominar ao certo aquele encontro definido de última hora. Ele não falou nada durante todo o percurso, o que me deixava insegura quanto ao destino do nosso relacionamento. Faltava-me a certeza do que meu advogado de fato intentava. O que esperar dele? Continuávamos com as mesmas vontades, os mesmos objetivos... ou meu comportamento na delegacia minou o que havia de esperança para nós dois?

Ele avançou pela sala, o corpo demonstrando cansaço, mesmo com o dia ainda ganhando o princípio da tarde. Foi até o bar, uma estrutura muito bem-feita e projetada com elegância que ficava na extremidade oposta do ambiente, e se serviu de um pouco de uísque.

Não me dei ao trabalho de conferir o local. Conhecia aquele apartamento muito bem. O apartamento não tinha o meu padrão de vida, apesar de ser um imóvel bem posicionado, em um bairro elegante e grande demais para um homem solteiro. Mas Guilherme era apenas o chefe do setor jurídico da empresa que o meu marido fizera questão de falir, ou seja, um futuro desempregado que, mesmo podendo continuar suas atividades como profissional liberal, não tinha chances de conquistar o padrão de vida que eu levava ao lado do Felipe.

Ainda assim, era com ele que eu ambicionava ficar. Depois de me entregar ao brilho apaixonado dos seus olhos, de aceitar a sua paixão que me colocava em uma posição quase que divinal, de não resistir mais à sua admiração, de experimentar estar em seus braços e de me redescobrir como mulher, não havia qualquer chance de, por livre e espontânea vontade, deixá-lo para trás.

— Quer beber alguma coisa? — ele perguntou.

Mordi o lábio inferior, enfiando as mãos nos bolsos de trás da minha calça, e neguei com a cabeça. Cobiçava acender um cigarro, mas, assim como Felipe, a ideia não apetecia Guilherme. Aliás, não era justo compará-los desta forma, pois, enquanto Felipe me proibia categoricamente, Guilherme apenas me pedia para fumar na varanda.

Eles eram diferentes em tudo, e ligar-me a Guilherme me fazia questionar como pude me manter tanto tempo como esposa de Felipe. Por que suportei, aceitei, lutei e quase me destruí por alguém como ele? Por que cheguei àquele ponto em que precisei arriscar tanto para sair de um casamento menos destruída?

— Quer discutir as circunstâncias do seu depoimento? Vou entrar em contato com um amigo e pedir para...

— Não.

Respondi com certa angústia na voz. Guilherme falava de trabalho como se não houvesse nada mais que pudesse fazer ao meu lado. Constatar tal fato me enfraqueceu.

— O que você quer, Vanessa?

Encarei meu advogado, meu amante e, acima de tudo, meu amigo, e me dei conta de que eu almejava muito mais do que fantasiei ser capaz de desejar outra vez naquela vida. Olhava Guilherme em pé, o paletó largado sobre o balcão do bar, a camisa azul-claro ainda composta pela gravata, mas que, mesmo com toda a sua seriedade, não escondia o físico maravilhoso que ele exibia. Contemplei seu rosto, seu cabelo alinhado, seus olhos atentos, ansiosos... ansiosos?

Extasiada, sorvi o ar com cuidado ao me dar conta de que Guilherme compartilhava do mesmo medo que eu. O esperar o deixava desconfortável, como sempre acontecia antes de eu dar aquele primeiro passo, quando permiti pela primeira vez que meus lábios tocassem os dele, uma atitude que classifiquei como louca — contudo, incontrolável.

A pergunta feita exibia um duplo sentido que, ciente de como funcionava para meu amante, nunca seria abordado, dando-me a chance de respondê-la como coubesse melhor a mim. Se naquele instante eu dissesse que pretendia ir para casa, ele jamais me impediria, assim como se escolhesse apenas sentar e fechar os olhos, meu advogado me atenderia. Da mesma forma, se eu desse aquele primeiro passo, se permitisse que Guilherme entendesse o que queria, se lhe passasse a ideia do quanto me envolvia naquela emoção, seria tomada em seus braços e agraciada com seus encantos.

— Vanessa? — ele chamou.

Todo o meu pensamento se voltou para a forma graciosa como Guilherme conseguia pronunciar o meu nome. Ele ainda me encarava, ansiando pela minha permissão, acatando a distância que eu ainda mantinha.

— Sim — respondi com um sorriso. Talvez o sorriso mais verdadeiro que conseguia exibir nos últimos dias.

— Sim?

— Sim, eu quero você.

Ele piscou, incerto quanto às minhas palavras, a cabeça levemente inclinada, como se ponderasse ou como se, de algum modo, não conseguisse assimilar a minha permissão.

Então, muito rápido a sua postura se modificou. Guilherme endireitou os ombros, pousou o copo sobre o balcão do bar e assumiu um ar decidido, seguro de si, confiante.

Caminhando na minha direção, sem qualquer pressa, e com toda a ansiedade anterior sanada, Guilherme não deixou nem por um segundo de me encarar, mantendo-me cativa daquela energia máscula, que me excitava e dominava na mesma medida.

Ele se aproximou com cuidado. Retirou a bolsa, que eu ainda mantinha presa ao meu antebraço, lançando-a sobre o sofá, e, sem precisar mais pedir a minha permissão, me beijou.

Seus lábios cheios e delicados tomaram os meus sem se impor. Seu beijo sempre suave, leve e gostoso, como a brisa do mar em uma tarde de primavera. Iniciava com um roçar das carnes, um experimentar, um momento em que se permitia apreciar a tentação, antes de se atirar de cabeça nela.

Quando isso acontecia eu sentia meu ar faltar, as borboletas do meu estômago começarem a vibrar, ansiosas para levantarem voo. Causava aquele frio gostoso, um formigamento que te ligava direto ao seu íntimo, antecipando o desejo avassalador. Por isso aceitava, aguardava e apreciava o sabor daquele roçar de lábios inicial.

Depois, Guilherme se permitia ir um pouco além, massageando minha boca com a dele, movimentando os lábios em um beijo lento e delicioso. E, só quando se certificava sobre nosso envolvimento naquela dança sensual, me invadia com sua língua, e eu entrava quase em êxtase, apreciando a sensação maravilhosa de ser beijada com um desejo puro e verdadeiro.

Para meu amante, o sexo era uma sinfonia completa. Precisa de todos os instrumentos, de todos os acordes, para criar assim o encantamento necessário, a vibração perfeita que nos leva à explosão final.

Fazer amor com Guilherme se assemelhava a contemplar um espetáculo em três tempos, sem nunca se cansar, entediar, ou até mesmo captar a passagem do tempo. Como sentar para apreciar o espetáculo e então atentar que toda a encenação gira ao seu redor, dentro e fora de você, até que não exista mais um sem que o outro esteja por completo inserido em seu ser.

Guilherme me seduzia com beijos calmos, entretanto, repletos do mais ardente calor, que me incendiavam por dentro e me obrigavam a clamar por mais. Ele me conduzia, anuviando meus pensamentos, mas não de uma forma que roubava de mim a capacidade de discernir, de compreender a situação ou até mesmo de recusá-la, embora eu não me via sem vontade de continuar o que fazíamos.

Como se me envolvesse em uma bolha, quentinha e aconchegante, onde todo o restante do mundo fosse conservado do lado de fora e, ali, enfim, pudéssemos viver o que de melhor podia existir entre um homem e uma mulher. E ele me conduzia porque, confesso, depois de anos vivendo o que descobri ser algo doentio, eu me vi envolta por algo bom, sobre o qual eu não fazia qualquer ideia.

Tudo se tornava novo, diferente, excitante. Nos braços de Guilherme eu me sentia uma adolescente vivendo os primeiros momentos de uma paixão, descobrindo prazeres dos quais não conseguia me ver longe.

Ele era uma novidade, mas também um desafio.

Quando tudo parecia não ser nada além de beijos calorosos, ele enlaçava a minha cintura, puxava meu corpo para perto e então aquela sensação recomeçava, o calor, o formigamento, o pulsar em partes que nunca imaginei ser possível. Uma vontade incontrolável de tocar, de apertar, de sentir. Sim, de sentir de todas as maneiras possíveis, porque Guilherme me ofertava tanta coisa que não havia como me decidir por apenas uma.

Como eu disse: uma sinfonia completa.

Enquanto suas mãos hábeis puxavam para fora da calça a camisa de seda que eu usava, as minhas tentavam desfazer o seu nó da gravata, sem conseguir grande avanço. Desisti de tentar algo tão elaborado, uma vez que a necessidade de tocá-lo, de sentir a sua pele na minha, seu calor, sua textura tornava-se mais intensa do que despi-lo. Então encarei a tarefa de desabotoar a camisa, porém, sem resistir por muito tempo; com o beijo cada vez mais profundo, me rendi à minha pouca habilidade e enfiei a mão pelo pouco que deu para abrir, tocando seu corpo.

Não consegui impedir o gemido de prazer que escapou da minha garganta quando o senti em minha mão. Guilherme era lindo! Um corpo esculpido de forma escandalosa, trabalhado, modelado, tudo no lugar certo e com a rigidez necessária. Não que Felipe não fosse tão lindo quanto, ou que eu tivesse algo para reclamar do seu corpo, que eu não tocava desde o primeiro ano do nosso filho. Mas havia algo além em Guilherme que me deixava extasiada.

Talvez fosse a sua jovialidade. A nossa diferença de apenas cinco anos não poderia ser considerada como algo absurdo, mas, em relação ao meu marido, eram dez, e, sejamos justos, mesmo com todos os cuidados que Felipe tinha com seu físico, ele nunca mais conseguiria se comparar a um homem dez anos mais novo, com os mesmos tipos de cuidados.

Então sorri nos lábios do homem que me mantinha acesa, compreendendo o quanto passar anos ao lado do Felipe me fez parecer tanto com ele, ou, quem sabe, sempre fomos parecidos, porque naquele momento, permitindo que a palma da minha mão roçasse com desejo o peitoral másculo do meu advogado, meu pensamento repercutiu as palavras do meu marido. Felipe perdeu o frescor e por isso buscava garotas mais jovens, para se enganar e acreditar que trapaceava a idade.

A verdade é que eu poderia me considerar uma hipócrita se o recriminasse depois de eu mesma experimentar a sensação de ser desejada com mais vigor por alguém mais jovem. Em especial, depois de compreender que o amor havia acabado, ou nunca existido. Depois de me decepcionar com o desenrolar daquela história e aceitar que merecia, sim, tudo o que busquei para mim ao expulsar Felipe da minha vida.

Soltei o ar, exalando desejo, quando senti que Guilherme, ao contrário de mim, havia conseguido abrir cada botão da minha camisa, descendo-a pelos meus ombros e revelando minha lingerie. No mesmo momento, enquanto mantinha uma mão na base da minha coluna para que meu corpo continuasse preso ao dele, a outra subia por minha pele, em direção ao meu seio, me obrigando a ofegar.

Puxei a camisa dele, fazendo os botões cederem, deixando-a presa no pescoço pela gravata um pouco mais frouxa. Guilherme riu um pouco em meus lábios e alcançou meu seio, saboreando o toque, mas também a minha reação a este.

Fechei os olhos, interrompi o beijo e joguei um pouco a cabeça para trás, deliciada com a sensação do toque tão íntimo. Ele atacou meu pescoço, roçando os lábios, chupando a pele com gosto. Um arrepio gostoso se espalhou por meu corpo, me amolecendo, me fazendo gemer ao mesmo tempo que me obrigava a me agarrar a ele para manter o equilíbrio.

Era sempre assim, ele me tocava e eu esquecia o mundo.

E qual foi a minha surpresa quando fui presenteada com aquele calafrio pela primeira vez? Confesso que não esperava algo tão dinâmico daquele homem ajuizado, centrado e sério. Nunca fui capaz de associar Guilherme, mesmo com toda a sua beleza nunca ocultada, a alguém capaz de me deixar sem fôlego, com as pernas bambas e úmida ao ponto de me assustar.

Sim, meu advogado foi uma grata surpresa em minha vida, e eu não teria do que reclamar se a vida se resumisse a cuidar do meu filho durante o dia e me desmanchar embaixo daquele homem durante a noite.

Guilherme arranhou meu pescoço com os dentes, acariciando meu seio por dentro do sutiã, e minhas costas por dentro da camisa.

— Adoro o seu perfume! — ele disse cheio de desejo, a voz rouca, grossa, arrastada, me arrepiando. — Seu cheiro, Vanessa.

Suas mãos pressionavam na medida certa, enquanto seus passos me obrigavam a andar para trás sem qualquer noção do que ele pretendia.

Guilherme tomou meus lábios mais uma vez, agora mais quente, exigente. Suas mãos me puxando para perto até não haver mais espaço entre nós. Nossos passos foram interrompidos quando minha bunda tocou o tampo da mesa de jantar, que ficava no que deveria ser uma segunda sala, mas que fora nivelada com a outra para criar um espaço maior.

Fui içada para cima da mesa, a mente confusa, me questionando sobre a segurança do local e, ao mesmo tempo, jogando qualquer raciocínio coerente para o canto, exigindo que toda a minha energia se voltasse para aquele homem lindo que me deitava e se inclinava sobre meu corpo, alimentando o desejo que começava a me enlouquecer.

Guilherme puxou meus quadris, encaixando-se entre minhas pernas. Sua ereção evidente na calça social, pressionando a minha virilha. Ele se movimentou com calma, roçando em mim, me atiçando, as mãos apalpando minha carne, meus seios, minhas coxas.

Prendi minhas pernas em seus quadris, forçando-o a continuar, permitindo que aquele formigamento em minha intimidade se expandisse sem ultrapassar o limite, apenas me excitando, instigando meu corpo para a gratificação final.

Meu amante segurou minhas mãos, levando-as para cima da minha cabeça; ao mesmo tempo, desceu os lábios pelo meu pescoço, gemendo baixinho, o que me deixava em êxtase. Quando alcançou o espaço entre meus seios, suas mãos desciam pelos meus braços suspensos, enquanto sua língua experimentava minha pele. Arqueei o corpo ansiosa, quente.

Roçou os dedos descendo a carícia até encontrar meu sutiã, e então, sem tirá-lo, mas removendo o tecido o suficiente para libertar meus seios, abocanhou um, em seguida o outro, e revezou a investida, chupando, lambendo e mordiscando, sem pressa, me torturando, me levando à loucura, deixando a sensação de estar prestes a explodir cada vez mais evidenciada.

Então, quando me deixou entregue de uma forma irreversível, percorreu com os lábios a minha barriga, arrastando junto o formigamento antes espalhado, agora correndo com seus beijos em uma única direção. Mais concentrado, mais intenso, mais forte. Um acúmulo de energia que ameaçava evaporar meu corpo. Suas mãos também desceram, seguindo a trilha quente deixada.

Não me atrevi a tirar as minhas de onde estavam, sobre a cabeça, atendendo à sua ordem muda. No entanto, meus dedos se movimentavam, deixando clara a minha ansiedade, a vontade de tocá-lo, de segurar seu cabelo e guiá-lo para o centro entre as minhas pernas.

Guilherme abriu o primeiro botão da minha calça estilo montaria, justa ao corpo, depois o outro e, em seguida, puxou o tecido para baixo, levando junto a minha calcinha. Com a calça presa nas pernas, exposta, excitada, não consegui fazer nada que não fosse tentar controlar minha respiração. Ele roçou os lábios em minha coxa, uma mão retirando meu sapato e massageando meu pé, enquanto a outra subia, as pontas dos dedos pressionando minha carne, até alcançar o meu ponto-chave, aquele que arrancaria de mim toda a sanidade, a capacidade de me manter estável.

Gemi alto, o prazer correndo em minhas veias como fogo, a mente toda desconectada, sem conseguir unir os acontecimentos ou se concentrar em tudo ao mesmo tempo. Eu era apenas o que Guilherme me proporcionava. De olhos fechados, o mundo e os objetos ao meu redor pareciam suspensos no ar, aguardando, observando a cena; enquanto eu sentia o rastro quente dos seus beijos, trocava de perna e recomeçava com mais intensidade, sem que seu dedo parasse de me torturar naquele ponto tão importante.

Ansiosa, ofegante, com o corpo cada vez mais quente, nu, entregue, exposta, eu não suportava mais. Abri os olhos e o vi me encarando. Aquele brilho de desejo e admiração que me fascinava roubou meu ar. Eu estava pronta para ele. Sem nada dizer, ainda vestido, salvo pelos poucos botões que consegui abrir da sua camisa, Guilherme abriu o cinto, depois desabotoou sua calça, tudo com uma lentidão angustiante, sem deixar de me olhar, me prendendo no lugar sem exercer qualquer força.

Eu ansiava por me contorcer, me aproximar, esfregar meu corpo ao dele indicando o meu nível de desejo. Queria falar coisas indecorosas, pedir por mais, implorar por ele. Mas nada fiz, porque, no mesmo instante em que a ideia me acometeu, Guilherme abriu as calças exibindo seu membro, e as palavras sumiram.

Com a atenção voltada para mim, ele se acariciou. Um sorriso pequeno, indecente, puxando apenas um canto dos seus lábios perfeitos para o lado se apresentou. E eu me senti... apaixonada?

Não!

Sim!

Aos poucos o ar saiu dos meus pulmões, me deixando confusa, sem chão. Sim, eu adorava aquele sorriso, e sim, com certeza, transar com Guilherme superava em muito qualquer perspectiva, mas daí a estar apaixonada... E eu estava?

Sim!

Não!

Não podia! Podia? Eu já não sabia mais. Guilherme deixou as calças caírem em seus pés enquanto exibia uma camisinha que eu não fazia ideia da origem. Enquanto ele vestia o próprio sexo, diminuindo a distância entre o que eu desejava e o que ele me daria, eu não conseguia parar de pensar naquele sentimento louco e inapropriado.

A ciência de que gostava dele, da sua companhia, do sexo, da segurança e do amor que ele exibia quando me olhava não me incomodava, exceto quando me questionava quanto à maneira como precisava usá-lo para me livrar daquele inquérito. Ainda assim, gostar de estar com o Guilherme, até então, não era algo do tipo "necessitar" estar com o Guilherme.

Naquele instante, prestes a ser preenchida por ele, a me permitir esquecer de tudo e me entregar, eu só conseguia pensar em quando pude deixar acontecer. Na delegacia, enquanto temia perdê-lo? Em casa, quando temi envolvê-lo demais? Quando? Ali, naquele momento, quando o vi pela primeira vez ou quando o vi alguns dias antes, pronto para me atender da maneira que eu precisasse?

Eu nunca saberia.

Mas então Guilherme entrou em mim e, daquela vez, talvez devido ao meu estado emocional, ou porque me descobri mais desnuda do que meu corpo fora capaz de exibir, foi além do carnal. Ele me preencheu com seu corpo e eu me senti tocada na alma. Em segundos tudo transbordou, a necessidade do corpo e a necessidade de tê-lo além da cama, o prazer dos nossos movimentos e o prazer que senti por ser ele o homem a me possuir.

Era isso. Eu, Vanessa Prado, uma mulher madura, de quarenta anos, que ainda tentava se divorciar de um homem que havia roubado uma fortuna e que fugira deixando o problema para a família, encontrava-me apaixonada pelo único homem a quem não podia magoar.

Seria o meu fim? Eu não fazia a menor ideia. Mas, naquele instante, envolvida na dança sensual em que Guilherme me conduzia, com meu corpo sendo empurrado para o seu limite, estando prestes a me desintegrar em seus braços, eu só conseguia pensar que aquele poderia ser o meu início.

E assim, após a entrega fulminante que arrancou de mim o ar, após ter Guilherme se desfazendo da mesma forma, nos abraçamos, ofegantes, suados. Ele suspendeu um pouco o corpo, apoiando o cotovelo na mesa, acariciou meu cabelo e salpicou beijos apaixonados em meu rosto, me fazendo sorrir.

Soltei um gritinho quando fui puxada para cima sem esperar por isso. Guilherme riu.

— O que está fazendo? — perguntei diante do seu sorriso encantador.

— Vou te levar para cama e te beijar como você merece. — Outros beijos completavam a coleção de carinhos que eu recebia dele sempre que acabávamos o ato. Guilherme era encantador.

— Ah, vai?

— Vou!

Ele recompôs as roupas e, presa à sua cintura, fui conduzida ao quarto, sendo beijada como ele prometeu até que estivéssemos sobre a cama outra vez.

— Que tal um banho e comida de aplicativo? — sugeriu. Eu me espreguicei, adorando poder esquecer um pouco da loucura que nos aguardava do lado de fora.

— Pode ser, mas preciso de um cigarro antes.

Ele suspirou ao se levantar e olhou para a varanda do quarto, uma sugestão para que eu não fumasse dentro de casa. Concordei com um sorriso verdadeiro no rosto e aguardei até ele desaparecer dentro do banheiro. Levantei com pressa, fui até a sala em busca da minha bolsa. Peguei a carteira do cigarro, o isqueiro e o celular.

Voltei ao quarto, conferi o barulho do chuveiro que me daria cobertura, puxei o lençol cobrindo a minha nudez e saí na varanda. Tomando o cuidado de fechar a porta atrás de mim, acendi o cigarro ao mesmo tempo que fazia aquela ligação tão necessária.

Eu estava apaixonada por Guilherme de forma incontestável, mas não o suficiente para me tirar dos rumos do meu plano.

• *Delegado Fráguas* •

— E aí? A patroa *tá* escondendo muita coisa? — Ruza entrou na sala assim que Vanessa Prado saiu acompanhada de seu advogado.

Recostei-me à cadeira coçando a barba e aspirando o perfume da mulher que ficou no ambiente, como um rastro de sua presença sedutora.

Sim. Vanessa Prado era uma mulher bonita e sabia disso. Assim como Guilherme Nogueira também o sabia. Era claro pela maneira que o advogado pousava seus olhos aflitos na mulher do cliente desaparecido. Um olhar de intimidade. Eu não deveria ter ficado tão surpreso assim quando a mulher do investidor confessou que estava fodendo com o advogado com cara de bom moço.

Achei que o depoimento da esposa de Felipe Prado ajudaria a elucidar aquele mistério. Mas só havia acrescentado outros mais. Por exemplo, a acusação de Vanessa de que o marido tinha um caso com a babá. Uma babá menor de idade. Além de ladrão, o filho da puta comia uma adolescente.

— Com certeza ela sabe mais do que nos contou — respondi para o Ruza —, mas pelo menos deixou uma pista.

Mostrei o papel com o nome da jovem, ao lado do pen drive.

— Isabel Rodrigues. Descubra tudo o que puder sobre a babá dos Prado — ordenei. — O mais rápido que puder.

— Sim, chefe.

— Os abutres da imprensa estão todos aí fora — Mouta anunciou entrando na sala, como se eu já não desconfiasse. — O que vamos fazer? Dar uma declaração?

Tomei um gole de café. O líquido agora frio azedou minha língua. Como se meu dia já não estivesse azedo o suficiente.

Meus olhos estavam presos às anotações que fiz enquanto Vanessa Prado choramingava na minha frente, se esforçando, um pouco demais, pela minha experiência, para parecer acima de qualquer suspeita.

— Preciso saber o que fazer com a imprensa — o agente insistiu.

— Nada de declaração por enquanto. Não temos nada concreto — resmunguei enfiando o pen drive no notebook.

— Esse ricaço filho da puta roubou milhões dos seus clientes. Isso vai explodir como um barril de merda.

Mouta riu.

Não era engraçado. Mas ele tinha razão. A merda estava pronta para explodir.

A imprensa já estava por dentro, ávida por um escândalo.

Felipe Prado era um figurão. Rico, bonito e influente. Tido durante anos como um reizinho Midas tupiniquim. Tudo o que tocava virava ouro. Ouro este que ele tinha enfiado em seus bolsos e desaparecido para a casa do caralho.

Sem deixar rastros.

Soltei um palavrão, fazendo Mouta parar de rir. Os pequenos ícones pipocavam na tela, mas minha mente analítica estava longe. Estava tentando ligar os pontos.

— Acha que ele fugiu mesmo com toda a grana? Ou vamos encontrá-lo em alguma vala? — Mouta externou seus pensamentos.

Antes que pudesse responder, o primeiro vídeo começou a rodar no visor.

— Puta que pariu! — exclamei com a imagem que apareceu.

— O que foi? — Mouta deu a volta na mesa, curioso, mas fechei a tela.

— Eu pedi para descobrirem tudo o que puderem sobre a babá dos Prado. Vão logo! — dispensei os agentes, sem maiores explicações.

Quando eles saíram fechando a porta atrás de si, abri de novo a tela.

Meus olhos foram atraídos pela garota que entrava no quarto infantil. Ela era magra, pele bronzeada e cabelos castanho-claros até os ombros — ou seriam mechas loiras, não dava para ver direito pela luz da câmera.

De repente, o homem loiro entra no quarto.

Que diabos era aquilo?

Passei a hora seguinte com os olhos presos na tela. E tirei duas conclusões quando os vídeos terminaram.

Felipe Prado era mais filho da puta do que eu imaginava e aquelas cenas com a babá estavam bem longe do que imaginaria ver.

Olhei o nome anotado de novo: Isabel Rodrigues.

Era difícil acreditar que a garota nos vídeos tinha apenas dezessete anos, mas era o que Vanessa tinha garantido.

Meu celular de repente vibrou; o nome do agente Silva, que estava em frente à casa de Vanessa, brilhou na tela.

— Fráguas — atendi.

— Delegado, uma novinha acabou de entrar aqui e está indo para a cobertura dos Prado, achei que gostaria de saber.

— Novinha?

— Desculpa, delegado, quis dizer uma moça. Ela disse que era uma babá, Isabel Rodrigues é o nome que deu.

Senti meus pelos se eriçarem. E isso queria dizer uma coisa apenas: eu estava prestes a descobrir alguma merda.

Era sempre assim. Eu conhecia a sensação.

— Vanessa Prado está na casa?

— Não, apenas uma empregada. O filho e a babá estão no parquinho do prédio.

— Certo... Estou indo *praí* agora — respondi sem pensar, enquanto meus dedos voavam pelas teclas, enviando os pequenos vídeos do pen drive para o meu celular.

— Mas... — O agente ficou confuso.

— Apenas certifique-se de que Isabel Rodrigues não saia da casa até eu chegar.

Fechei o notebook e passei por meus agentes no corredor.

— Preciso voltar à casa de Vanessa Prado urgente — anunciei, saindo do prédio e entrando no carro, ignorando a horda de repórteres e fotógrafos na porta.

Sabia que podia estar cometendo um erro tomando aquele rumo totalmente fora do protocolo, e que estava no caminho de desobedecer várias regras de investigação.

Que se dane.

Estava seguindo um palpite que dizia que aqueles vídeos continham muito mais do que simples sacanagem.

Havia algo ali. Eu podia sentir.

E, se meus instintos estavam certos, eu ia descobrir o que era.

A próxima jogada era minha. Eu só não sabia ainda qual jogo estava jogando.

· PARTE 2 ·

ISABEL RODRIGUES

CAPÍTULO 8

— Não imaginei que ia ter a cara de pau de voltar aqui. — As palavras da copeira ao abrir a porta da cobertura dos Prado não me surpreenderam. Maria do Socorro havia me avisado desde o começo que minha presença naquela casa era um erro.

Mas não precisava que a velha senhora me dissesse algo do qual eu estava ciente muito antes de pisar pela primeira vez ali.

Mais do que ninguém, eu sabia.

— Que bom que sentiu minha falta, Socorro! — falei com ironia, mostrando minha língua, onde uma bala de cereja repousava.

Socorro fez uma careta que podia tanto ser de horror quanto de condescendência. A mesma careta que fazia quando eu sentava à mesa com as pernas abertas, minhas calcinhas à mostra. Mas isso só acontecia quando *ele* estava por perto.

Bem, *ele* não estava por perto agora.

— Menina, a casa está uma confusão, até com a polícia eu tive que falar! E você não deveria estar aqui! Meu Deus, o café... — A mulher rumou para a cozinha e eu a segui.

Deixei meu olhar vagar à minha volta para o corredor elegante, cheio de pinturas abstratas adornando as paredes brancas, recordando de quando eu disse a ele que os desenhos de Guto eram mais inspiradores do que aquele lixo.

Ele tinha rido.

Aquele sorriso bonito. Sacana.

Um sorriso que eu sabia desde o começo que não deveria me afetar. Mas que fazia meu ventre se contrair.

Ele sabia disso, claro.

Caras como ele sempre sabiam.

Que bom que ele não está mais aqui agora, pensei, com vontade de rir.

Sentei na bancada da ilha, que mais parecia saída de um daqueles programas de TV sobre decoração. Recordei como fiquei impressionada quando entrei ali pela primeira vez. Tudo naquela cobertura gritava riqueza.

Até seu dono.

Socorro corria para tirar a água do fogo e jogá-la sobre o coador, e um cheiro de café fresco, coado da maneira mais simples possível, encheu a cozinha — era assim que Socorro gostava, apesar de os Prado terem todos os apetrechos modernos de fazer café —, e isso me fazia lembrar que não havia só recordações ruins naquela casa.

Porém, quando fechei os olhos, deixando uma memória em particular voltar, não foi uma daquelas inocentes, como tomar café coado por Socorro.

Era *ele*.

Era como se ainda pudesse vê-lo do outro lado da ilha, os cabelos loiros perfeitamente alinhados, o rosto bonito, os olhos azuis me inspecionando, me instigando a me descuidar, minhas pernas se abrindo como se por vontade própria, minha respiração saindo por arquejos enquanto ele baixava o olhar...

"Não ensinaram você a sentar direito, menina?"

Ele desviava o olhar, como se não estivesse interessado o suficiente. Apenas para eu sentir que precisava que ele estivesse.

Era esse seu jogo.

— O Seu Felipe sumiu! — Socorro esbravejou enquanto servia o café em uma xícara.

— Como é?

— Sumiu! Escafedeu! E parece que roubou tudo. Ouvi o Cleber dizer que ele deu uma *desfaca*!

Não consegui evitar o riso.

— Desfalque?

— Isso aí! Não entendo dessas coisas! Mas a dona Vanessa está muito nervosa, a coitadinha!

Revirei os olhos.

Claro. Dona Vanessa. A coitadinha.

Até parece.

— E teve que falar com a polícia, Socorro?

— Sim! Fiquei tão nervosa, menina! Mas — ela abaixou a voz, olhando para os lados — não abri minha boca sobre... você e o Seu Felipe — terminou sussurrando.

Não soube o que dizer. Na verdade, quanto menos eu dissesse, melhor.

— Então o que veio fazer aqui, menina? Achei que dona Vanessa tivesse te demitido.

— Eu vim receber, claro — respondi rápido, desviando o olhar. — Aliás, onde a majestade está? No quarto? Eu preciso falar com ela e dar o fora daqui.

— A dona Vanessa não está! A coitadinha teve que ir pra delegacia também. Foi falar com aquele delegado, o ruivão!

— Ruivão?

— Sim, um homenzarrão do tamanho da comunheira. Bonitão, se não fosse da polícia, né? Sabe que fui criada na comunidade e lá a gente aprende a ter medo de polícia desde pequenininha...

— Então a Vanessa foi intimada?

— Ai, menina, eu acho que você devia ir embora. Aquele policial carrancudo aí fora está de olho em tudo aqui! Pediu até pra fazer café pra ele. Olha que desaforado?

— Quem é desaforado? — Uma voz nos interrompeu.

— Misericórdia! — Socorro deixou a colher na sua mão cair e eu olhei em direção à voz estranha para ver um homem todo vestido de preto na porta da cozinha nos fitando com cara de poucos amigos.

— Esse aí é o delegado! — Socorro sussurrou no meu ouvido.

Uau.

Então aquele era o tal delegado?

Eu não sei o que tinha imaginado, mas nunca um cara alto com os cabelos quase ruivos de verdade. Caramba, aquilo era inesperado. Ele era todo inesperado. Desde o cabelo diferente até os olhos claros e astutos que foram da empregada balbuciando desculpas até pousarem em mim, curiosos.

Merda.

De repente, concordei com Socorro: eu não deveria estar ali.

Ou melhor, ele não deveria estar ali. Não mesmo.

E, antes que eu pudesse me refazer, suas palavras me surpreenderam:

— Você.

Tentei conter a onda de medo que me assolou com seu olhar de reconhecimento.

— Desculpe, doutor, quer dizer, delegado. — Socorro ainda balbuciava, atarantada. — Desaforado é o Cleber, o porteiro. Sim, ele que é um desaforado!

Mas a atenção do delegado não estava em Socorro, e sim em mim. Contive a vontade de pular da bancada e balbuciar alguma desculpa idiota, assim como Socorro estava fazendo agora, e sair correndo. Porém, permaneci em silêncio, alerta, observando-o adentrar a cozinha. A aura de autoridade era inegável, mesmo sem falar uma palavra. Socorro parecia que ia desmaiar à medida que o homem avançava sem desviar o olhar de mim.

— Essa é a Isabel, delegado. A babá do menino Guto. — A voz de Socorro dissipou um pouco da tensão que tinha se instalado na boca do meu estômago com a chegada inesperada do policial, que me avaliava como se me conhecesse.

O que era absurdo.

Esse pensamento me fez esvaziar o ar dos pulmões, que eu nem me dei conta de que vinha prendendo desde a sua chegada.

Eu não devia nada para aquele cara.

A única coisa que tinha que fazer naquela casa era pegar meu pagamento e dar o fora.

Então, estampei um sorriso no rosto e relaxei o corpo, me apoiando no balcão atrás de mim.

— Oi, tio.

O olhar do delegado vacilou. E ele parou desconcertado. Tive vontade de rir.

E mais. Tive vontade de abrir minhas pernas só um pouquinho. Só para ver qual seria a reação do policial, para ver se seria a mesma que *ele* teve.

Não é uma boa ideia, pensei, refreando meus impulsos.

Como Socorro tinha me alertado, estava tudo uma confusão. O desaparecimento do dono da casa estava sendo investigado e certamente eu não queria me meter naquela bagunça. Não mesmo.

— Isabel, tenha modos — Socorro continuou. — Seu delegado, a menina só veio receber o pagamento da dona Vanessa. Eu já disse que ela não está e acho que a Isabel já está indo embora, não é? — Socorro me lançou um olhar de alerta.

Pobre Socorro. Queria me proteger.

Mas eu sabia me defender sozinha muito bem.

— E se o senhor veio falar com a dona Vanessa, ela ainda não chegou. Aliás, achei que ela *tava* lá na delegacia com o senhor...

O delegado finalmente desviou o olhar de mim para Socorro.

— Isso é café fresco? — Apontou para o bule na frente da empregada, que agora parecia mais confusa do que nunca.

— Sim, senhor, acabei de passar...

Ele fez um gesto com o queixo para uma xícara vazia, como se esperasse que já tivesse sido servido.

Oh. Que folgado.

Socorro se prontificou a fazer o que ele queria.

O olhar do homem vagou pela cozinha capturando os detalhes do ambiente, antes de pegar a xícara que Socorro serviu, sorvendo o café com apreciação.

A empregada pousou de novo o olhar aflito em mim, fazendo um gesto com a mão e sussurrando: "Vai embora, menina".

Sim, era exatamente isso que eu devia fazer.

Pulei da bancada.

— O senhor vai esperar a dona Vanessa? — Socorro quebrou o silêncio. — Se quiser, pode esperar na sala, ficará mais à vontade... A menina Isabel já está indo...

— Sim, posso pegar meu dinheiro depois. — Dei de ombros, pronta para ir embora. Cheguei a dar dois passos, mas a voz do delegado me parou.

— Isabel Rodrigues, não é?

Eu me voltei. Alerta.

Merda.

— Esse é meu nome... — disse devagar.

O homem deu mais um gole no café.

— Você fica.

Socorro colocou a mão na testa.

— Por quê? — Tentei não soar muito esquiva.

— Porque eu não estou aqui para falar com Vanessa Prado, e sim com você.

— Mas a menina não sabe de nada, doutor delegado. Olha só, ela nem trabalha mais aqui. A dona Vanessa demitiu a pobrezinha há alguns dias.

Socorro, pelo amor de Deus, cale a boca!

— A senhora pode se retirar. — Ele ignorou os apelos da empregada, pegando o bule e servido sozinho mais café.

— Mas...

— Agora. — Sua voz adquiriu um tom enfático que fez a pobre Socorro tremer.

Ela ainda me encarou apreensiva.

Sorri para acalmá-la.

— Tudo bem, Socorro. Se o polícia pediu, acho que a gente tem que obedecer, não é?

Voltei para meu lugar na bancada, dessa vez cruzando as pernas como uma boa garota.

Socorro saiu da cozinha, relutante.

O delegado bebericou o resto de seu café com muita apreciação. Era como se estivéssemos em meio a um café da tarde qualquer.

Permaneci impassível. Eu era boa nisso. Em me deixar conduzir. Dançar conforme a dança. Como se não fosse eu que estivesse definindo a coreografia.

O delegado colocou a xícara na bancada e se colocou à minha frente, a alguns passos de distância. As mãos nos bolsos.

— Antes de tudo: não me chame de "tio". Não sou a merda de um pedófilo te esperando com um pirulito.

Foi minha vez de perder um pouco a compostura.

OK. O delegado era boca suja.

Direto.

Vamos ver o que podemos fazer com isso.

— E como posso te chamar? Qual o seu nome?

— Me chame de delegado Fráguas.

— Não é seu nome! — Soltei um risinho.

— É o que você precisa saber.

— Vamos, me conta seu nome, tio... — Coloquei a mão na boca com um olhar culpado. — Opa, desculpa. Só acho meio formal, né? Se tivesse um nome, assim...

— Isso não vem ao caso. Não estamos aqui para falar de mim.

— Ah, é. O pai do Guto sumiu. A Socorro me contou.

Ele me examinou.

— Sim, Felipe Prado está desaparecido. Você sabe as circunstâncias?

— Não.

Descruzei as pernas e as sacudi como uma garotinha.

— Mas imagino que deve ser alguma coisa sinistra, já que tem um monte de polícia atrás dele. — Ri outra vez.

— Felipe Prado desviou muito dinheiro dos seus clientes. Dinheiro este que está desaparecido, assim como seu paradeiro.

— Nossa, que mancada! Mas, tio, quer dizer, delegado Fráguas, por que queria falar comigo? Por acaso não acha que eu saberia onde o pai do Guto está, né? — Eu ri com vontade. — Nem trabalho mais aqui. A dona lá me demitiu!

— Ah, sim. Chegamos no ponto em que eu queria. Deve saber que Vanessa Prado nos deu um depoimento nesta manhã.

— A Socorro acabou de dizer que ela foi à delegacia ou algo assim.

— Sim, e ela me deu algumas informações bem interessantes... sobre você e Felipe Prado.

— É? Como assim? — debochei.

Por dentro, meu estômago se apertou.

— Ela me disse que o marido tinha um caso com a babá.

Vasculhei minha mente em busca de uma resposta plausível, sustentando o olhar frio do delegado. Eu já devia saber que, se ele queria falar comigo, era porque sabia de alguma coisa que me envolvesse com os Prado.

O que eu podia fazer?

Negar?

Talvez fosse tarde demais para isso.

Escondi o rosto entre as mãos e dei um pulo do balcão correndo para fora da cozinha. Não parei até chegar à varanda, deixando meu olhar se perder na vista incrível. Perfeita.

Escutei os passos atrás de mim. Não precisei me virar para saber que o delegado havia me seguido.

— Você pode falar agora ou posso conseguir que fale na delegacia. Formalmente. O fato de ser menor de idade não vai impedir que eu consiga sua versão dos fatos. Mesmo que tenha que conseguir uma intimação para que compareça à delegacia com o seu responsável. Por isso achei melhor confrontá-la aqui.

Acredito que não quer que ninguém mais saiba do seu envolvimento com o seu patrão, não é?

Ah, ele estava sendo gentil?

Ou maquiavélico?

Eu me voltei.

— Você acreditou mesmo que era verdade? — perguntei baixinho.

— Ela estava mentindo?

Engoli em seco enquanto sacudia a cabeça em negativa e arrastava meus pés até o bonito sofá de vime no canto da varanda.

— Então é verdade? — o delegado insistiu.

— Ele me forçou. — Minha voz vacilou e escondi de novo o rosto entre as mãos.

— Isabel. Olhe para mim.

Me assustei um pouco por ouvir sua voz próxima, sentando ao meu lado do sofá.

— Eu quero ir embora. Não quero falar sobre isso... por favor. — Ignorei seu pedido e continuei com o rosto escondido.

Havia certa verdade naquela afirmação.

Eu realmente não queria falar sobre Felipe Prado.

E sobre o que tinha acontecido.

— Está me dizendo que Felipe Prado te *obrigou* a ter relações sexuais com ele?

Sacudi a cabeça de forma afirmativa.

— OK. Quero que veja uma coisa — o delegado continuou e me surpreendi ao ouvir a voz de Felipe Prado vinda do celular do policial.

— *Se continuar mostrando suas calcinhas para mim desse jeito, vai me fazer acreditar que quer que eu as tire...*

E então eu escutei o meu próprio riso.

— *Eu posso tirar pra você, se quiser...*

Ele interrompeu o vídeo.

O silêncio encheu o ar.

Merda.

CAPÍTULO 9

Quando levantei minha cabeça novamente e encontrei o olhar frio do delegado fixo em mim com o celular em uma das mãos, já não havia nenhum traço de inocência no meu rosto.

Não adiantava mais.

Contra provas *não há argumentos*. Não é o que dizem?

— Parece que já sabia a resposta, delegado. — Enxuguei as lágrimas do meu rosto. Minha mãe chamaria de "lágrimas de crocodilo".

"*Você é muito cara de pau, Isabel. Deveria ser atriz. Nunca vi alguém mentir tão bem quanto você.*"

Talvez ela tivesse razão.

— Estava esperando que fosse sincera. Esses vídeos aqui... — ele fez uma pausa. — Sim, são vídeos, no plural. Deve saber que sua patroa os entregou à polícia, como evidência.

— Evidência de quê? De que o marido dela era um cretino?

— Estamos em meio a uma investigação. Há um homem desaparecido. Além de muito dinheiro. Nada pode ser descartado.

— Então a Vanessa quer colocar a culpa em mim? — Eu me levantei verdadeiramente irritada.

— Culpa do quê?

Dei de ombros, cruzando os braços em defensiva.

— Diga você, não é a polícia? O que quer que eu confesse? Que eu tinha um envolvimento com o pai do garotinho de quem tomava conta? Não acho que isso seja algum crime!

— Se você consentiu, não. Mas, para um homem como Felipe Prado, se envolver com a babá menor de idade do filho e ainda debaixo do nariz da esposa seria no mínimo um escândalo.

— Problema dele, então!

— Mas Felipe Prado não está aqui. E quero que me conte a sua versão. Dessa vez, sem mentiras.

— Você não viu os vídeos ainda? Quer que eu peça para Socorro fazer pipoca e a gente fica assistindo?

— Eu já vi os vídeos.

De repente compreendi o que o delegado Fráguas viu. E, sem que conseguisse evitar, me senti corar. O que era ridículo. Entretanto, de alguma maneira, saber o que aquele homem na minha frente tinha assistido me deixou desconcertada.

Não estava acostumada a me sentir assim.

Algo na minha expressão devia ter me denunciado, pois ele franziu o olhar, astuto.

— Você sabia dessas gravações?

— Vanessa Prado deixou bem claro sobre a existência delas quando me chutou para fora do palácio — respondi com ironia.

— Você parece não gostar da senhora Prado.

— Acho que é mais o contrário.

— Ela tem motivos, não?

— *Tô* nem aí! Então era isso que queria saber? Já posso ir? Já tem os vídeos para provar que Felipe Prado é um cretino aliciador de menor!

Não pude evitar um rolar de olhos.

— Não. Quero que você me conte sua versão dos fatos. Tenho certeza de que seu caso com Felipe Prado é muito mais do que vi nesses vídeos.

— Não preciso contar nada! Eu sei que isso aqui está errado!

— Não me interessa o que você acha. Posso facilitar para você ou dificultar. Acredito que vai preferir a primeira opção.

— Ah... — Eu tive que rir.

Ele estava realmente tentando me envolver. Eu me dei conta com certa surpresa. Queria que eu contasse o que sabia. E queria que eu dissesse agora. Não lá na delegacia.

Parecia que o delegado Fráguas tinha muitas camadas, afinal. Ele só não sabia que um camaleão reconhecia outro.

Aquela constatação se infiltrou em minha mente, fazendo um pequeno sorriso clandestino se insinuar em meu rosto. Sorriso este que eu não escondi do delegado.

Dois podiam jogar aquele jogo. Mas, primeiro, queria saber até onde ele iria ao precisar trilhar o caminho contrário à lei.

— Você viu todos os vídeos?

— Sim.

— Posso ver? — Eu me coloquei à sua frente.

Senti seu olhar nas minhas pernas, antes que ele desviasse para meu rosto, impaciente.

Ah. O delegado era como todos os homens.

Quase fácil demais.

Mas não menos divertido.

— Você protagonizou todos eles. Não precisa assistir.

— Eu posso precisar me lembrar... — Estendi a mão.

Ele hesitou por um momento. Podia perceber que estava começando a ficar irritado.

Porém, colocou o celular na minha mão.

Afastei-me para ficar de costas para ele quando a cena abriu na pequena tela. Era o quarto de Gutemberg. Eu estava arrumando os brinquedos, catando as malditas peças de Lego do chão. Abaixei-me e enfiei a mão embaixo da cama. Minha saia levantou o suficiente para aparecer minha calcinha rosa.

Felipe entrou no quarto. Ele não falou nada enquanto me observava. Não dava para ver da câmera seu olhar de malícia.

— *Se continuar mostrando suas calcinhas para mim desse jeito, vai me fazer acreditar que quer que eu as tire...*

No vídeo também não aparecia meu sorriso, antes que eu me voltasse, encarando meu patrão.

— *Eu posso tirar pra você, se quiser...*

Vi a mim mesma me levantando e caminhando lentamente até Felipe Prado, que não se mexeu quando parei na sua frente e insinuei a mão para baixo da minha saia.

Felipe segurou meu pulso, sua cabeça girou rápido para a porta aberta.

— *Não aqui!*

Eu ri e afastei sua mão, voltando a pegar as peças espalhadas pelo carpete.

— *Estava brincando!*

— *Tem que parar com essas brincadeiras sacanas quando qualquer um pode ver!*

— *Você gosta das minhas brincadeiras!*

— *Enquanto entender que é apenas isso, uma brincadeira, não temos problemas.*

— *Mas que graça tem se ficarmos apenas brincando? Não quer mais?*

— *Você é só uma menina provocadora.*

— *E você fica com tesão.*

— *Não costumo brincar com as babás do meu filho. Aqui é minha casa. Acho melhor parar com isso, estamos entendidos?* — ele falou muito sério, antes de sair do quarto.

Eu não acreditei nem por um momento que era um desejo real.

Parei o vídeo.

Sabia que tinha mais. E o delegado também sabia.

As brincadeiras começaram a ficar muito mais sérias a partir de então, apesar das palavras de Felipe.

— Podemos continuar agora? — Fráguas pediu. — Acho que já entendi pelo teor desses vídeos que você provocou Felipe Prado.

— Você viu todos? Ah! Qual seu preferido?

— Isabel...

— Bateu punheta assistindo?

Ele se levantou, impaciente.

Estendi o celular para além do muro, o aparelho se equilibrando precariamente no ar.

— Se não me responder, eu vou jogar ele daqui.

Fráguas me alcançou em poucas passadas e arrancou o celular da minha mão, segurando meu pulso com força.

— Para de brincadeira, garota!

— Ou o quê? Vai me bater? — provoquei.

Não podia negar que existia uma certa satisfação em ver o delegado perdendo a compostura.

Isso. Deixe-me ver quem é de verdade.

Ele me soltou, como se percebendo só agora o que estava fazendo.

— Você vai parar de me enrolar e vai me contar como começou seu envolvimento com Felipe Prado.

— Acha mesmo que isso pode ajudar a achá-lo?

— Isso sou eu quem vai decidir.

Respirei fundo e peguei uma bala no meu bolso, ganhando tempo.

Uma lembrança se formou em minha mente e me fez rir.

— Estou esperando — Fráguas rosnou.

— É que... foi exatamente com uma bala que tudo começou.

— Uma bala?

— É.

— Isabel...

— OK. Eu vou te contar tudo.

— Certo.

— Fecha os olhos — pedi.

— Que merda?

— Só vou contar se fizer isso!

Ele bufou, impaciente.

— Podemos ficar o dia inteiro aqui, delegado. É só um pedido! Está com medo de uma garota?

Irritado, ele fechou os olhos.

Abri a bala e coloquei na minha boca.

— Abre a boca — pedi.

Ainda impaciente, Fráguas obedeceu o meu pedido.

Ficando na ponta dos pés, fiz exatamente o que tinha feito com Felipe um dia: deixei a bala deslizar da minha boca para a dele, nossas línguas se encontrando por um momento proibido.

Ele se afastou como se tivesse levado um choque.

— Que porra!

Deixei um risinho brincar em meu rosto enquanto me afastava, ignorando a carranca irritada do delegado.

— O Felipe foi mais legal quando brincamos disso. Deixei que ele experimentasse a minha bala e pedi que passasse para minha boca de novo, nossas línguas se encontrando...

Abaixei o tom de voz, a lembrança dominando minha mente.

— Era quase como um beijo. Você sentiu?

— Quer que eu acredite que Felipe Prado tinha paciência para essas suas brincadeiras infantis bobas? Por que não para de me enrolar e começa a falar? Minha paciência está se esgotando.

— Certo. Então vou contar.

Caminhei pela varanda, deixando minha memória correr.

— Na primeira vez em que vi Felipe Prado, ele estava nesta varanda. Falava ao celular. Uma conversa cheia de jargões financeiros, dos quais eu não entendia nada. Mas eu fiquei ali, da sala, observando seu perfil bonito, o Rolex caro no pulso quando levantou a mão para mexer nos cabelos que o sol deixava ainda mais loiros... Em algum momento ele se virou e me viu. Usava óculos escuros. Ele usava muito óculos escuros. Mesmo quando não tinha sol, sem a menor necessidade. Era como se não quisesse que vissem seus olhos. Minha mãe costumava dizer que pessoas que não mostram os olhos sempre têm algo a esconder.

E Felipe Prado com certeza tinha muito a esconder...

■ ◊ ■

— Menina, eu deixei lasanha pronta na geladeira, se quiser comer. Já estou indo embora. Vai ficar bem sozinha? — A voz de Socorro confiscou as minhas lembranças.

— Claro que sim, Socorro! Não se preocupe! — respondi, achando divertida a preocupação da empregada que tinha desenvolvido um certo senso de proteção comigo desde que comecei a trabalhar na casa dos Prado há alguns dias. — O Guto vai dormir já, já, e ficarei assistindo a algum filme naquela TV *bacanuda* na sala! — Pisquei, fazendo Socorro rir.

— Ah, menina danada! Os patrões devem voltar só de madrugada. Deve ser bom ser rico, né? Ir nessas festas chiques, cheia de comida boa! Então a casa é sua! — Piscou de volta, pegando a bolsa. — Ainda não estou certa de que uma menina como você vai ficar sozinha nesse apartamentão com o menino.

— Qual o problema? Eu disse para a dona Vanessa que podia ficar à noite, já que a outra babá está de férias.

— E seus pais não se importam?

— Socorro, vai logo embora que vai perder o ônibus! — Ignorei a pergunta sobre meus pais e a empurrei para fora.

— Tem razão, não quero perder o capítulo da novela! — Ela acenou, finalmente partindo.

Fechei a porta e fui até o quarto de Guto. O gurizinho tinha dormido rodeado por seus carrinhos Hot Wheels. Sorri, enquanto retirava os carrinhos e o cobria. Ele era um bom menino. Muito quietinho e dócil. O que tornava minha missão naquela casa um pouco mais fácil.

Apaguei a luz e saí do quarto.

Pensei no que tinha dito à Socorro, sobre assistir à TV. Mas a verdade é que eu tinha outros planos. Sorrindo comigo mesma, caminhei até o quarto principal. Sentia-me como uma ladra entrando ali, nos domínios do casal Prado. Ou melhor dizendo, nos domínios de Vanessa, porque o marido quase nunca estava por perto. Por isso eu o tinha visto apenas uma vez, no dia em que cheguei e ele estava na varanda, ao telefone, falando de negócios.

Devo dizer que me surpreendi por ser tão bonito. Claro que já o tinha visto nas páginas das revistas, ou em algum programa de TV. Mas, de perto, Felipe Prado era impressionante.

Obviamente, ele não me lançou mais do que um olhar desinteressado. Para ele, eu era invisível. Apenas a babá. Uma criada a mais no castelo onde ele era o rei.

Um rei bem ausente em um reino feito de gelo e silêncio.

Mas ainda um rei.

— Felipe, essa é Isabel, a babá do Guto. Ela está substituindo a Margarida, que está de férias — Vanessa explicara quando ele passou pela sala.

Mas Felipe não estava interessado. Vanessa balbuciara desculpas enquanto o marido praticamente nos deixava falando sozinhas.

Agora, enquanto entrava no território proibido dos patrões, sentia um prazer perverso de macular toda a beleza do quarto com minha presença intrusa.

Deitei na cama deles, suspirando quando o lençol de linho acariciou minha pele. Imaginando Vanessa e Felipe, ali. Eu era nova naquela casa, mas já sabia que o casamento dos patrões era uma piada de mau gosto, mesmo vendo o porta-retrato com uma linda foto com uma versão deles mais novos ainda a adornar a mesa de cabeceira.

Levantei-me e fui até o *closet*. Vanessa tinha tantas roupas que mais parecia uma boutique fina. Deixei meus dedos percorrerem os tecidos, muitos ainda com etiquetas. Aspirei o perfume. Era o mesmo que Vanessa usava. Sua marca registrada. Para uma mulher de quarenta anos, ela ainda era linda. Mesmo os olhos estando sempre tristes.

Saí do *closet* e entrei no banheiro da suíte. Espiei a hora no celular. Passei algumas mensagens para o tempo correr. Depois, tirei todas as minhas roupas e entrei no chuveiro.

Foi assim que Felipe me encontrou um tempo depois.
Nua e molhada.
Ele abriu o box, surpreso.
Soltei um gritinho, me cobrindo com as mãos.

— Quem é você?

— Eu sou a babá. Isabel.

— E que porra está fazendo pelada no meu chuveiro?

— Me desculpe. A dona Vanessa disse que eu podia usar o chuveiro. Eu não sabia... — menti descaradamente, fingindo não perceber a expressão antes confusa de Felipe ir mudando enquanto media meu corpo despido que minhas mãos mal conseguiam cobrir. — Vocês estavam em uma festa, não sabia que iam voltar cedo...

— Que merda! — Ele passou a mão pelo cabelo, desviando o olhar. — Vista-se e saia daí!

Felipe se afastou e eu me apressei em fazer o que tinha mandado, colocando de volta minhas roupas.

A casa estava quase às escuras quando saí do quarto e segui pelo corredor até a cozinha. A única iluminação vinha da geladeira aberta, enquanto Felipe tomava um copo de água gelada.

— Vim pedir desculpas de novo. Não queria invadir nem nada.

— Como é mesmo seu nome, menina?

— Isabel.

Com um pulo, sentei-me na bancada. Minha saia subiu um pouco. Não me passou despercebido que Felipe notou.

— Onde está a dona Vanessa?

— Ela resolveu ficar mais. — Parecia meio exasperado com isso. — Ela queria conversar com a Ester, são amigas de longa data. Eu tenho trabalho a fazer, tenho um voo daqui a algumas horas.

— O senhor é bem ocupado, né?

— E você é bem atrevida, não?

Eu soltei um risinho.

— Quantos anos você tem?

— Dezessete.

— Muito nova — falou como se consigo mesmo.

Eu sabia o que ele estava pensando.

— Muitas garotas da minha idade fazem trabalhos assim.

— Deve ter...

Ele ainda bebeu a água devagar, os olhos passeando em mim. Cogitando. Estudando as possibilidades.

Deixei minhas pernas abrirem lentamente.

— Não ensinaram você a sentar direito? — Ele desviou o olhar, como se não estivesse interessado o suficiente, fechando a geladeira e saindo da cozinha.

Foi com surpresa que me dei conta de que eu queria que ele estivesse interessado.

Eu não deveria querer. Mas queria.

Deveria ter percebido naquele momento que, no jogo que eu queria jogar, Felipe Prado era um mestre.

CAPÍTULO 10

Voltei ao presente, digerindo aquela constatação.
Se eu soubesse naquela época, teria parado?
— Então ele resistiu? — Fráguas me tirou dos devaneios.
Deixei um sorriso estampar meu rosto. Não sei se o delegado percebia todo o amargor contido ali.
— Ah, ele tentou. Mas eu estava sempre por perto quando ele estava na casa. Deixando que sentisse minha presença. Meu cheiro. Minha vontade... Acho que eu era bastante óbvia. — Pisquei com malícia, mas o delegado permaneceu impassível.
— Por que acha que resistiu?
— Acho que não queria se meter em encrenca, talvez. Ele era um cretino, mas não queria se envolver com a babá embaixo dos olhos da mulher.
— E este vídeo?
Fráguas se levantou e me mostrou o celular.
Na imagem, estou arrumando a cama de Guto e Felipe entra. Ele me puxa sem cerimônia e me beija. Porém, eu o empurro.
— *Não me beija!*
Felipe riu.
— *Por que não?*
— *Apenas não quero te beijar!* — Limpei minha boca com as costas da mão.

— *Achei que era isso que queria depois daquela brincadeirinha da bala hoje de manhã.*

— *Pensou errado!* — Eu me virei e continuei arrumando a cama, mas Felipe me puxou de novo e me obrigou a ajoelhar, enquanto abria as calças.

— *Então vai ter que beijar de outro jeito.*

Suas mãos não eram nada gentis quando seguraram meu cabelo. E, no vídeo, eu não me oponho a lhe fazer sexo oral.

— *Boa garota...*

Desviei o olhar da imagem.

— Bem, acho que não preciso te dizer. Está bem claro. — Minha voz saiu cheia de sarcasmo.

— Foi a primeira interação sexual de vocês? — Fráguas indagou.

— Não. Não foi.

■ ◊ ■

Uma noite eu estava com Guto no sofá.

Ele ria, assistindo a um desenho animado depois que eu o havia alimentado, quando ouvi os gritos vindos da sala de jantar.

Aumentei a TV, me certificando de que Guto não tinha percebido, e deslizei quase na ponta dos pés até o corredor.

— Você é insuportável, Vanessa. Não aguento mais essas suas reclamações! — Felipe gritava.

Aquela noite era uma das raras em que Felipe estava em casa jantando com a esposa.

— Eu só queria que desse atenção ao seu filho!

— Eu tenho um trabalho importante para fazer! É assim que eu ganho dinheiro! Para pagar todos os luxos de que gosta tanto! Disso você não reclama, não é?

De repente ele levantou o olhar e me viu.

Fingi uma expressão culpada.

— Desculpe. O Guto perguntou por que estavam gritando — menti.

— Está vendo, Felipe, o que você faz? — Vanessa enxugou uma lágrima, se levantando. — Perdi o apetite. Você pode dormir aqui hoje, Isabel? Vou tomar um comprimido para dormir, minha cabeça está explodindo. Se Guto precisar de algo, queria que estivesse aqui para cuidar dele.

— Claro que fico.

Eu não costumava dormir na casa dos Prado a não ser que fosse necessário.

Como sempre, quando Vanessa estava por perto, Felipe me ignorava.

— Com licença — pedi, saindo da sala.

Naquela noite, após colocar Guto para dormir, me esgueirei para a cama de Felipe e Vanessa.

Felipe tomou um susto quando acordou e eu estava ao seu lado. A esposa profundamente adormecida, nem se mexeu.

— Ficou louca? O que está fazendo aqui? — sussurrou.

Eu ri, enfiando a mão dentro de sua calça.

— Não é óbvio?

Ele segurou minha mão, embora eu já sentisse que estava bem excitado.

— Eu já falei que não vou transar com você!

— Quem falou em transar?

Sem lhe dar tempo de pensar, eu sentei em seu colo, e Felipe gemeu, a cabeça ainda girando para o lado, preocupado.

— Ela está apagada! — Movi os quadris sinuosamente contra os dele, por cima do lençol, e tê-lo ali, ao meu dispor, na cama da esposa, me deixou embriagada de poder.

E aquele poder fez um desejo ilícito percorrer meu ventre. Fechei os olhos, deixando aquela sensação dominar minha mente, que sabia que aquilo era errado.

Muito errado.

■ ◊ ■

Voltei ao presente com o olhar irônico do delegado preso em mim.

— Você transou com Felipe Prado na cama da esposa dele, com ela dormindo ao lado?

— Não, não transamos. Apenas... — soltei um risinho — brincamos um pouco.

— Mas tiveram relações sexuais.

— Não foi assim. Nós nunca transamos.

O olhar de Frágua era de descrença.

— Acha que acredito?

— Em algum desses vídeos você me viu trepando com ele?

— Não. Mas...

— Sim, eu fazia sexo oral nele. Deixava enfiar a mão na minha calcinha, deixava que se esfregasse em mim. Mas não passava disso, de brincadeiras sacanas.

— Estou certo de que não se encontravam apenas no quarto onde tinha a câmera. Vocês se encontravam fora da casa?

— Não. Mas a gente ficava bastante no escritório dele, aqui na casa. Era o lugar que a Vanessa nunca ia.

Sentei-me ao lado do delegado, que acendeu um cigarro.

— Está achando uma pena que não tinha câmeras lá, delegado Fráguas? — provoquei.

— Você sabia que tinha câmera no quarto?

— Não. Só fiquei sabendo quando a Vanessa contou que tinha nos gravado, quando me demitiu.

— Felipe não sabia das câmeras?

— Acredito que não.

— Então seu envolvimento com Felipe foi só isso? Um apanhado de encontros sacanas sem maiores consequências?

— Que consequências poderia ter?

— Alguma vez, enquanto estava no escritório dele, ouviu ou viu algo?

— Como assim?

— Algo do trabalho, da empresa? Sobre dinheiro, cliente, ou até mesmo algum funcionário. Qualquer coisa?

— Às vezes sim, mas eu não entendia nada. Ele era constantemente interrompido quando estávamos lá. Ligações, mensagens, essas coisas. Era um cara bem ocupado, deve saber...

• ◊ •

— O que está fazendo aqui? — Felipe me encarou desconfiado e irritado quando entrou no escritório e me encontrou sentada na sua cadeira.

— Adivinha? — Sorri com malícia.

— Levanta já daí! — Puxou-me sem cerimônia. — E não entre aqui sem eu ter autorizado! Ninguém entra aqui sem minha autorização! Nem a Vanessa!

Ele sentou na cadeira, os dedos voando pelo teclado do computador, com um monte de números começando a piscar na tela.

— Você mexeu aqui?

Eu ri, sentando-me na mesa, à sua frente.

— E se tivesse mexido? — provoquei estendendo o pé para sua calça. Mas Felipe ignorou minha provocação, puxando meu pulso com força.

— Mexeu? — insistiu.

— Não! — Eu me desvencilhei, ofendida, massageando o pulso. — E, mesmo se mexesse, não ia entender nada!

— Não gosto desse seu atrevimento! — resmungou, a atenção ainda nos números.

— Desculpa. Eu fui uma garota má, não é? — Voltei a colocar meu pé entre suas pernas, acariciando, provocando. — O que eu posso fazer para ser uma boa garota de novo?

Dessa vez Felipe riu e me puxou para seu colo, os lábios colando no meu pescoço, mordendo. Me arrepiando. A mão se infiltrando embaixo da minha saia. Mas, antes que fosse longe, seu celular tocou.

Ele soltou uma imprecação antes de atender.

— Fale, Élida...

Como uma boa garota, eu me ajoelhei à sua frente e abri sua calça, enquanto Felipe conversava com a funcionária.

■ ◊ ■

— Por que nunca transaram? — Fráguas indagou.

— Talvez fosse errado demais até para um cara como Felipe. Talvez ele tivesse outras mulheres para transar.

— Você sabe algo sobre isso? Outras mulheres?

— Não — respondi rápido.

Fráguas ficou me encarando. Como se avaliando se eu estava falando a verdade.

— Sabe o que ainda não entendi? Por que queria conquistar Felipe Prado? Era apenas uma diversão? Um interesse sexual?

— Vai me achar uma vagabunda se falar que sim?

— Qual era o seu interesse nele? — insistiu.

— O que você acha?

— Estava apaixonada por ele?

Eu não respondi.

■ ◊ ■

Quando Felipe estava em casa, eu costumava arranjar desculpas para ficar por perto.

Uma noite, depois de colocar Guto para dormir, encontrei Felipe na sala semiescura. A voz melodiosa de uma cantora de jazz destilando versos tristes era o único som que se ouvia.

Felipe estava sentado no sofá com um copo de uísque entre as mãos, o olhar perdido, como se os pensamentos estivessem muito longe. Em um lugar nada agradável. Havia vincos profundos em sua testa, deixando mais clara a sua idade.

Eu me aproximei. Sabia que Vanessa estava fora de casa, na academia.

— Parece preocupado...

Felipe soltou um suspiro profundo, ingerindo um longo gole da bebida âmbar.

— Quer me falar sobre isso? — Coloquei-me atrás dele e massageei os músculos do seu ombro.

— Duvido que você entenderia...

— Eu sou uma boa ouvinte. — Abaixei até que minha boca estivesse em seu ouvido. — E sei guardar segredos.

Ele riu com indulgência.

— Alguma vez já se sentiu sem saída?

— É assim que está se sentindo?

Ele inalou uma respiração profunda. Cansada.

Era esquisito vê-lo assim.

Eu me acostumei a ver Felipe como alguém invencível.

Dono do mundo.

— Claro que não. É só uma criança — ele mesmo respondeu, revirando o copo entre os dedos, o gelo batendo no vidro, a cabeça pendendo para trás.

Deixei minhas mãos correrem por seu peito, me abaixando até que minha boca estivesse sobre a sua.

Lambi seus lábios com gosto de uísque.

— Eu posso te ajudar...

Felipe colocou o copo na mesa de centro e, de súbito, agarrou meu pulso e me puxou, até que eu estivesse em seu colo.

A boca devorando a minha.

Suspirei. Ele não deveria me beijar.

Mas, naquele dia, eu deixei.

Felipe era assim. Tomava o que queria.

Porque ele era mesmo dono do mundo.

— Seu Felipe, o jantar está pr...

Desvencilhei-me rápido ao ouvir a voz da empregada no corredor.

Socorro apareceu em seguida. Olhou para mim e para Felipe de forma suspeita.

Eu não sabia o que ela tinha visto, mas talvez não precisasse ver. Meus cabelos bagunçados, minha saia emaranhada em volta dos quadris, a sala semiescura com uma música tocando... Acho que os indícios falavam por si só.

Felipe não pareceu se abalar.

— Obrigada, Socorro. Você pode ir embora. — Dispensou a empregada com um aceno desinteressado. Socorro pousou o olhar ligeiramente aflito em mim.

— Tchau, Socorro! — Sorri, despreocupada.

A mulher ainda pareceu querer falar mais alguma coisa, mas se afastou em silêncio.

Felipe se levantou, tomando o resto de sua bebida.

— Já jantou?

— Ainda não.

— Então jante comigo.

Arregalei os olhos.

— Com você? Na sala de jantar formal?

— Não quero ficar sozinho hoje.

— Eu não acho que...

— Estou ordenando.

— Está bem — concordei, por fim, com um sorriso tímido.

Passamos pelo corredor repleto de quadros abstratos na parede.

— Seu filho Guto desenha melhor que isso.

Ele riu com sarcasmo.

— O que uma menina como você entende de arte?

— E você entende? — Sentei à mesa com ele.

— Eu entendo que vale muito dinheiro.

— Não é meio besta ficar gastando dinheiro com desenhos?

— Ah, Isabel, você é divertida. — Ele riu, partindo e mastigando o seu filé. — Por que as mulheres deixam de ser divertidas quando ficam mais velhas? Por que não ficam sempre assim, divertidas e sexys como você? Sem cobranças, apenas vivendo o momento?

— Eu não sei. Quando for mais velha, eu te conto. — Peguei a taça vazia à minha frente. — Eu queria ser mais velha para poder tomar esse vinho.

— Então vamos fingir que você é mais velha hoje. — Serviu o vinho na minha taça.

— Gosto disso. De brincar de fingir.

— E o que mais quer fingir?

— Que eu sou sua esposa — falei baixinho, com um risinho matreiro. — Sua linda, jovem e divertida esposa...

Felipe franziu a testa. Me perguntei se tinha ido longe demais. Eu sabia que tinha ido.

Mas não me importava.

Naquele momento, ele era tudo o que eu queria e nem sabia.

E mergulhei um pouco mais naquela fantasia quando ele bateu a taça na minha, sorrindo de volta.

Naquela hora, eu não percebi que era um riso de escárnio.

■ ◊ ■

— E Vanessa? — o delegado indagou.

— O que tem ela?

— Não se sentia culpada?

— Por que me sentiria?

— Então você começou a sonhar em tomar o lugar da esposa de Felipe?

Senti-me mal com aquela insinuação.

— Você tira muitas conclusões, delegado.

— E o que tem a me dizer sobre Vanessa Prado?

— Ela era vítima do escroto do marido.

— Mas você também fazia mal a ela.

Eu ri.

— Eu não sei nada sobre Vanessa Prado. Ela era só a mãe do Guto. A dona da casa.

— A mulher que te demitiu quando descobriu seu envolvimento com o marido dela.

— Sim.

— E nunca ouviu nada sobre desvio de dinheiro?

— Não. — Eu me mantive séria. — E aí? Satisfeito? Terminamos por aqui? — Cortei aquela conversa que já estava se estendendo demais.

— Tem certeza de que é só isso que tem a dizer? Que não sabe de mais nada?

— O que mais eu podia saber? Quer saber quanto media o pau do Felipe? Que saco! Eu já contei o que queria saber! Já tem material pra muitas punhetas com esses vídeos! Agora eu quero ir embora.

Ele ignorou meus comentários.

— Qual foi a última vez em que viu Felipe Prado?

— Não me lembro.

O delegado levantou a sobrancelha.

— Quer que eu acredite?

— Foi um pouco antes de a Vanessa me demitir.

— E como foi que isso aconteceu?

— Ela deve ter contado. Um dia ela chegou em mim e disse que eu tinha que ir embora. Perguntei o porquê e ela disse que tinha me gravado com a boca no pau do marido dela. — Soltei uma risadinha de deboche. — Eu nem tentei negar, né? Era verdade.

— E Vanessa estava como? Furiosa? Triste?

— Acho que um pouco dos dois. Olha, não me importo nem um pouco com a rainha Vanessa, ok? Não fiquei prestando atenção para saber se ela estava chateada comigo! Eu simplesmente peguei minhas coisas e dei o fora.

— E não falou com Felipe?

— Não.

— Por que não?

— Não ouviu? Vanessa me chutou daqui! Só mandou eu voltar para receber meu dinheiro e é isso que vim fazer aqui hoje!

— Então você era apenas a babá com quem Felipe se divertia enquanto a esposa não estava vendo?

Dei de ombros.

— É o que parece.

Não passou despercebida ao delegado minha ironia.

— E, olha, já deu pra mim! Eu nem deveria estar conversando com você! Então me deixa ir embora.

O delegado ficou me encarando.

— Você sabe o paradeiro de Felipe Prado? — perguntou muito sério.

Soltei uma gargalhada.

— Por que eu, a babá, saberia? — Caprichei no sarcasmo. Não estava nem aí.

— Porque eu acho que tem alguma coisa que não bate nessa sua história.

— Bem, isso é problema seu! Eu *tô* pulando fora! — Passei por ele, disposta a sair daquela casa o mais rápido possível.

— Não disse que veio esperar Vanessa? Vai ficar sem seu pagamento?

— Cuida da sua vida, delegado! — dardejei com desdém sobre meus ombros, continuando meu caminho, mas ainda ouvi a voz do delegado Fráguas me assombrando, antes que conseguisse sair do apartamento:

— Se estiver escondendo algo, eu vou descobrir, Isabel.

Quis me voltar e rebater, dizendo que ele podia tentar.

Mas estaria blefando.

Ele era a polícia, afinal. E eu sabia que agora o tempo estava correndo.

■ ◊ ■

Já não havia nenhum resquício daquela menina maliciosa em mim quando saí do prédio e peguei meu celular. Meus dedos digitando rápido uma mensagem enquanto dava sinal para um táxi parar.

"Preciso falar com você."

"Não posso no momento. Sabe muito bem."

Eu quase ri da sua cara de pau.

"Acabei de ter uma conversa bem interessante com um delegado na sua casa!"

"Tudo bem. Vou encontrar você em frente ao posto 5, em Copacabana."

Entrei no táxi com a raiva me devorando.

— Para onde moça?

— Copacabana. Posto 5.

· ◊ ·

Quando desci em frente à praia, ainda tive um momento para observar o mar revolto de fim de tarde quando o veículo preto com vidros escuros parou no meio fio.

Entrei no carro e encarei a motorista.

— Que merda pensa que está fazendo?

Vanessa Prado continuou impassível enquanto acendia um cigarro.

— Desculpe não te avisar. Eu estava sem saída. — A voz saiu ligeiramente culpada.

— Não foi isso que combinamos!

— Eu sei... Você... contou tudo a ele?

— Não. Mas ele é a polícia! Claro que é questão de tempo para descobrir!

— Como você mesma disse, é a polícia. A verdade viria à tona mais dia, menos dia. Meu marido sumiu, e com muito dinheiro. Eles vão vasculhar minha vida. Vão tentar me incriminar com Felipe...

— E por isso colocou o meu na reta?

— Claro que não. Apenas contei a verdade.

— Verdade? Contou que foi você quem me contratou para seduzir seu marido? Para poder chantageá-lo e conseguir o divórcio?

A fumaça de cigarro criou uma brincadeira de esconde-esconde com seu rosto bonito enquanto eu esperava a resposta.

— Não, não contei.

— E achou que não iam descobrir? Que aquele delegado não ia ver os vídeos e me botar contra a parede? Que também não vai vasculhar minha vida?

— Você é esperta. É boa em mentir. Em dissimular. Afinal, enganou meu marido muito bem. Fingiu o tempo todo.

Desviei o olhar. Eu fingi o tempo todo?

Bem no fundo, eu sabia a resposta.

Mas Vanessa não precisava saber.

— Acreditei que não ia ser difícil enrolar mais um homem. Não é essa sua vida? — ela continuou.

— Você não sabe de verdade como é minha vida! Mas tem razão, eu sou boa em enrolar os homens. Só que não tenho certeza se o delegado Fráguas é como os outros.

— Talvez isso conte a seu favor.

— A nosso favor, quer dizer?

Ela apagou o cigarro.

— Preciso voltar. Guilherme está me esperando.

— Tudo bem.

Saí do carro sem falar mais nada e respirei fundo algumas vezes para me acalmar enquanto o carro se afastava.

Será que Vanessa tem razão?, me perguntei enquanto atravessava a avenida e caminhava em direção ao meu prédio. Era claro que o delegado descobriria quem eu era de verdade. E seria questão de tempo até eu ser chamada para depor e ser obrigada a contar que tinha entrado na casa de Felipe Prado através de um plano de sua esposa desesperada para conseguir o divórcio.

O delegado Fráguas não me pareceu um cara que desistiria fácil. E ele queria descobrir o paradeiro de Felipe Prado. E do dinheiro que tinha sumido com ele. *Então, isso quer dizer que eu terei que me encontrar com o delegado de novo*, pensei com um certo frio no estômago.

Como disse à Vanessa, o delegado Fráguas não era como os outros homens. Eu podia sentir. Seu olhar astuto enquanto me acompanhava contar a minha história com Felipe, mesmo quando carregado de certo interesse puramente masculino, também era cheio de desconfiança.

Eu ainda tinha sérias dúvidas de que ele tinha acreditado em mim.

Entrei no meu prédio e subi as escadas até o quarto andar, obrigando-me a apagar o delegado e a investigação do sumiço de Felipe Prado da minha mente, enquanto percorria o corredor e batia à porta de Lúcia, minha vizinha. A mulher negra de meia-idade me recebeu com um sorriso contido que, mesmo antes de abrir a boca, já me alertava de que tinha alguma coisa errada.

— Isabel, tem um homem aqui que diz ser da polícia e quer falar com você.

Ela se afastou e, como num pesadelo, vi o delegado Fráguas me encarando muito bem acomodado no sofá da minha vizinha.

Com uma xícara de café.

Que porra! Aquele cara não cansava de me surpreender? Achei que teria mais tempo para me preparar quando tivesse que topar com ele de novo.

No entanto, parecia que o delegado era bem mais rápido do que eu imaginava.

— Olá, Isabel.

Dei um passo para dentro, de repente me dando conta de que a presença do delegado Fráguas na casa da minha vizinha queria dizer que ele já sabia de tudo.

— Delegado — falei com frieza. — Parece que já sentiu minha falta.

Ele pousou a xícara na mesa de centro de Lúcia.

— E parece que você tem muitas surpresas para mim, não?

E, antes que eu pudesse responder, uma criança surgiu correndo e pulou no meu colo.

— Mamãe, você chegou!

CAPÍTULO 11

Era óbvio, desde que descobri que Vanessa tinha aberto a boca e contado da minha existência para a polícia, que mais dia, menos dia, eu seria obrigada a tirar minha máscara, a deixar o personagem que tinha criado, com Vanessa Prado, para atrair e seduzir seu marido filho da puta.

Eu só não imaginava que o delegado estaria um passo à frente. E pior, que estaria esperando por mim, como um predador esperando sua presa, com uma armadilha muito bem-feita.

De todas as situações ruins pelas quais já passei, sempre me orgulhei de sair delas da melhor forma possível. E olha que não foram poucas. Mesmo assim, de uma maneira ou de outra, eu me mantinha no domínio, me obrigava a voltar ao caminho da razão. A não perder o equilíbrio.

Ali, entre meus braços, estava a razão de tudo. E a razão de eu estar muito puta com aquele delegado de merda.

Como ele ousava chegar perto da minha filha?

Era essencial mantê-la segura de toda a sujeira que às vezes eu tinha que me envolver por ela.

Tentando manter a fúria sob controle, abracei o corpinho da minha filha mais forte, desviando o olhar do delegado, muito à vontade com sua xícara de café, e pousei em Lúcia, que parecia aflita.

Eu conhecia Lúcia desde criança, quando eu e mamãe nos mudamos para aquele prédio na Rua Barata Ribeiro. Mesmo sendo uma construção antiga, era Copacabana; enquanto estava viva, minha mãe havia se esforçado em dois empregos para nos manter ali.

E eu estava fazendo a mesma coisa. Infelizmente, de formas nem um pouco ortodoxas. Mas a vida era assim. Às vezes, a gente tem que fazer o que tem que ser feito. Esse era meu lema.

— Isabel, está tudo bem? — Lúcia me encarou com apreensão. — Eu pedi que Júlia fosse brincar lá dentro quando o moço chegou.

— Sim, está tudo bem. — Tentei lhe transmitir um olhar confiante e sorri para Júlia ao colocá-la no chão. — Querida, por que não volta a brincar enquanto eu converso com... este moço aqui?

— A gente não vai pra casa agora, mamãe?

— Precisa ficar mais um pouquinho com a tia Lúcia, está bem?

Rezei para que Júlia não começasse um dos seus ataques de rebeldia. No geral, ela era uma boa menina, mas às vezes agia como qualquer criança de quatro anos contrariada.

— Quem é esse moço, mamãe? Ele é mal-encarado.

— Júlia! — Lúcia a repreendeu. — Não fale assim!

— Ela pode falar como ela quiser, o delegado é mesmo mal-encarado! — debochei.

Fráguas pousou novamente a xícara devagar na mesa de centro e não pareceu contrariado quando se levantou, vindo em nossa direção.

Segurei Júlia muito próximo, num ato instintivo de proteção.

— Eu sou da polícia... Júlia? É este seu nome?

— Não fale com a minha filha — sibilei.

— Sim, este é meu nome! — Júlia ignorou a tensão dos adultos. — E você é da polícia de verdade? Como nos filmes? Você tem um revólver?

— Claro que tenho.

— Você prende homens maus?

— Prendo mulheres más também. — Ele sorriu pra mim.

Filho de uma puta.

— Já chega! Lúcia, leva Júlia para assistir à TV no seu quarto. Eu e o delegado vamos sair.

— Sim. Vem comigo, criança. — Lúcia puxou Júlia para o quarto.

Assim que as duas desapareceram, encarei Fráguas sem disfarçar a minha raiva.

— Que merda está fazendo aqui?

— Hum, nada mais de risadinhas e calcinhas à mostra?

Respirei fundo, inalando o ar pelas narinas, tentando a todo custo não bater naquele homem.

Ele era da polícia, afinal.

E o ataque não era a melhor arma.

— Bem, se está aqui, deve saber que já passei da idade para isso há algum tempo.

— Olha, você fez um bom trabalho. Toda aquela conversinha fiada de adolescente quase me convenceu.

— Quase?

— Eu intuí que tinha alguma coisa errada. Alguma coisa não se encaixava... Sabia que escondia algo. Só não sabia o quê. E, veja só, assim que saiu da casa dos Prado, recebi o relatório que pedi sobre você. — Apanhou o celular com toda calma, fazendo aumentar minha irritação. — Hum, olha que surpresa: "Isabel Rodrigues, nascida na cidade do Rio de Janeiro, vinte e quatro anos", diz aqui na sua carteira de motorista...

Ele me encarou.

— Acho que tem alguma coisa que não bate aqui, não? Vanessa Prado me disse que a babá tinha dezessete anos. Você continuou dizendo para mim que tinha essa idade. Ache o erro.

— Sim, é isso mesmo. Essa sou eu, Isabel Rodrigues, vinte e quatro anos. Agora já sabe de tudo. Então, se me der licença, eu tenho mais o que fazer!

— Acha que eu simplesmente vou deixar pra lá, que vim apenas confirmar que mentiu para a polícia, quando estamos investigando o caso de desaparecimento de um homem com quem estava envolvida?

— Espera, ainda acha que sei onde está o Felipe? — Comecei a rir. — Deve mesmo ser um péssimo policial se sua maior pista sou eu!

— Acho que estou na pista certa. Você escondeu muita coisa de mim. E acredito que sua idade foi só uma delas.

— Então está de novo me interrogando?

— Vai ser bem mais rápido se me contar tudo. Vai poupar muito tempo de investigação e com certeza será chamada na polícia. Acho que sua filha não vai ficar feliz de ver a mãe sendo investigada, não é?

— Cala a boca! Não fala da minha filha!

— Você parece uma mãe bem protetora. Então, acredito que quer resolver isso da forma mais rápida possível. Como eu disse, posso facilitar ou posso complicar.

— Certo! — Peguei minha bolsa. — Se é assim que quer, assim que vai ser!

Abri a porta e saí pelo corredor. Fráguas me seguiu.

— Onde pensa que vai?

Eu não parei enquanto continuei descendo as escadas.

— Você quer meu depoimento, então é isso que vai ter!

Quando chegamos à rua, eu finalmente parei e o encarei, estendendo meus pulsos.

— Quer me levar para a delegacia? Pode levar! Pode até algemar, se quiser! Vamos logo acabar com isso!

— Por mais que seja tentador te ver algemada, acho que este não é o momento.

— Acha que estou brincando? — Dei um passo à frente. — Aquela menina se fazendo de tola, jogando com você ficou lá na casa dos Prado! Estou falando muito sério. Me leva para a merda da delegacia que eu vou contar o que eu sei. E pode fazer o que quiser com essas informações! Não me importo.

Fráguas ficou me encarando, como se deliberando se estava falando sério ou não. Até que deu um passo atrás, pegando as chaves do carro do bolso.

— Certo, vamos.

Hesitei por um momento. O instinto de autoproteção me fazendo ter vontade de correr. Mas agora eu tinha ido longe demais. E estava de saco cheio de fazer a adolescente bobinha que seduzia com caras e bocas e brincadeiras sacanas.

O melhor que eu fazia era encarar o delegado Fráguas de uma vez, encerrando minha participação naquela história.

Porém, a decisão fria de seguir o delegado até a delegacia tinha sido um tiro no escuro. De alguma maneira, eu intuía que o delegado não me queria lá.

Ainda não sabia qual era o seu jogo, mas Fráguas não parecia jogar conforme a lei.

Mesmo assim, eu o segui até o carro estacionado do outro lado da rua, entrando no banco do passageiro e tentando me convencer de que estava fazendo a coisa certa enquanto ele dava partida.

Seguimos pela orla em silêncio por um instante, até que ele ligou o som. Um rock antigo começou a tocar. Arrisquei uma olhada de soslaio enquanto ele mantinha a atenção no trânsito. O delegado era um cara bonito. De um jeito rústico e descuidado de ser, mas, ainda assim, interessante. Me perguntei quantos anos ele teria. Quarenta? Trinta?

— Perdeu alguma coisa aqui?

— O quê? Fica incomodado quando te encaram?

Ele não respondeu. Virando uma esquina, saímos da orla da praia.

— Deve estar acostumado com as pessoas te encarando. Esse seu cabelo é muito diferente de ver, sabe? É alguma tintura?

Ele me encarou para ver se estava falando sério.

Óbvio que não estava.

— Por isso está me lançando esses olhares oblíquos?

Eu ri com a referência.

— Olha só! O delegado é capaz de usar referências literárias!

Dessa vez ele levantou a sobrancelha, como se tivesse ficado intrigado por eu entender a referência.

— O quê? Garotas como eu não leem Machado de Assis?

— É em Capitu que se inspira?

— Opa, então é do time que acha que Capitu era uma piranha traidora?

— Está se comparando a uma piranha ou a uma traidora?

— Eu nunca traí.

— Esqueci que seu lance é ser a outra.

— Meu lance? Não sabe nada sobre mim! Ou descobriu mais coisas com sua investigaçãozinha?

— Não, ainda estou esperando você contar. Me desculpe pelas minhas conclusões precipitadas.

Não pareceu uma desculpa de verdade.

— Tudo isso é ridículo! — bufei quando paramos em um engarrafamento. — Preciso de um drinque.

— Podemos resolver isso.

— Sério? Tem um *open bar* na delegacia?

Ele riu.

Caramba. Eu gostei do som.

— Essa hora o trânsito é um cacete! — O delegado pareceu tão irritado quanto eu com o engarrafamento, tão comum naquela hora do *rush*.

Abriu o porta-luvas e pegou algumas balas, jogando uma para mim.

— Minha mãe sempre me disse para não aceitar carona e bala de estranhos.

— Tarde demais para você.

Eu tive que rir. Se minha mãe me visse agora, o que ela acharia do que eu tinha me tornado? Ela entenderia?

Coloquei a bala na boca e, quando olhei para Fráguas, ele estava me observando. Lembrei imediatamente da nossa cena na varanda da casa dos Prado.

E sei que ele estava pensando no mesmo.

Um carro buzinou atrás de nós e rompemos o contato visual quando o trânsito abriu. Para minha surpresa, o delegado parou o carro em uma rua cheia de bares na Lapa.

— Está falando sério? — Só podia ser uma piada.

O delegado Fráguas não estava mesmo sugerindo que a gente fosse beber como se fôssemos, sei lá... amigos ou algo assim?

Em resposta, ele apenas saiu do carro; sem alternativa, fiz o mesmo.

■ ◊ ■

A tarde estava caindo e dando lugar à noite quando entramos em um bar com o sugestivo nome de "Leviano". Não pude evitar um sorriso cheio de ironia que não passou despercebido ao delegado, enquanto o garçom, ignorando o fato de já ter algumas pessoas esperando para o Happy Hour, nos levava para uma mesa afastada.

— O que é engraçado? — Fráguas indagou.

— Achei apropriado o nome do lugar.

— Acha que é alguma indireta a você?

— Não. Acho que *leviano* se aplica mais a você mesmo, delegado.

— Eu? Me acha leviano?

— Acho sim! — O garçom se aproximou de novo e deixei que o delegado satisfizesse sua necessidade básica de macho alfa de pedir a bebida para mim. Realmente não fazia diferença o que ia tomar, contanto que tivesse um alto teor alcoólico.

— Por que me acha leviano?

— Ainda pergunta? Olha onde me trouxe!

— Qual o problema? Talvez, se fosse menor de idade mesmo, aí eu teria um problema.

— Ah! Por que duvido de que isso fosse te impedir?

— Não me conhece realmente.

— Não conheço mesmo, mas eu sei que ficou com tesão lá na casa do Felipe Prado.

Na mesma hora que as palavras saíram da minha boca, quis recolhê-las de volta, mas era tarde. Elas já estavam vivas, flutuando entre nós, enquanto o garçom se aproximava servindo nossas bebidas.

Tudo bem eu brincar de seduzir o delegado enquanto estava na casa da Vanessa, fazendo o mesmo papel que fiz com Felipe. Mas, agora, quando ele já sabia claramente quem eu era, não fazia o menor sentido. Eu tinha que me ater ao meu objetivo. Ia dar a Fráguas o que ele queria. Informações para remoer e colocar no seu quebra-cabeça.

E pularia fora daquela investigação.

— Ainda não entendi o que estava fazendo na casa de Vanessa Prado fingindo que era uma garota de dezessete anos.

Para minha surpresa, Fráguas ignorou meu comentário.

Não pude deixar de me sentir aliviada.

E um pouco decepcionada.

A verdade era que flertar com Fráguas estava sendo mais divertido do que eu supunha.

Tomei um longo gole de cerveja. Deixei o líquido gelado descer pela minha garganta enquanto organizava meus pensamentos. Escolhendo a dedo nas minhas memórias o que iria revelar ao delegado.

— Talvez precise primeiro entender quem eu sou.

— Não posso negar que estou curioso.

— Eu cresci com a minha mãe. Ela era mãe solteira e eu nunca conheci meu pai. Ele foi um namorado que pulou fora quando descobriu que ela estava grávida. Mamãe era enfermeira. E o apartamento que eu moro lá em Copacabana foi onde ela me criou. Para nos manter, ela trabalhava em dois empregos.

Ela era de Manaus, veio estudar aqui e largou os pais lá, que já eram velhinhos. Nunca os conheci, ela meio que rompeu com a família. Não queria contar que tinha engravidado solteira. Sabe como é, seria uma vergonha. Eu tive uma infância e adolescência normais. Entrei em uma faculdade bacana para estudar publicidade quando fiz dezoito anos, que minha mãe pagava com muito esforço. Mas tudo ruiu quando ela morreu subitamente. Eu fiquei sem chão.

Falar da morte da minha mãe era como tocar em uma ferida aberta em meu peito. Nunca ia sarar.

Ainda me lembrava da desolação de me sentir sozinha e desamparada.

Em todos os sentidos.

— Ela era tudo o que eu tinha. E não havia seguro e nem nada disso. Então, de repente, com dezenove anos eu não tinha dinheiro para pagar o aluguel ou a faculdade. Tentei arranjar um trabalho, mas só arranjava subempregos que não pagavam nem a metade das minhas contas. Então eu tomei uma decisão muito errada na minha vida, que foi o começo de todos os meus problemas. Eu tinha um namorado, o nome dele era Marcos. Eu era... tão apaixonada por ele. Marcos era um cara de família rica, morava em uma cobertura no Leblon... Dinheiro antigo, sabe? E eu me sentia tão feliz por ele ter me escolhido quando poderia ter qualquer menina... Porque além de ter grana ele era um gato.

Um sorriso amargo brincou em meus lábios e tomei o resto da cerveja.

Fráguas me serviu mais.

Marcos Muniz. O primeiro cretino que conheci na vida.

Só que naquela época eu ainda não sabia de qual material execrável os homens eram feitos.

— Ele me ofereceu ajuda. Disse que podia pagar meu aluguel e minha faculdade, quando eu lhe disse que teria que trancar o curso porque não tinha grana.

Deixei minha mente voltar no tempo, lembrando a menina boba e ingênua que eu fui. Me sentia tão sortuda e grata por ele me ajudar... Era a solução de todos os meus problemas.

— Ele é o pai da sua filha? — Fráguas me tirou do emaranhado de lembranças.

— Minha filha é só minha! Mas, sim, ele é o dono do esperma, por assim dizer. Pai? Não acho que a palavra se aplica.

— E o que aconteceu?

— A partir daquele dia as coisas foram mudando gradualmente... Eu me sentia tão grata, e estava apaixonada. Fazia tudo o que ele pedia. E as coisas que ele pedia começaram a ser cada vez mais bizarras.

— Bizarras?

Virei mais um copo, tentando não lembrar. Eu não gostava de lembrar daquela época de degradação total.

— Ele dava festinhas, sabe? Essas cheias de drogas e garotas. No caso, muitas vezes havia só uma garota. Eu.

Respirei fundo, sentindo a raiva me dominar.

— No começo, eu me neguei. Mas ele sempre tinha um jeito de me convencer. De me fazer sentir culpa, porque, afinal, era ele quem pagava todas as minhas contas. Então, eu fazia. Participava de suas orgias nojentas com seus amigos mais nojentos ainda.

— Você podia ter dito "não".

Eu ri.

— Acha que é assim? É muito fácil para você falar, para me julgar e achar que eu era a garota que queria dinheiro! E que, para isso, praticamente se prostituía. Mas eu o amava! Ele era meu primeiro namorado, pelo menos o primeiro cara com quem eu fui pra cama. Namorávamos há mais de um ano quando minha mãe morreu, eu confiaria minha vida a ele. O colocava em um pedestal e me sentia mal porque sabia que não estava à altura. E eu queria estar. Mesmo quando minha consciência gritava que aquilo era errado, eu me convencia de que era certo. Porque ele dizia que era.

— Então engravidou?

— Sim. Um tempo depois eu descobri que estava grávida. Eu fiquei feliz. Não era algo que eu esperava, mas que me deu esperança. Achei que Marcos fosse ficar feliz também, que fosse casar comigo. — Soltei um engasgar amargo. — Claro que ele não gostou nem um pouco. Pediu que eu fizesse um aborto. Eu recusei. Aí ele disse que estava terminando comigo, afinal, não ia assumir um filho que nem sabia se era dele.

— E você tem certeza de que era dele?

— Sim, eu sabia que era. Fazia uns três meses que não participava daquelas festas com Marcos. Depois que ele me deixou, eu acabei descobrindo que eu não era mais tão requisitada; ele já tinha colocado outra trouxa no meu lugar.

— Ele não tinha família rica? Você não podia ter ido atrás dos pais dele?

— Ah, eu fui. A mãe dele me chutou pra fora da casa dela. Me chamou de interesseira, pistoleira e outros sinônimos não tão agradáveis. Claro que eu ainda poderia processá-lo, fazer exames de DNA e tudo o mais, mas eu nem tinha dinheiro para pagar um advogado. Quando minha filha nasceu, eu decidi que não queria nada daquele cara. Queria apenas distância. Eu fiquei tão mal, tão arrasada e sozinha durante minha gravidez... O que me deu força para continuar foi minha filha. Eu saí da faculdade. Fiz alguns bicos como faxineira, vendi alguns móveis da minha mãe, fiz de tudo para sobreviver dignamente. Minha filha Júlia nasceu e eu mal conseguia sustentá-la. O aluguel e as contas se acumulando... Um dia encontrei um dos "amigos" de Marcos na praia. Ele deu em cima de mim, disse que pagaria bem.

Encarei Fráguas bem nos olhos.

— E sabe o que eu fiz? Eu fui. E cobrei o dobro.

— Parece ter orgulho dessa decisão.

— Sim, eu tenho. Porque foi o que manteve minha filha alimentada e um teto sobre nossas cabeças. Eu aprendi que podia usar os homens como eles me usaram. Eles poderiam ter meu corpo, minha companhia, mas nunca mais eu deixaria qualquer um deles ser meu dono. Nem da minha vida, nem dos meus sentimentos. Nunca mais eu ia cair na lábia de um cara cretino de novo. E, depois daquele cara, eu bati na porta de uma vizinha que eu sabia que fazia programa, a Jéssica. Ela me apresentou sua cafetina, Débora. E o resto é história.

— E como foi parar na casa de Felipe Prado?

— Há alguns meses, Débora me pediu para sair com um cara que tinha fetiche por garotas novinhas. Ela não estava a fim de se meter em problemas contratando uma garota realmente menor de idade, então me pediu para fingir. Eu sempre tive cara de mais nova. — Dei de ombros. — Parece que enganei muito bem.

O delegado sorriu com sarcasmo.

— Você é uma boa atriz.

— Acho que sim.

Nem tentei ser modesta, porque era a mais pura verdade.

— E eu saía eventualmente como esse cara, um ricaço, banqueiro. Casado, claro. — Fiz cara de nojo. — Um dia eu estava em um restaurante com ele e notei uma mulher loira nos fitando com cara de horror.

Ri ao lembrar da primeira vez que vi Vanessa Prado.

— Quando eu fui ao banheiro, ela me seguiu. Disse que estava muito chocada porque o cara com quem eu estava era marido de uma amiga. Eu não sei por que acabei contando a verdade para ela. Que eu não passava de uma acompanhante. E qual não foi a minha surpresa quando ela pediu meu telefone?

— Está me dizendo que Vanessa Prado te contratou?

— Na hora eu achei que, sei lá, ela queria me chamar pra fazer um *ménage* com o marido, ou algo assim. Mas ela me ligou dias depois e nos encontramos. Ela me contou que queria pegar o marido com a boca na botija. Que estava de saco cheio e queria o divórcio, mas o filho da puta não queria dar. E que, se tivesse com o que chantageá-lo, poderia ser mais fácil.

— Vanessa forjou uma armadilha para Felipe Prado?

— É o que estou dizendo. Ela estava meio insegura ainda, muito abalada, fumando um cigarro atrás do outro. Confesso que eu ri na cara dela com aquele plano mambembe! Disse que ela deveria pegar suas coisas e dar o fora de casa; ela devia ter dinheiro para achar um bom advogado e arrancar alguma grana do marido.

— Você já sabia quem era Felipe Prado?

— Eu o conhecia dos jornais e das revistas, como eu disse. Mas não me dizia muita coisa. Então ela contou que tinha um filho. Que tinha medo por ele. E que Felipe era perigoso. Que nunca a deixaria sair do casamento. Mesmo sendo um cafajeste e tendo outras mulheres.

— E foi assim que ela te convenceu? Acredito que ela te pagou muito bem.

— Sim, ela ofereceu uma boa grana. Acabei aceitando. E dei a ideia de me passar pela babá.

— Vanessa aceitou de pronto?

— Não. Ela ficou receosa — pelo filho, claro. Então eu a levei à minha casa e ela conheceu Júlia, a minha filha. E sabe como eu a convenci? Eu disse que teria muito prazer em fazer o marido cretino dela de trouxa. Que homens como Felipe Prado mereciam ser feitos de idiotas.

— Então foi assim que se tornou a babá de dezessete anos? Era um personagem criado por você e Vanessa Prado?

— Sim. — E quando eu sorri, havia um resquício daquela menina. Da babá que seduzia com brincadeiras nada inocentes.

Uma ninfeta.

Sacudi o copo vazio.

— Cadê a merda do garçom? Meu copo está vazio.

— Já não bebeu demais?

— O que é você, meu pai?

— Certamente não.

— Então arranja mais uma dessa pra mim! Eu sei beber, delegado!

Agora o bar estava totalmente cheio e não havia nenhum garçom à vista.

Fráguas se levantou e ele mesmo foi buscar a bebida.

Suspirei ao vê-lo se afastar.

Talvez não fosse a melhor decisão do mundo beber além da conta nesse momento, mas eu estava de saco cheio. Falar do meu passado nunca me deixava no melhor humor. E agora eu sabia que ele ainda ia falar de Felipe. Aí que meu humor iria para o ralo de vez.

Relanceei o olhar para meu celular. Passei uma mensagem para Lúcia, pedindo que não se preocupasse e colocasse Júlia para dormir.

Lúcia era um anjo na minha vida. Eu podia confiar nela para ficar com Júlia enquanto trabalhava.

Ou enquanto bebia com delegados levianos, pensei com um sorriso.

Merda.

Eu estava ficando bêbada.

Com um suspiro, passei mais uma mensagem e desliguei o celular, guardando-o na bolsa.

Fráguas voltou e me serviu mais um copo.

— Um brinde? — brinquei.

— Um brinde a quê?

— Aos mocinhos que pegam os bandidos!

— Está me chamando de mocinho?

— Hum, tenho sérias dúvidas. Você é mocinho dessa história?

— E você é?

— O que você acha?

— E Vanessa Prado?

Revirei os olhos.

— Você está louco, não é? Para colocar uma contra a outra. Não pode evitar. Vocês veem duas mulheres e já querem nos colocar na lama brigando, de preferência por um homem! Odeio essa lógica machista escrota do mundo!

Ele riu com vontade.

— Que bom que eu o divirto.

— Na verdade, não estou pensando mais em inimigas. Suas próprias palavras dizem que eram cúmplices.

Levantei a sobrancelha por cima do meu copo.

— Ah, lá vem. Agora vai dizer que eu e Vanessa estamos de alguma maneira ligadas ao sumiço do Felipe.

— E estão?

— Não faço ideia de onde Felipe esteja. Eu entrei nisso pelo dinheiro. Pela minha filha. Fui paga, fiz meu trabalho e é isso.

— E não acha que Vanessa pode saber?

— Vanessa era uma vítima do marido filho da puta.

— Marido que você seduziu. Alguma coisa que me contou hoje à tarde era verdade?

Eu sorri e me recostei.

Deixando as lembranças voltarem.

Desta vez, sem censura.

CAPÍTULO 12

— Aqui é o quarto do meu filho. Vanessa acendeu a luz do quarto infantil.

Era meu primeiro dia na casa e em breve eu conheceria o marido dela. Estava quase ansiosa para começar a brincadeira.

— Está vendo ali, meio escondida por aqueles móbiles? É uma câmera. Preciso que consiga seduzir Felipe aqui, para que as câmeras captem tudo.

— No quarto do seu filho?

— Claro que ele não estará aqui. Não quero que meu filho seja exposto a nada.

— Não será, tem minha palavra.

Eu já conhecia Guto, Vanessa tinha o levado para me encontrar algumas vezes, para que ele pudesse se acostumar comigo.

— Então, Felipe está na varanda. Vou apresentá-los. — Parecia tensa.

Toquei sua mão.

— Vanessa, vai dar tudo certo. Eu sei o que estou fazendo. Sei como fazê-lo ceder; você terá suas provas e, com alguma sorte, em algumas semanas estará livre desse idiota!

— Espero que tenha razão.

E assim começou a brincadeira.

• ◊ •

Felipe não havia me dado a menor atenção quando Vanessa nos apresentou. Mas eu prestei atenção nele. Naquele momento, não me toquei do que me intrigava e que de alguma forma me atraía.

Mas em pouco tempo ficou claro que Felipe era um sedutor. E não estou falando só de mulheres. Na verdade, nesse quesito ele nem precisava se esforçar muito, a genética lhe contemplara com uma beleza ímpar, perfeita.

Tão perfeita quanto perigosa.

Além do rosto bonito, Felipe também sabia como conquistar a todos que cruzavam seu caminho. Usava seu charme para convencer todo mundo de que ele era o centro do universo e de que devíamos orbitar à sua volta. Como súditos felizes e abençoados com sua atenção.

Passei pouco tempo naquela casa e em sua companhia, mas foi o suficiente para entender como ele tinha conseguido alcançar o topo. Um homem rico e influente.

Temido.

Desejado.

E, para mim, Felipe Prado se tornou um desafio.

Era fácil conquistar os homens. Depois do que Marcos fez comigo, eu aprendi a esconder minhas emoções e, no lugar disso, me transformar no que eles queriam que eu fosse e, assim, tirar o que eu pudesse enquanto tivesse sua atenção.

Eu achei que Felipe seria fácil. Não foi.

Por dias remoí esse fato. Vanessa estava impaciente. Mas eu lhe garanti que ia conseguir fazer com que Felipe caísse na minha rede.

Então armamos aquela noite em que ele me pegou no banheiro. Vanessa disse que os dois iriam em um jantar na casa de amigos. O que era um fato bem raro naquele momento do casamento falido deles. Felipe estava sempre fora trabalhando ou, possivelmente, com outras mulheres. Pedi que ela se recusasse a voltar, o que me deixaria sozinha com Felipe. Pretendia com isso que ele me notasse. Que não tivesse escrúpulos em me desejar, com a esposa longe da vista.

E assim começamos o nosso jogo.

Só que Felipe não tinha ideia de que eu era a mestra. Enquanto ele acreditava que estava meramente aceitando os avanços de uma garota assanhada, achando excitante enfiar a mão na calcinha dela em seu escritório com a esposa brincando com o filho na sala ao lado, na verdade, não passava de um fantoche em nossas mãos.

▪ ◊ ▪

— E a noite em que se enfiou na cama deles. Vanessa sabia? — Fráguas indagou curioso.

Eu ri ao me lembrar.

— Ela sabia que eu ia fazer algum movimento mais ousado, para Felipe parar de resistir. Era de conhecimento geral na casa que ela tomava calmantes para dormir muitas vezes. Então pedi que tomasse naquela noite e sugerisse que eu passasse a noite na casa. Mas claro que estava dormindo de verdade quando eu fiquei com Felipe lá.

— Mas alguma coisa deu errado. — Fráguas me fitava com os olhos franzidos. — Você diz que Felipe era só um fantoche, que apenas o seduziu para que Vanessa tivesse material para chantageá-lo e conseguir o divórcio mais fácil.

— Sim. Era isso. Acho que ela sabia que não poderia usar isso em um tribunal, afinal, eu era apenas uma garota contratada que mentiu a idade. Mas Felipe não saberia. E ela poderia ameaçá-lo.

— Ela achou mesmo que um homem como Felipe ia cair nessa?

Dei de ombros.

— Foi o que eu questionei. Com certeza era uma medida temerária. Porém, ela achava que Felipe não arriscaria um escândalo. Ele poderia ficar com medo de ser exposto como um aliciador de menores ou algo assim. Poderia não ser bom para os negócios.

Claro que Vanessa estava ciente dos riscos. Mas ela estava desesperada. Queria se livrar dele. Felipe se recusava a dar o divórcio. Para ele, ela era só mais uma de suas propriedades. E ele era bem apegado ao que achava que lhe pertencia.

— Está falando dele no passado?
— O quê?
— Está se referindo ao Felipe no passado. Ele era. Acha que ele pode estar morto?
— Como posso saber? Ainda acha que eu sei o paradeiro dele?
— Uma coisa que não entendi é o fato de que você disse que curtia ficar com Felipe. Que se sentia excitada em estar seduzindo-o.

Desviei o rosto ante o olhar analítico de Fráguas.

Tomei mais um gole de bebida.

— Eu posso ter me deixado levar pela diversão que era ficar com um cara como Felipe. Mas foi só! — Levantei-me, disposta a acabar com aquele interrogatório nada legal. Eu já tinha falado tudo o que podia falar para o delegado.

Mas, assim que dei um passo, senti o mundo rodar e percebi que estava realmente bêbada.

Em um segundo Fráguas estava em pé, segurando meu braço.

— Você está bêbada.

Merda. Eu estava mesmo.

— Sim, eu estou. Vai me prender? — Ri, me soltando do braço dele. Quando consegui me equilibrar, o mundo voltou um pouco ao foco.

— Vou te levar embora.
— Não precisa...
— Não vou deixar você ir embora sozinha assim — resmungou enquanto colocava algumas notas na mesa.

E, sem pedir permissão, segurou meu braço e me levou para fora.

■ ◊ ■

Encostei minha cabeça no banco, fechando os olhos e lutando contra a tontura enquanto o carro percorria as ruas agora mais vazias do Rio.

Todo aquele dia parecia tão surreal.

E eu só queria que acabasse.

Queria voltar à minha casa, minha filha. E minha vida.

Deixar de vez de ser Isabel, a babá novinha dos Prado.

Em poucos minutos o delegado estaria me deixando na minha casa e seria minha última cena naquela história. Encerraria minha participação no mistério que envolvia o desaparecimento de Felipe Prado.

O delegado Fráguas que se virasse com suas pistas para achar a verdade.

Ou tentar.

Pouco me importava.

Depois de hoje, provavelmente eu não o veria nunca mais.

Engraçado. Fazia apenas algumas horas que eu conheci o delegado Fráguas, mas parecia que tinham se passado anos.

Senti a brisa do mar no meu rosto e abri os olhos. Virei a cabeça para ver a praia passando rápido.

— Pare o carro — pedi sem pensar.

Inferno. Eu queria ficar mais um pouco naquele enredo.

— O quê?

— Eu preciso respirar.

O delegado ainda hesitou, mas estacionou o carro e eu saltei.

Caminhei trôpega, retirando as sandálias no caminho, até sentir a areia sob meus pés, o barulho das ondas violentas me acalmando.

— Tem um cigarro? — pedi quando Fráguas se colocou ao meu lado.

Ele tirou um maço do bolso e mostrou que só tinha um.

— Teremos que dividir.

Dei de ombros.

— Não importa.

Fumamos em silêncio por um tempo. O cigarro passando dos meus lábios aos dele.
Era quase íntimo.
Lembrei do gosto da sua língua.
Quis sentir mais.
Inferno. Eu estava bêbada demais para cogitar aquele absurdo.
— A Vanessa fumava escondido do marido, sabia? Até nisso o escroto a coibia — falei com nojo, querendo tirar os pensamentos impuros com o delegado da minha cabeça.
— Fala com muita raiva de Felipe Prado.
— Ele era um babaca escroto, ainda não entendeu?
O cigarro acabou.
— Sente-se melhor?
Eu o fitei. O vento chicoteava meus cabelos pelo meu rosto enquanto eu deixava meu olhar percorrer a figura quase mítica do delegado Fráguas.
Quem era esse cara? De repente eu quis saber.
— Está preocupado comigo? — provoquei.
— Apenas me certificando.
— Ah, o delegado Fráguas. Tão atencioso! Tão à frente da lei, preocupado em fazer o que é certo! — O deboche na minha voz era claro e havia um que de exasperação quando ele me fitou.
— Não sou seu inimigo, Isabel.
— Que tipo de inimigo você é?
— Não queira saber.
— Ah... Por que eu não acredito? Tem algo em você, delegado... Algo perigoso...
— Talvez essa sua percepção de que eu sou perigoso tenha mais a ver com você do que comigo.
— O que quer dizer?
— As pessoas costumam ter medo da polícia quando escondem algo.
— Ah, o que acha que eu escondo? — Levantei as mãos para o alto. — Quer me revistar?

O olhar do delegado rastreou meu corpo.

Um arrepio quente transpassou a minha espinha.

— Continua provocadora, não? Já não devia sair do personagem?

— Quem disse que é um personagem? Continua me julgando! "Olha lá a safada que aceitou dinheiro para seduzir um cara. Pobre Felipe, envolvido pelas mulheres!"

— Não estou te julgando. Eu já vi muita coisa. Você nem imagina. — Sua voz saiu carregada de cansaço.

E de novo eu me perguntei quem era aquele cara.

O que o motivava.

O que desejava.

— Posso ver a sua arma?

Ele me encarou, incrédulo.

— Como é?

— Ué, sei que está armado. Quero que me mostre sua arma.

Ele hesitou, mas pegou a arma na cintura.

Sem pensar, coloquei minhas mãos sobre a sua e fiz que apontasse a arma para meu peito. O cano frio tocou minha pele.

— Que merda está fazendo?

— Facilitando para você arrancar a verdade de mim — sussurrei.

— Há outras maneiras de conseguir a verdade.

— Ah... Você deve conhecer muitas maneiras nada ortodoxas, não? Já matou alguém?

— Sim.

Sua resposta saiu sem hesitar.

— O que está fazendo aqui? De verdade?

— Quero descobrir a verdade.

— Ainda não está convencido de que não sei de nada?

— O que sei é que estou cansado de deixar que brinque comigo. — De repente sua mão estava em meu cabelo, e a outra estava engatilhando o revólver.

Engoli em seco quando ele me puxou para perto, até que nossos rostos estivessem quase colados.

Tive certeza de que, pela primeira vez naquele dia, eu estava bem próxima de descobrir a verdadeira face do delegado Fráguas.

— O que eu sei é que Felipe Prado poderia ter te envolvido. Poderia ter te convencido a fugir com ele.

Eu ri, gargalhei, ignorando o perigo.

Na verdade, eu estava apreciando.

— Sabe o que é mais irônico? Teve um momento em que acho que teria aceitado se Felipe tivesse proposto — confessei baixinho.

— Então mentiu? Estava apaixonada por ele?

— Sabe o que é ser sozinha? Com uma criança? Ter que fazer o que eu faço para sustentá-la? Para dar o melhor? Sim, talvez ainda tenha algo daquela menina que fui um dia dentro de mim. Que acredita que precisa de um cara como Felipe para livrá-la de todo trabalho duro.

— Um príncipe com cavalo branco? Com milhões no bolso em algum paraíso?

— Por que tem tanta certeza de que ele fugiu?

— Não tenho certeza de nada.

— E isso te irrita?

— Muito.

— Até onde você vai para descobrir?

— Acho que você já sabe.

Ele finalmente me soltou. Guardou a arma na cintura de novo, os olhos ainda presos em mim. A adrenalina percorrendo meu sangue.

A sensação de perigo iminente.

Sem pensar, fiquei na ponta dos pés e o beijei.

CAPÍTULO 13

O mundo tinha passado como um borrão à minha volta quando, num acordo tácito e silencioso, decidimos como aquele beijo ia acabar.

Não houve perguntas ou hesitação quando o desejo explodiu com o toque de nossos lábios. Estávamos nas preliminares desde que minha língua tocou a dele lá na casa dos Prado. Durou apenas um milésimo de segundo, mas foi o suficiente para criar uma faísca, que agora tinha se transformado em um incêndio.

Um fogo que se apossou dos meus sentidos e queimou todo e qualquer instinto de preservação que eu devia ter.

Então, quando Fráguas me jogou contra a porta do meu apartamento assim que chegamos, a boca atacando a minha de novo, apenas cerrei as pálpebras, um gemido de rendição escapando da minha garganta, perdida no emaranhado de sensações que me tomaram de assalto. Me fazendo lembrar vagamente que era assim que ele me fazia sentir desde que pousara os olhos em mim, ávido por descobrir todos os segredos que eu guardava embaixo da fachada da babá traiçoeira.

Talvez de alguma maneira eu já soubesse que acabaríamos assim. Com sua boca marcando meu pescoço, suas mãos se infiltrando embaixo da minha blusa para atacar meus seios. Sua ereção se esfregando em mim, deixando claras suas intenções.

Ondulei os quadris, avisando de forma nada sutil que suas intenções faziam eco com as minhas.

Eu precisava dele dentro de mim. Sentir como ele era.

Era quase uma necessidade premente.

Uma onda de impaciência me tomou e o empurrei para poder tirar a blusa pela cabeça, e o sutiã seguiu o mesmo caminho, enquanto Fráguas me encarava ofegando, os olhos cobiçosos sobre mim faziam um desejo líquido percorrer meu sangue e se instalar num pulsar urgente e úmido entre minhas pernas.

Ainda sem deixar o contato visual, ergui minha saia, os olhos dele seguiram o movimento, queimando como uma carícia, e eu sorri.

— Está esperando um convite formal, delegado?

Com um grunhido, ele veio para cima de mim sem esperar um segundo chamado e, para a minha surpresa, me virou. Meu rosto bateu na porta, enquanto uma mão prendia meus pulsos às costas e outra puxava meu cabelo, até que sua boca estivesse colada ao meu ouvido. Eu podia sentir o cheiro do álcool dali.

— Já disse que cansei de suas brincadeiras.

Eu voltei a sorrir quando ele esfregou sua ereção em mim em movimentos rítmicos. Ah, sim.

— Eu vou te foder com força agora. É isso que quer? — A mão soltou meu pulso e deslizou para dentro da minha calcinha, me encontrando quente e receptiva.

Em resposta, eu consegui apenas soltar um gemido baixo.

Ele me beliscou.

Doeu.

Estremeceu tudo dentro de mim.

— Responde! — exigiu, mordendo minha orelha, fazendo a tensão sexual alcançar um outro nível dentro de mim.

— Sim... Por favor... — me rendi.

E então ele estava me beijando, nossas línguas se emaranhando enquanto os dedos moviam-se rápido dentro de mim, fazendo meu corpo se arquear de prazer.

Mas sem aviso, o beijo terminou e ele me virou, retirando os dedos de mim e, antes que eu pudesse antever, estava ajoelhado na minha frente, arrancando a minha calcinha e enfiando o rosto entre minhas pernas.

Ah, caramba.

O delegado sabia usar sua língua não só para interrogar suspeitos.

Meus olhos giraram e tombei a cabeça para trás, meus dedos agarrando seus cabelos e deixando que o prazer me dominasse.

Há quanto tempo eu não fazia sexo por simples prazer?

Pela simples vontade de sentir o gosto, o cheiro, a textura?

Não demorou para que um orgasmo fizesse um grito áspero escapar dos meus lábios e, antes que eu pudesse sequer voltar à Terra, ele estava na minha frente, abrindo a calça e retirando um preservativo do bolso.

E vê-lo assim, pronto para me foder, fez outra onda gigante de desejo me corromper. Eu o puxei, beijando-o forte, enquanto era erguida pelos quadris para ser penetrada com força, nossos corpos batendo na porta, nossos gemidos rompendo o ar, enquanto o delegado Fráguas se enfiava em mim com fúria.

E não podia ser de outra maneira.

Eu não queria de outra maneira.

Eu só queria que ele acabasse comigo de novo.

E de novo.

O mundo escapou-me por alguns instantes, quando as sensações me dominaram novamente. Me agarrei a seus ombros, seus dentes em meu pescoço, seus gemidos roucos em meu ouvido, suas mãos agarrando forte enquanto nossos quadris batiam rápido um contra o outro, achando um ritmo perfeito, alucinante.

E meu ventre explodiu de prazer de novo.

Dessa vez meus gemidos fizeram eco com os de Fráguas, enquanto gozávamos ruidosamente.

■ ◊ ■

Depois que havíamos terminado nosso pequeno interlúdio sacana contra a porta do meu apartamento, completamente exauridos, Fráguas me trouxe para o quarto, sem que eu sequer cogitasse impedir.

Eu apenas não tinha forças para nada.

Fiquei ali, tentando respirar, enquanto Fráguas se livrava do preservativo no banheiro. Porém, a realidade bateu em mim quando meu celular vibrou na cabeceira. Peguei o aparelho e li a mensagem, respondendo rápido, antes que Fráguas voltasse e deitasse, também nu, ao meu lado.

Ele acendeu um cigarro e me ofereceu um.

— Não disse que tinha apenas um?

— Posso ser tão mentiroso quanto você. — Foi sua resposta lacônica.

Fumamos em silêncio.

Era confortável e tenso ao mesmo tempo.

E também não impedi que me puxasse para perto de novo, me beijando morosamente. E dessa vez fodemos devagar, sem pressa. Nossos corpos agora nus se encaixando fácil, como velhos conhecidos.

Amantes.

Movi-me em cima dele, os olhos presos um ao outro à medida que deixavam o prazer ser construído. Tomava todos os meus sentidos até estar perigosamente perto da minha mente.

Então fechei os olhos e imprimi um ritmo urgente, querendo que acabasse logo. E, com um grunhido, Fráguas virou-me na cama, prendendo meus braços acima da cabeça e voltando a me foder devagar, deixando claro quem tinha o poder.

Não me importei.

Eu estava acostumada a deixar que dominassem meu corpo. Pelo menos por um tempo.

Com um objetivo bem claro. Eu sempre tirava algo do dominador depois em troca.

E de repente passou pela minha cabeça se eu conseguiria tirar algo de Fráguas.

Se eu queria algo dele.

Fechei os olhos e deixei os pensamentos serem dominados pelas sensações do seu corpo invadindo o meu, meu corpo respondendo ao prazer, se desmanchando embaixo dele.

Por enquanto, era só o que ele tinha a me dar.

■ ◊ ■

Observei Fráguas se vestir, ainda nua, recostada na cama, enquanto fumava.

Em poucos instantes ele sairia da minha vida.

Para sempre?

— Acha que vai encontrar Felipe e o dinheiro? — questionei.

— O que você acha? — Pegou a arma que tinha colocado na mesa de cabeceira.

— Acho que seria um bem enorme para a humanidade se ele fosse encontrado morto com a boca cheia de formigas.

Ele parou os movimentos e me encarou.

De novo, ele era o delegado Fráguas.

Sempre em busca de respostas.

— Acha que Vanessa o mataria?

— Não.

— E você?

— Eu já tive vontade de fazer muitas coisas ruins. Muitas, mesmo. E há um limite para mim. E esse limite é minha filha. Eu não a deixaria sem mãe.

Ele não falou nada, e me perguntei se estava satisfeito com a minha resposta.

— Nos veremos de novo na delegacia? — ousei perguntar.

— Eu terei que reportar isso, claro.

— Tudo isso? — Levantei a sobrancelha.

Ele sorriu com ironia.

— Eu quis dizer que você foi citada pela Vanessa. Provavelmente terá que dar algum depoimento formal. Veremos.

— E o fato de a Vanessa ter mentido? Ela vai se dar mal por isso?

— Você parece preocupada. — Ele estudou minha reação.

— Não quero que a Vanessa se ferre. Ela foi só uma vítima.

— Uma mulher que arma para o marido não me parece uma vítima.

— A gente pode ser vítima de muitas maneiras. E às vezes apenas reagimos aos socos que tomamos. Revide. Entende o conceito?

Ele não respondeu.

Sentou na cama e ficou me observando.

— Por que está me olhando?

— Estou tentando chegar a uma conclusão sobre você.

— E?

— Ainda não estou totalmente certo de sua inocência.

— Eu não sou inocente.

— Entendeu o que eu quis dizer. Mesmo enquanto estava dentro de você, havia uma parte de mim que se perguntava se não era exatamente isso que planejou.

— Não sou tão maquiavélica assim. Não pode acreditar que simplesmente eu quis você?

— Então é uma boa garota?

Senti meu estômago se contorcer.

Era assim que Felipe me chamava.

Lembrar de Felipe me fez recordar por que o delegado tinha se enfiado em minha vida, afinal.

Não gostei de lembrar disso.

— O que você acha? — devolvi a pergunta, por fim. — Acha que vai me desvendar?

Fráguas se levantou e pegou a jaqueta do chão, abrindo a porta do quarto. Antes de sair, ele se virou e jogou o maço de cigarro na minha direção.

— Um camaleão reconhece o outro, Isabel.

CAPÍTULO 14

Assim que Fráguas foi embora, tomei um banho e fui buscar Júlia na casa de Lúcia.

Minha bebê estava adormecida quando a peguei e a levei para casa, deitando-a em sua cama e a cobrindo.

— Tudo vai ficar bem, querida, eu prometo a você. — Acariciei seu rosto e depositei um beijo em seus cabelos.

Quando voltei para a sala, Lúcia estava lá e me fitou preocupada.

— Filha, o que está acontecendo? Por que aquele delegado estava aqui fazendo perguntas sobre você?

— O que ele perguntou?

— Ele tentou fazer perguntas, mas eu deixei claro que não ia falar sobre você e que, se quisesse saber, teria que perguntar para você mesma. — Ela baixou o tom de voz, como se alguém pudesse nos ouvir. — Fiz como mandou! Como sabia que ele ia aparecer aqui?

— Eu não sabia se ele ou outra pessoa poderia aparecer. Mas um homem que conheço desapareceu. E, com ele, muito dinheiro.

— O tal Felipe Prado? O delegado perguntou se eu já tinha visto esse tal Felipe por aqui. Claro que eu disse que não, afinal, nunca vi mesmo! Falei que você nunca trazia homem nenhum pra sua casa. Quer dizer, trazia aquele merdinha do ex-namorado, mas graças a Deus se livrou daquele canalha.

— Ele perguntou mais alguma coisa?

— Perguntou se aconteceu alguma coisa não usual há três noites. Se você saiu. Eu disse que estava o tempo inteiro aqui comigo. Que jantamos juntas e assistimos a um filme com a Júlia.

— Obrigada, Lúcia.

— Não está envolvida em nada ruim, né?

— Claro que não, Lúcia!

— Então por que pediu para eu mentir dizendo que estava comigo?

— Porque eles precisam jogar a culpa em alguém. E a corda sempre arrebenta para o lado mais fraco. Eu preciso me precaver. Olha pra mim, sou só uma mãe solteira tentando sobreviver. Eles são ricos e poderosos. Não quero nada sobrando pra mim.

— Está certo, filha. Você é uma moça forte. Sabe se virar muito bem. Sua mãe teria orgulho de você.

— Acha mesmo?

— Claro que sim. Agora vá dormir e descansar. Parece que o dia foi longo pra você. — Ela baixou o tom de voz de novo. — Eu vi o delegado saindo há pouco daqui. Ele é um homem bonitão.

— Homens bonitos só servem para nos confundir e nos deixar fracas, Lúcia — rebati com amargor.

— É muito nova para ficar tão amarga, filha. Eu sei que já sofreu muito e sei como a vida pode ser dura pra você. Ainda mais tendo uma filha para criar. Mas uma hora vai ter que deixar alguém se aproximar de novo. A vida fica mais colorida quando temos alguém pra esquentar nossa cama à noite. Alguém que não tenha a necessidade de dominar ou de nos prender. Apenas ficar e completar. — Ela sorriu com nostalgia. — Sinto muito a falta do meu falecido Valdomiro, que Deus o tenha.

— Que velha boba e romântica, Lúcia!

— Escute o que estou dizendo. Um dia vai encontrar alguém, e vai ser apenas como reconhecer uma parte de você mesma.

Ela tocou meu rosto e se foi.

Fechei a porta atrás dela e lembrei da frase de Fráguas, que apenas fizera eco com o mesmo pensamento que tive sobre ele.

Um camaleão reconhece o outro.

Deixei as lembranças voltarem por um instante, como se ainda pudesse sentir seu toque áspero sobre mim.

Mas só por um instante.

Os sonhos românticos de Lúcia não podiam me atingir.

Eu era calejada demais.

Lúcia não fazia ideia do quanto.

Apaguei, não sem algum esforço, as lembranças do delegado Fráguas da minha mente e fui para a varanda, levando junto o maço de cigarro que ele deixou para mim, como um suvenir.

Sentei-me sobre o muro, meus olhos percorreram o céu escuro e sem estrelas.

E deixei uma última memória aflorar em minha mente.

Uma memória que não dividi com o delegado Fráguas.

■ ◊ ■

— O que você está fazendo aí?

A voz fria de Felipe me sobressaltou e fechei o notebook com um estrondo, meus olhos não escondendo a culpa a tempo.

— Nada! — menti, sabendo que era um tanto inútil.

Felipe entrou no escritório e me levantei da sua cadeira.

Ele se sentou e abriu o notebook, inspecionando.

— Você é uma menina muito atrevida, Isabel.

Eu sorri.

— Você sabe o quanto. — Escorreguei para seu colo, sem pedir licença.

Sabia que meu tempo com ele estava acabando.

Vanessa já tinha sinalizado que ia "me demitir" em breve, pois aparentemente já tinha material suficiente para pegar Felipe.

De repente, perguntei-me o que aconteceria se eu lhe contasse a verdade. Que eu não tinha dezessete anos, que era apenas uma acompanhante contratada por sua esposa para seduzi-lo.

Confesso que uma parte de mim vinha cogitando aquela opção há algum tempo, desde que percebi os benefícios que ficar com um homem como Felipe poderia me proporcionar.

A verdade é que eu estava de saco cheio da minha vida. De fingir quem eu não era para sobreviver. De ter que sair com homens desconhecidos por um punhado de dinheiro que sempre acabava.

Eu queria ser uma mãe melhor para minha filha.

Queria ser alguém de quem ela pudesse se orgulhar quando tivesse idade para perceber o mundo à sua volta.

E de todos os homens que fui obrigada a seduzir, Felipe era de longe o mais instigante.

Ele era diferente de tudo.

Não só muito rico, como também inteligente, charmoso.

Ficar com um cara como ele era a melhor opção que uma mulher como eu poderia ter.

E eu não precisaria me sentir culpada por Vanessa. Ela não o amava. Queria se livrar dele. Eu estaria lhe fazendo um favor levando Felipe para longe.

— Posso te contar uma coisa? — sussurrei em seu ouvido.

— Você pode usar essa boca para fazer algo melhor do que falar, anjo. Seja uma boa garota e me alivia o estresse?

Sorri e o beijei, ignorando seu pedido sacana.

— Eu quero ficar com você. — Deslizei meus dedos por seu peito. — Você gostaria? De me ter de verdade? Por inteiro?

— Está falando de trepar com você? Confesso que seria ótimo. Mas acho que não seria uma boa ideia complicar ainda mais isso.

— Sim, estou falando de ter acesso a mim, todinha, do jeito que quiser. Pelo tempo que quiser. Quando quiser...

— O que está insinuando?

— Que posso ser sua amante. Posso ficar com você, de verdade. Posso ir embora com você, para onde quiser.

Esperei a resposta, ansiosa.

No entanto, para minha surpresa, Felipe começou a rir.

Por um momento não entendi.

— Não é uma piada, é sério!

Mas Felipe continuou rindo.

— Está falando sério? Acha que eu me dignaria a ficar com uma garota como você?

— Uma garota... como... eu? — falei devagar.

— Uma vagabundazinha sem eira nem beira. Uma suburbana sem cultura. — Ele riu mais na minha cara.

— É isso que pensa de mim? — Saí do seu colo, me sentindo humilhada.

Eu, que achei que nunca mais me sentiria daquele jeito de novo. Diminuída.

— Eu não penso. É a verdade — Felipe continuou, arrumando a gravata.

— Não sabe nada sobre mim — sibilei, lutando para não explodir.

Felipe percebeu que eu estava brava e me encarou incrédulo.

— Está brava por quê?

— Ainda pergunta? Olha as merdas que está me falando! Meu Deus, você é muito cretino mesmo!

Ele riu com gosto.

— Nunca tentei me passar por outra coisa. Ao contrário de você. E essa sua boca gulosa.

— Seu filho da puta, escroto... — Minha garganta se apertou ao me dar conta do quanto estava sendo trouxa pela segunda vez na vida.

Como eu pude descer àquele nível de novo?

Uma vez não fora suficiente?

Como eu podia me deixar seduzir pelo que um cara como Felipe poderia me dar?

Um rosto bonito, um charme sedutor e dinheiro?

Deus, eu não sabia se tinha mais nojo dele ou de mim naquele momento.

— Olha pra mim... — Ele se recostou na cadeira, em toda a sua arrogância. — Olha o que eu tenho! Olha para a minha mulher. Ela é linda e elegante. Quando eu for trocá-la, não será por alguém como você. Uma ninfetinha que não tem um pingo de classe. Jamais me sujaria desse jeito. Eu sou um homem com certos princípios, com gosto refinado. Você era apenas uma menina fácil e à mão. Nada mais do que isso, não se engane.

Estou tremendo inteira quando ele termina sua nojenta explanação.

— Você não vale nada! — disse, com nojo. — Merece tudo de ruim!

— Homens como eu nunca se dão mal, Isabel. — Ele sorriu, com sua certeza inabalável de que era intocável. Dono do mundo. — Eu sempre venço no final.

— Vamos ver! — murmurei antes de sair batendo a porta, levando todos os demônios sobre meus ombros.

Ele ia ver.

Disso eu me certificaria.

■ ◊ ■

Voltei ao agora, meus olhos na fumaça de cigarro dançando à minha frente.

Apanhei o celular, mandei uma última mensagem e me permiti sorrir para a noite escura.

Quando voltei ao quarto e me deitei, o cheiro do delegado ainda estava impregnado em tudo.

Aspirei. Era bom.

Me reconfortou.

Por ora, deixei aquela sensação me acalmar e dormi o melhor sono dos últimos tempos.

• *Delegado Fráguas* •

— Vê uma cerveja aí pra mim, trincando — pedi assim que ganhei a atenção da atendente atrás do balcão.

Eu nem devia estar ali àquela hora, mas ir para o meu apartamento e ficar sozinho depois do que houve com Isabel só ia foder ainda mais os meus miolos. Talvez a melhor opção fosse dar uma passada num supermercado vinte e quatro horas para abastecer a geladeira com muita cerveja e algum uísque barato; entretanto, preferi o caminho mais prático.

— *Tá* na mão. — Ela abriu a *long neck* recém-saída do refrigerador, com desenvoltura, de um jeito bem sensual até.

Se fosse em outro momento e eu estivesse num estado de espírito decente, ela conseguiria roubar minha atenção por mais tempo. O que não foi o caso.

Um bar era sempre a escolha fácil quando eu queria distração e companhia, sem necessariamente ter que tentar socializar. Bastava me escorar no balcão, pedir uma bebida e deixar de lado todas as merdas por um tempo. Vez ou outra podia até rolar um papo com uma garçonete atenciosa, e em algumas ocasiões esse tipo de conversa se estendia até mais tarde, rendendo uma boa trepada... mas não hoje.

Hoje eu só queria esvaziar a mente por algumas horas. De manhã começaria tudo outra vez, a pressão de entender toda a merda que vinha cercando o desaparecimento de Felipe Prado e onde foi que o filho da puta se enfiou com a caralhada de grana que roubou.

— Obrigado.

Bebi alguns goles consecutivos, ignorando a garçonete bonita para que ela percebesse que não ia rolar nenhum assunto daquela vez.

Quem acha que gente rica tem vida perfeita não sabe o engano que está cometendo. Por trás de tanta elegância e requinte, tudo pelo bom e velho status social, podia haver também a podridão soberba e muita sujeira escondida debaixo do tapete.

Até mesmo uma mulher linda e montada na grana como Vanessa Prado, invejada por muitas outras, tinha esqueletos guardados no armário, e talvez um deles (eu ainda não havia descartado cem por cento essa ideia) poderia ser o do próprio marido. Mas o inquérito em minha mesa no departamento ainda era de furto qualificado e fraude no imposto de renda, não homicídio. Considerando tudo o que a mulher aturou durante os vinte anos de casamento, não me surpreenderia que ela tivesse dado cabo da vida do sacana. Contudo, apesar de não ter comprado o seu jeito dissimulado no depoimento, percebi a fragilidade que a senhora Prado exalou em seu momento vulnerável. Ela não era psicopata. Se fosse, tinha me enganado direitinho, e eu dificilmente errava nesse tipo de julgamento.

A armação com a babá do garotinho, entretanto, deixava claro que a senhora Prado não era tão ingênua quanto tentou se mostrar no início. Mentir a idade de Isabel para tentar enganar o marido e convencê-lo a lhe dar o divórcio podia parecer um plano idiota, mas bem ardiloso. Se Felipe não quisesse um escândalo, aceitaria os termos da esposa, e não acho que iria a fundo numa investigação sobre a maioridade da menina, já que havia vídeos comprovando seu adultério, o suficiente para Vanessa conseguir alguma vantagem no divórcio, levando em conta o empenho de Guilherme Nogueira em resolver aquela pendência.

Todo o teatro envolvendo Isabel só serviu para me tirar do foco principal, que era descobrir o paradeiro de Felipe Prado. Eu não podia me deixar levar pela forte atração que aquela atrevida exercia sobre mim.

As peças ainda não se encaixavam, o que fodia minha mente e me deixava mais irritado que o normal. Quando estava na delegacia, Mouta e Ruza não paravam de cochichar, como se eu não pudesse ouvi-los, ambos cientes do meu estado de espírito. A mídia não ajudava em porra nenhuma, bando de abutres à espera de carne fresca; enquanto nenhuma novidade no caso aparecia, eles reviravam o que tinham e catavam qualquer carniça que pudesse vender jornal, nem que fossem *fake news*! Era um milagre que o nome de Isabel não tivesse sido citado por nenhum veículo de comunicação, levando em conta o quanto os funcionários dos Prado não tinham nenhuma relutância em abrir a boca grande. Isso vinha a calhar ao andamento da investigação, mas, se os jornalistas cavoucassem mais fundo, muita merda além do golpe podia virar notícia.

— Mais uma! — Meu pedido saiu irritado ao dar um gole na garrafinha já vazia e constatar que nem degustei minha cerveja, apenas ingeri sem qualquer apreciação, o que de nada valia considerando os efeitos colaterais de uma bebedeira.

Para quem não queria pensar em trabalho, eu estava fracassando e pensando até demais. Em minha defesa, era bom estar longe do departamento e dos meus colegas um pouco, assim podia dar aquela respirada e colocar a cachola para funcionar tentando enxergar os fatos apresentados por um ângulo diferente.

Entendi as motivações de Vanessa Prado para conseguir o divórcio, e, apesar de não ver muito sentido na armação que envolvia Isabel, precisava levar em conta que a mulher podia estar emocionalmente instável depois de lidar com tantas traições. Ela só queria ficar livre para foder com o advogado engomadinho sem ser chamada de adúltera ou ser julgada pela sociedade para a qual sempre se mostrou a esposa perfeita. Se não teve coragem para matar o marido, era bem improvável que o estivesse acobertando em troca de se ver livre dele, considerando que Felipe não assinou os papéis do divórcio.

É vantajoso pra ela que Felipe apareça logo, ponderei, chegando à metade da segunda *long neck*. Ela não seria idiota de matá-lo sabendo que se tornaria a principal suspeita tanto do homicídio quanto de ficar com o dinheiro roubado...

Depois do que houve entre Isabel e eu, já não a enxergava como suspeita de acobertar Felipe Prado. Ela era uma jovem sem muita sorte na vida, tentando sobreviver e criar a filha aos trancos e barrancos. Podia até ser metida a espertinha, mas, sendo protetora com Júlia do jeito que era, não consegui imaginá-la largando a menina por causa de macho, nem acreditava que Felipe aceitaria a filha de outro, sendo que abandonou o próprio quando deixou Vanessa e fugiu. Se fugiu — o que era o mais provável dadas as circunstâncias, porém, eu ainda não tinha como provar.

Queria ver Felipe Prado recebendo voz de prisão e sendo algemado; desejava a satisfação de olhá-lo nos olhos ao ser posto atrás das grades e, principalmente, ser o responsável pela operação que fodeu mais um riquinho metido a esperto. Crime do colarinho branco podia ser um termo elegante para o que gente como ele era capaz de fazer, mas, para mim, todos não passavam de bandidos, farinha do mesmo saco. E bandido bom é bandido preso. Não vou mentir. Em algumas ocasiões, se o bandido estivesse morto, melhor ainda. Mas não nesse caso. Felipe Prado tinha que estar vivo para que eu pudesse pegá-lo e descobrir onde o filho da puta escondeu o dinheiro, pois assim ele não desfrutaria de nenhum centavo caso conseguisse se safar da cadeia. Era o mínimo que aquele sacana manipulador do caralho merecia.

— Mais uma? — A garçonete sorriu, e eu fiz um esforço para retribuir, porém, não obtive sucesso.

— Por hoje é só. — Deixei o dinheiro em cima do balcão e guardei a carteira no bolso traseiro do jeans. — Não *tô* prestando pra mais nada essa noite.

Considerando que Isabel havia acabado comigo, eu realmente estava imprestável. Aquela transa ferrou com a minha capacidade de discernimento e eu precisava de mais um banho frio antes de cair na cama.

Mal teria algumas horas para dormir antes de ter que retornar à Superintendência.

Tudo culpa da Isabel! Maldita provocadora!

Eu não estava sendo muito honesto jogando a culpa para cima dela, quando fui eu quem passou por cima dos protocolos. Desde que a observei naqueles vídeos caseiros, não consegui controlar o impulso de vê-la com meus próprios olhos e, bastou aquele fodido "oi, tio" para que eu ultrapassasse a linha e ligasse o foda-se para a ética de trabalho.

Até aquele momento, nada me levava à resolução do caso, e eu sabia que, se quisesse mesmo conseguir alguma pista relevante, teria que me desvencilhar do que mandava a cartilha.

Destravei o alarme do carro ao sair do bar e me aproximar do estacionamento quando ouvi passos hesitantes logo atrás de mim. Eu já estava desconfiado, até pensei que fosse coisa da minha cabeça ligeiramente bêbada e cansada, mas parece que não.

Como não estava mais em serviço, tinha deixado minha arma no porta-luvas do carro quando saí do apartamento de Isabel; mesmo assim, fiz um gesto de blefe, como se estivesse prestes a sacar uma pistola do cós traseiro do meu jeans, me virando para assustar quem quer que fosse o abusado.

— *Tá* me seguindo por quê? — Franzi a testa ao perceber que era uma garota, mesmo que seu cabelo fosse curto como o de um menino. — Não me leve a mal, mas você não faz meu tipo.

Fui grosseiro de propósito, tentando intimidá-la o suficiente para que desistisse de qualquer ideia maluca que pudesse estar passando pela sua cabeça.

Eu tinha anos de experiência nas ruas do Rio de Janeiro para desconfiar de qualquer carinha de boa moça. Prostituta, viciada ou assaltante, eu não seria idiota de cair numa armadilha, e esperava que ela também não fosse burra para arrumar encrenca justamente com um delegado federal.

— Eu não vim me jogar pra cima de você, babaca! — Sua indignação me pegou de surpresa.

A moça vestia *legging* preta e camiseta larga com a cara da Madonna estampada; o par de sapatilhas não favorecia seu tamanho, e não usava nenhuma maquiagem no rosto. Deduzi que ela não era uma garota de programa. Magra demais, parecendo um pouco abatida. Talvez fosse usuária de drogas.

— Sou um oficial da lei, acha que é prudente me ofender desse jeito?

Meu tom ríspido não a assustou, mas a moça manteve os braços cruzados contra o peito, como se isso fosse suficiente para se proteger de um cara como eu.

— Eu sei quem você é, e sei que não está em serviço agora. É justamente por isso que te procurei fora do departamento.

Coloquei-me em alerta máximo. Aquela situação estava esquisita demais.

— Quem é você? — Tentei soar o mais gentil possível, por via das dúvidas.

Ela riu e me deu um olhar de desprezo que quase me fez rir também.

— A solução do seu problema? — Deu de ombros. — Pode me agradecer ignorando o lance do babaca, porque, convenhamos, foi merecido. Você se acha demais, delegado. Ah, e só pra constar, você também não faz meu tipo.

Pelo visto, meu dia estava muito longe de acabar. Ou será que estava começando um novo, cheio de mais encrenca para eu resolver?

• PARTE 3 •

ÉLIDA MARIA CARDOSO

CAPÍTULO 15

— Já chega dessa merda! — Sequei as lágrimas em frente ao espelho e esbocei um sorriso fraco, tentando convencer a mim mesma de que tudo ia ficar bem no final. — Ele não pode mais te machucar.

Eu tinha me certificado disso, e não havia em mim nenhum traço de arrependimento.

Felipe ia pagar muito caro por tudo o que fez, pela melhor parte de mim que destruiu. E, mesmo que eu tivesse uma parcela de culpa por ter demorado a enxergar e me permitido afundar numa relação tóxica como a nossa, finalmente acordei a tempo de cair fora da maior cilada da minha vida.

Meu maior erro foi aceitar que Felipe entrasse na minha história, porque tudo o que eu desejava era ser importante para alguém, quando ele jamais me incluiria em sua vida de aparências, já que eu era o oposto do que precisava. Podia até ser jovem em meus vinte e três anos e com uma beleza mediana dentro dos padrões midiáticos, mas não tinha a desenvoltura de uma mulher troféu, nem a personalidade cativante para vestir a camisa de esposa perfeita. Eu era uma boceta disponível para suas horas de tédio e um dos segredinhos sujos de alguém que fazia questão de posar de impecável na frente de todos.

Se eu o amasse, teria sido difícil tomar a decisão definitiva, mas não. Bastou uma dose de coragem e eu fiz o que meu coração mandou. Minha consciência estava bem com isso. Ele podia ir para o inferno e eu não daria a mínima!

Não tinha mais volta. O jogo havia começado quando dei um basta na submissão doentia que me ligava àquele homem. Agora eu precisava juntar meus pedaços e começar a procurar dentro de mim a mulher que fui antes de permitir que Felipe me transformasse. Ou, talvez, procurasse conhecer a nova mulher que me tornei depois de tê-lo deixado.

— Você está livre agora — murmurei com mais convicção, fitando-me no espelho enquanto cerrava os punhos tentando me mostrar forte e dona de mim. — Você é foda, porra!

Comecei a gargalhar, sem saber ao certo o motivo real de tanta graça. Nenhuma, provavelmente. Tudo ainda era uma incógnita, e dependia de mim elevar o jogo para o próximo nível.

A risada cessou quando as lágrimas voltaram a cair, embaçando minha visão e me fazendo perceber o quanto ainda me sentia abalada por tudo.

Tantas palavras escolhidas com o intuito de machucar fundo no âmago.

Ainda podia sentir o cheiro da colônia amadeirada que exalava dele, seu olhar cinzento vibrando a frieza calculada e a postura confiante de quem se sentia o dono do mundo. O sorriso soberbo, beirando o diabólico, sabendo que me faria implorar. Eu sempre implorava quando ele exigia; mesmo que da minha boca saísse a palavra "mais", o que realmente queria dizer era "pare". Entretanto, sabia que teria o efeito contrário. Pedir para que Felipe parasse era sempre incitá-lo a continuar por mais tempo, até que eu me machucasse.

Contudo, em nosso último encontro, cinco dias atrás, eu não implorei quando ele pediu. Nem por mais, nem que parasse. Deixei que percebesse por si só que seu domínio sobre mim havia terminado.

Felipe não estava me abandonando. Eu havia deixado de pertencer a ele.

Felipe podia ter me machucado de muitas maneiras, mas eu fiz doer no que ele menos esperava.

Os dias de glória de Felipe Prado estavam contados.

De todo-poderoso no ramo dos investimentos milionários, ele havia se tornado um ladrão procurado pela Polícia Federal.

Por mim? Ele poderia estar morto. Eu não me importava mais.

▪ *Há pouco mais de 6 meses* ▪

— Não se iluda, otária. Ele é areia demais pro seu caminhãozinho — murmurei para mim mesma diante do espelho enquanto ajeitava o chapéu de feltro na cabeça, tentando parecer mais descolada do que realmente era.

Tudo o que eu mais desejava era ser notada como mulher, considerada atraente aos olhos dele. Ansiava que ele me enxergasse além da maldita *friendzone* e me considerasse mais do que uma adversária à altura nos jogos on-line. Mas o que Sávio Bittencourt tinha de lindo também tinha de tosco, pois sequer reparava que por debaixo das camisetas com estampas de super-heroínas das HQs se escondia uma garota que morria de tesão por ele e que, se tivesse a oportunidade, poderia fazê-lo o cara mais feliz do mundo.

Talvez eu estivesse fantasiando um pouco além do considerado normal. Não precisava rolar algo tão intenso como um amor para a vida toda, mas algumas noites de sexo já fariam minha paixonite por ele se aplacar. Entretanto, das duas uma: ou Sávio fingia que não sabia dos meus sentimentos, ou realmente não percebia. Ou então, numa terceira e ainda mais dolorosa hipótese: ele sabia, mas não se importava, e adorava me ver fazendo papel de trouxa.

Adversários em um jogo on-line, nos tornamos amigos ao perceber o quanto tínhamos em comum. Quando não estávamos jogando, mantínhamos contato por Skype, e não demorou muito para migrarmos para o WhatsApp. Como na época eu vivia em Canoas, no Rio Grande do Sul, e não tinha nenhum perfil nas redes sociais além do meu *fake* para interações nos grupos de RPG, Sávio não fazia ideia de como eu era fisicamente, e acho até que se esquecia do fato de que eu era mulher, pois me tornei sua confidente, para quem ele contava tudo... tudo mesmo! Inclusive as aventuras sexuais, que eram muitas.

Ao contrário de mim, que não me revelava nas redes sociais, Sávio era usuário assíduo do Instagram, no qual eu o acompanhava quase como uma *stalker*. Não tinha nada a ver com o lance de "proibido ser mais gostoso", já que meu agora vizinho e colega de trabalho estava solteiro. Lindo daquele jeito, com certeza era por opção, pois, aos meus olhos, Sávio tinha um total de zero defeitos... Bem, pode ser que o único defeito daquele homem fosse o fato de não ser apaixonado por mim, nem minimamente interessado em transar comigo.

— Ei, Mulher-Maravilha! — ouvi a voz grossa e sensual me chamando pelo apelido que ganhei no dia em que nos conhecemos, há pouco mais de um ano, quando me mudei para aquele minúsculo apartamento num pombal em Botafogo. — *Tá* pronta?

— Se a gente tivesse dormido juntos, você poderia ter me acordado de um jeito nada ortodoxo — sussurrei enquanto pegava minha bolsa e o celular em cima da mesa, para somente então aumentar o tom e fazê-lo me ouvir. — Nasci pronta, já *tô* indo.

Algumas pessoas nasceram para conquistar tudo o que desejam na vida. Eu claramente não estava inclusa nessa parte da população. Outras, no entanto, aquela parcela maior da estatística, nasceram para servir àqueles que conquistam tudo o que desejam na vida. Era bem ali que eu me encaixava. Não que estivesse reclamando. Gostava do meu emprego na área de TI, era boa no que escolhi como profissão e me sentia mais à vontade diante de computadores do que com pessoas.

Foi assim que conheci o Sávio, pela internet.

— Bom dia, @playboyencantado — cumprimentei meu vizinho assim que abri a porta do apartamento e virei-me para chaveá-la.

— Eu tenho um nome de verdade, sabia? — provocou de bom humor, retirando o meu chapéu da cabeça só porque tinha noção de que me irritaria com o gesto.

Terminei de trancar a porta sem reclamar, para não dar a Sávio o gostinho de conseguir me tirar do sério. Soltei um longo suspiro e logo me arrependi, pois a fragrância do seu perfume penetrou meus sentidos, e quase me senti flutuar.

Droga!

Eu já havia evitado encontrar seu olhar, e o chapéu tinha sido meu aliado nesse propósito. Talvez fosse o motivo de Sávio tê-lo tirado de mim. Agora eu teria que me esticar nas pontas dos pés para encará-lo e recuperar meu acessório de moda.

— Também tenho um nome. Não sou a Mulher-Maravilha! — retruquei, dando pulinhos para tentar alcançar seus braços erguidos que revezavam meu chapéu entre a mão direita e a esquerda.

Ele era muito mais alto do que eu, muito mesmo, com seus 1,91 m contra meus 1,60 m. Além disso, o conjunto da obra me tirava dos eixos. Sávio parecia um artista de Hollywood, daqueles que nem precisavam ter talento, porque só a beleza já compensava a aparição em uma cena de filme. Loiro, olhos azuis, a pele bronzeada por ser um amante de praia e ter o *surf* como segundo *hobby*, além dos jogos virtuais, e um *shape* sarado que era a perdição da mulherada na academia que a gente frequentava. E, se não fosse o suficiente, o homem usava traje executivo para o expediente no trabalho, o que tornava ainda mais difícil a minha tarefa de não babar em cima dele... pela boca, porque minha calcinha ficava arruinada.

Vida difícil a minha. Olhar, sem poder tocar.

— Élida Maria, Mulher-Maravilha, é quase a mesma coisa.

Continuou dificultando meu acesso, fazendo-me dar por vencida.

— Não gosto quando você usa chapéu. Seus olhos são lindos demais para ficarem escondidos.

Arg! Eu me derretendo inteira por um cara que acha meus olhos lindos. Vida de merda! Por que eu não aprendo, hein? Ele nunca vai me dar bola!

— Quer saber? Enfia esse chapéu... na sua cabeça! — Fiz uma careta irritada e lhe dei as costas, indo em direção ao elevador enquanto guardava o celular dentro da bolsa após verificar meu reflexo no visor apagado.

— Não vai me esperar, @princesanerd? — Ele ainda tirava onda com a minha cara, mas apressou o passo para me alcançar assim que as portas do elevador se abriram.

Nem mesmo usando um chapéu feminino Sávio parecia menos bonito.

Fiquei em silêncio, ignorando a nova provocação. Eu não estava a fim de continuar aquele joguinho aparentemente inocente, sem saber se ele brincava mesmo ou tentava me dar algum sinal de interesse. Era difícil interpretar Sávio, porque ele agia todo brincalhão comigo em alguns momentos, mas, quando estávamos na empresa, por exemplo, seu comportamento era completamente diferente, quase como se fôssemos estranhos um para o outro. O mesmo acontecia na academia. Ou melhor, sempre que outras mulheres apareciam em seu campo de visão, Sávio parecia se esquecer completamente da minha existência.

Essa atitude estava começando a me incomodar. Era como se ele fizesse de propósito, para me dar a entender que éramos mesmo só amigos, confundindo o meu coração apaixonado e diminuindo a autoestima. O chapéu era um escudo útil quando ele começava a agir feito um babaca, assim eu podia esconder meu olhar decepcionado debaixo da aba.

— Não *tô* gostando desse seu silêncio — comentou preocupado, e senti o instante em que ele ajeitou o chapéu de volta em minha cabeça. — Ficou chateada?

Dei de ombros, agradecendo mentalmente que o elevador finalmente havia chegado ao térreo.

Pegávamos o metrô juntos, todos os dias. Eu me sentia protegida ao lado de Sávio porque ele era forte; mesmo lindo daquele jeito, conseguia fazer cara feia e intimidar qualquer um. Desde que saí do Sul e me mudei para o Rio de Janeiro, quando minha vida tinha virado um caos após a morte dos meus pais, Sávio era o único em quem eu confiava. Foi com o incentivo dele que meti a cara e deixei tudo para trás, a fim de tentar um recomeço na cidade maravilhosa. Depois de meses na pindaíba, fazendo alguns *freelas* e dormindo em uma bicama no apartamento dele, consegui um emprego fixo que pagava um salário decente, na Prado Machado Investimentos Financeiros. Lá, Sávio trabalhava no setor de RH e me indicou para uma vaga na área de TI. Meu financiamento do apartamento vizinho ao seu era recente, mas minha maior satisfação pessoal, mesmo que eu mal tivesse móveis dentro de casa. Aos poucos, ia me ajeitando.

— Não *tô* chateada, deixa pra lá — desconversei, sabendo que não tinha coragem o bastante para puxar o assunto que tanto perturbava meus pensamentos desde que passamos a conviver diariamente.

Enquanto íamos a pé para a Estação Botafogo, permiti que Sávio envolvesse um dos braços por cima do meu ombro, como uma forma de proteção. Ele sabia que eu morria de medo de ser assaltada e tinha um pouco de pânico quando me encontrava no meio de tanta gente. Mesmo que fosse uma tortura tê-lo coladinho em mim sem poder exigir intimidade, eu me permitia o masoquismo naquelas doses homeopáticas todas as manhãs, de segunda a sexta-feira.

— Foi uma brincadeira boba, desculpe. Agi como um criançção — insistiu Sávio quando chegamos à estação de metrô. A Prado Machado Investimentos Financeiros ficava em Ipanema. Sávio tinha carro, porém, compensava mais irmos de metrô, pois ganhávamos o vale-transporte da empresa, além de ser mais rápido que pegar o trânsito cheio.

— *Tá* tudo bem, não esquenta com isso — desconversei outra vez, preferindo complacência à sinceridade.

Ele não insistiu, sabendo que não arrancava muito de mim quando eu decidia me fechar em minha concha particular.

Passei todo o trajeto repensando a nossa relação. De amizade, claro.

Eu era uma garota órfã que não podia contar com o apoio de ninguém da família que me sobrou, fosse por parte de mãe ou de pai, e achei em um cara que conheci numa sala de jogos on-line todo o suporte que precisava para me reencontrar na vida. Reconhecia e era grata a Deus por Sávio ter cruzado o meu caminho, possivelmente eu teria cometido uma besteira das grandes se ele não tivesse me apoiado e ajudado quando mais precisei. Esse tipo de ligação que tínhamos podia ser a razão pela qual meus sentimentos por ele fossem tão profundos.

Será que estou confundindo?

— Eu sou como a sua irmãzinha, né? — ousei perguntar quando estávamos a uma quadra da Prado Machado.

— Que porra de pergunta é essa?

Seu tom espantado quase me fez rir, e por um momento eu achei que ele fosse esclarecer a situação entre a gente... Bem, foi o que ele fez, mas não exatamente da maneira que eu esperava.

— Você é minha melhor amiga, Élida — continuou, jogando o balde de gelo na minha cara, metaforicamente é claro, mas não menos doloroso. — Sou protetor com quem eu gosto, e gosto muito de você.

Engoli em seco e tentei sorrir, mas não insisti ao me dar conta de que soava falso demais. Ele tinha conseguido me magoar de verdade ao dizer aquilo, e me senti péssima porque a culpa era toda minha por querer de Sávio algo que ele não tinha prometido me dar.

Ah, se ele soubesse... Aquelas palavras foram o gatilho para despertar um lado da minha personalidade que eu nem sabia existir.

Eu o detestei a partir daquele dia. Jurei a mim mesma que não dependeria mais emocionalmente dele. Percebi que precisava me libertar daquele sentimento que me corroía por dentro, antes que eu fizesse outra besteira das grandes.

Sávio não tinha culpa, eu reconhecia que era um problema meu. Tanta carência me fez nutrir algum tipo de obsessão por ele, mas percebi a tempo. Tinha que me afastar o quanto antes.

Dizem que o melhor remédio para curar um coração partido é um novo amor, e foi nisso que pensei assim que ele se afastou ao chegarmos em frente à sede da Prado Machado.

— Até mais tarde — despediu-se com um aceno, antes que nos vissem juntos.

— Parece que tem vergonha de ser visto ao meu lado — sussurrei, assim que Sávio se juntou a um grupo de colegas do seu setor.

Percebendo que meus olhos ardiam pelo choro que eu continha com muito esforço, andei às pressas para a saída do prédio, pensando em faltar ao serviço pela primeira vez, arriscando de forma imprudente perder o emprego que garantia meu sustento e o teto sobre a minha cabeça.

Entretanto, não foi a única imprudência que cometi naquela manhã.

— Ei, presta atenção, garota! — O tom polido e severo do homem que acabava de me puxar pelo braço fez meu coração quase sair pela boca. — Seus pais não te ensinaram a olhar para os dois lados antes de atravessar a rua?

Ai, meu Deus!

Em um relapso causado pelo desespero, nem me dei conta de que estava prestes a atravessar a avenida movimentada sem esperar pelo sinal verde para pedestres. Minhas pernas tremiam pelo pânico que me assolou; quando reparei na mão grande e firme que me segurava, temi uma segunda vez, pensando que fosse um assalto. Contudo, bastou um leve inclinar de pescoço para me deparar com a presença imponente daquele homem que, mal sabia eu, estava apenas entrando em minha vida.

— Meus pais morreram — mencionei sem pensar direito, hipnotizada pelo par de olhos cinzentos, a tez franzida, encarando-me como se eu fosse uma espécie em extinção. Ele me analisava com curiosidade e cautela, sem malícia. — Por favor, me solta.

Ele não o fez.

— Não deveria falar assim com seu anjo da guarda — o tom polido não combinava com as palavras recém-proferidas, mas não me incomodei, pois ele emendou: — Sinto muito pelos seus pais.

Soltei a respiração gradativamente, tentando recuperar meu controle emocional, meu olhar ainda fixo ao seu.

— Obrigada. Será que você pode me soltar agora, por favor? — tentei, usando um tom mais gentil.

— Bem melhor, boa garota.

Soltou meu braço, mas não antes de me realocar, fazendo com que eu voltasse para a calçada.

À nossa volta o mundo continuava o mesmo, as pessoas continuavam vivendo suas vidas e andando apressadas, indo para seus respectivos trabalhos.

— Você não é um anjo de verdade — comentei, tentando descontrair o clima tenso. — Mas obrigada por me salvar.

Para minha surpresa, ele riu.

— Não, eu não sou um anjo. Então não me agradeça — E ajeitou o terno justo.

A bem da verdade, era tudo o que eu deveria ter feito, e só. Apenas agradecido e lhe dado as costas.

Ele estava sendo sincero quando disse que não era um anjo. E eu fui ingênua demais por não ter percebido que, ao afirmar isso, o homem podia estar se revelando o próprio diabo. Afinal, Lúcifer foi o anjo mais lindo do céu.

— Ei, Felipe! Bom dia. Está chegando ou saindo? — perguntou um homem ao passar por nós e parando ao reconhecer meu salvador. — Bom dia, Élida.

— Bom dia, Dr. Guilherme — cumprimentei em um tom baixo, reconhecendo um dos advogados da Prado Machado.

— Bom dia. Estou chegando, é claro — respondeu o homem que descobri se chamar Felipe, alternando o olhar entre Guilherme e eu. — Vocês já se conhecem?

— Uhum — Eu não sabia o que mais dizer.

— Élida formatou meu *laptop*. Ela é uma das técnicas da área de TI da empresa — explicou o chefe do Setor Jurídico.

Eu deveria saber quem ele é?

— Você trabalha aqui também? — Talvez eu devesse tê-lo chamado de "senhor", pois ele era mais velho que eu, e provavelmente tinha um cargo importante, dada a sua postura confiante e cheia de si.

Guilherme soltou uma risadinha e Felipe o acompanhou, deixando-me constrangida ao perceber que cometi uma gafe.

— Sim. Felipe Prado. — Estendeu-me a mão em cumprimento e fez um gesto com a cabeça na direção do prédio da Prado Machado. — Sou seu chefe.

CAPÍTULO 16

• *Atualmente* •

— Preciso de um favor — fui direto ao ponto assim que Sávio abriu a porta do seu apartamento.

Ele franziu a testa, desconfiado, mas abriu espaço e, com um gesto de cabeça, me convidou para entrar. Entretanto, eu não o fiz. Se entrasse ali depois de tudo, não sei se conseguiria me manter forte, e foi muito difícil levantar a muralha de autoconfiança pela qual trabalhei nas últimas semanas. Não havia mais como voltar atrás nas escolhas que fiz, e estava disposta a ir até o fim para que as consequências fossem as mais favoráveis possíveis. Eu não seria a única a ser beneficiada, então precisava manter o foco no objetivo, pois era por um bem maior.

Não estava fazendo aquilo apenas por mim, mas por Sávio também. Talvez ele não entendesse por agora, mas quem sabe num futuro próximo a gente poderia ter uma segunda chance. Ele não merecia me ter pela metade e, enquanto eu não fizesse a última jogada, não estaria inteira para recomeçar ao seu lado.

— Não vai entrar? — seu tom magoado me deixou péssima.

Neguei com um menear de cabeça e fiz um esforço tremendo para não desviar meu olhar do seu. Não usava mais um chapéu como artifício para evitar encará-lo, e, por mais doloroso que fosse reconhecer, foi Felipe quem me ensinou a não abaixar a cabeça diante de outra pessoa e a parar de esconder quem eu era.

— Melhor não, por enquanto.

Sávio estava diferente, mas eu também já não era a mesma. O homem de olhar brincalhão e sorriso *sexy* ainda estava ali, suprimido pela mágoa e incerteza, mas com um resquício de esperança.

— No que posso te ajudar, Élida? — Ele parecia ansioso para fazer o que quer que eu fosse pedir.

Eu ainda não sabia como conseguiria abordar o delegado responsável pela investigação sobre Felipe, mas, para encontrar a melhor oportunidade, teria que ficar por perto e aproveitar a chance quando ela surgisse.

Ninguém podia fazer aquilo por mim.

Foi uma surpresa quando a notícia explodiu na mídia, embora eu soubesse que mais dia, menos dia ia acontecer. Imaginei que fosse eu a denunciá-lo, e com isso alcançaria minha redenção, mas, segundo os noticiários, foram os próprios clientes que delataram o roubo. A Polícia Federal já vinha o investigando há meses por fraude no imposto de renda. Para quem se achava tão esperto, Felipe Prado havia chamado atenção indesejada antes do que previra.

Nunca entendi sua motivação ao dar esse golpe que beirava o bilhão, ou até mais. Roubar tanta grana assim descaradamente e simplesmente sumir? Ele sabia que seria procurado pela polícia e que teria um bando de gente poderosa buscando saber seu paradeiro para reaver o que foi roubado. Não apenas a justiça o declararia foragido; sua cabeça seria colocada a prêmio por aqueles que saíram prejudicados.

Quando envolve dinheiro, tudo é possível. A ambição do ser humano pode acarretar as mais perversas atitudes.

Felipe era ambicioso e passou a perna em muita gente; manter-se invisível para desfrutar da fortuna ilegal seria o maior desafio da sua vida. Conhecendo seu pior lado, eu percebia que aquela foi uma jogada de mestre, a vitória que ele mencionou ser a única razão para fazê-lo assumir o fracasso do seu casamento ao deixar Vanessa e o filho para trás. Ele era egoísta e narcisista a ponto de não se importar com as duas pessoas que mais mereciam sua proteção e amor. Foi naquele momento que enxerguei Felipe de verdade pela primeira vez, apesar de todo o mal que ele me causou, com meu próprio consentimento. Tive medo.

Se um marido não dá a mínima importância para a esposa, e um pai está pouco se lixando para o próprio filho, que significado em sua vida teria a garota que ele usava para trepar e extravasar o lado descontrolado que escondia de todos os outros?

Eu podia não ser nada para Felipe Prado. Ele podia me descartar como lixo, se quisesse, mas eu não permitiria que saísse ileso da nossa relação doentia. Assim como ele deixou marcas profundas em minha alma, eu faria questão de marcar sua vida de uma forma que ele jamais se esquecesse também.

— Élida? Está tudo bem? — A voz preocupada de Sávio me tirou dos devaneios, fazendo-me pestanejar e me dar conta de que ele aguardava minha resposta.

— Sim, estou bem. — Mentira. — Será que você pode me emprestar seu carro por algumas horas?

— Eu nem sabia que você dirigia. — Esboçou um sorriso surpreso, parecendo gostar da descoberta.

— Tenho até carteira de motorista. — Sorri, sem conseguir evitar.

Já fazia um tempo que o clima entre a gente era tenso demais para sorrisos espontâneos. Talvez nem tudo estivesse perdido.

— Posso saber onde vai? Eu te levo se quiser.

Soltei o ar dos pulmões, me controlando para não descontar minha ansiedade nele.

— Tenho que encontrar uma pessoa. Sozinha. Se puder me emprestar o carro, será de grande ajuda.

O semblante de Sávio me deixou em alerta. Seu sorriso morreu e deu espaço para uma expressão decepcionada.

— Vai se encontrar com aquele canalha? — Alterou a voz, demonstrando irritação. — A polícia está atrás dele, não *tá* sabendo não? Seu amado chefinho é um ladrão do caralho!

Engoli em seco e me mantive impassível, mas a vontade era de gritar na cara de Sávio e dizer que, se ele não confiava em mim, podia ir para a puta que pariu.

— Não sei onde o Felipe está — respondi mantendo a calma fingida. — Ele não é mais meu chefe. Pedi demissão da empresa antes de essa merda aparecer, e já tinha terminado tudo entre a gente. Se você não acredita, problema seu. Foi um erro eu ter vindo aqui, esquece.

Dei as costas para Sávio e saí em direção ao elevador. Teria que ir de Uber e ficar de vigília em frente ao departamento da Polícia Federal. Precisava dar um jeito de ficar a sós com o tal do delegado Fráguas sem que fosse intimada para depoimento formal e sem alardear qualquer repórter de plantão.

No que eu fui me meter, Senhor? Nunca devia ter saído de Canoas!

— Élida, espera! — O desespero na voz de Sávio e a forma como ele me segurou pelos ombros, impedindo-me de entrar no elevador e me virando para ficar de frente para ele fez a raiva que eu sentia simplesmente desaparecer. — Por favor, me desculpe! Porra, sei que ando te pedindo isso demais nos últimos meses, mas eu juro que vou parar de falar as coisas erradas que só te magoam e que fazem você se afastar de mim cada vez mais.

O estremecer de lábios me denunciou e senti as lágrimas surgindo. Sávio percebeu e me puxou para um abraço; não consegui resistir à necessidade de envolver meus braços em torno da sua cintura, sentindo o cheiro dele, do qual senti falta todas as noites desde que o tive para mim.

Ele era tudo que eu queria e, quando consegui, foi tarde demais.

— Não quero te perder — sussurrou, o queixo apoiado no topo da minha cabeça enquanto suas mãos se espalhavam por minhas costas, acalmando meu choro silencioso.

— Eu que me perdi — murmurei, tentando reerguer minha muralha de autoconfiança. Afastei-me de Sávio apenas o suficiente para conseguir encará-lo. — Mas vou consertar tudo. Confia em mim, *tá*?

— *Tá* legal. — Entrou por um momento e voltou com a chave do carro, estendendo-a para que eu a pegasse. — Se precisar de mim, é só ligar. Ainda tem meu número?

Aceitei a chave e a guardei no bolso.

— Sei de cor e salteado.

Sávio assentiu e se afastou. Queria que ele tivesse me dado um beijo, como naquela noite, mas não aconteceu. Tudo bem, talvez ainda não fosse a hora certa. Eu mesma disse que precisava consertar as coisas, e era o que eu faria.

— Eu te amo, só pra você não se esquecer. — Acenou um tchau enquanto dava pequenos passos para trás, o sorriso voltando a brotar em seus lábios. Havia esperança em seus olhos outra vez.

Queria dizer que também o amava, mas, depois de tudo que passei, ainda não estava pronta para me mostrar tão vulnerável a outro homem.

— Não se preocupe, eu vou devolver seu carro inteirinho. — Acenei de volta.

— Não me importo com o carro. É você que eu quero inteira.

• *Há 6 meses* •

— Obrigada pela carona, senhor Felipe. — Virei-me para encará-lo assim que estacionou o carro há alguns metros do meu condomínio.

Já estava escuro, passava das oito da noite. Acabei fazendo hora extra no trabalho a seu pedido, pois precisava que eu atualizasse alguns *softwares* em seu *laptop* e, segundo ele, não podia ser em horário de expediente. Também não permitiu que eu levasse trabalho para casa quando sugeri, e não vi outra alternativa, a não ser ficar.

Felipe não era do tipo que aceitava uma negativa. Estava acostumado a ter as pessoas acatando suas ordens, e não foi diferente comigo. Além disso, estava curiosa a seu respeito. Desde a manhã em que nos conhecemos, eu o vi algumas vezes, sempre nos momentos mais inesperados. A sensação de que não era por acaso se sobressaía quando nossos olhares se encontravam, principalmente depois que ele disse, em tom imperativo, para eu parar de usar aquele chapéu na empresa. Como ele era o dono de tudo, acatei a ordem. Não ia arriscar meu emprego por causa de um chapéu. Costumava usá-lo mais por causa de Sávio, e, desde que decidi me afastar dele, inclusive saindo mais cedo de casa para não ter que pegar o metrô em sua companhia, o uso do acessório perdeu o sentido.

— Não me agradeça. — O tom grave causou um formigamento imprevisível entre minhas pernas, me pegando de surpresa e fazendo com que eu ficasse constrangida, como se ele pudesse ver estampado em meu rosto o quanto fiquei excitada apenas ao ouvir sua voz de comando.

Felipe era um homem lindo e muito atraente. Tão alto quanto Sávio, mas não tão forte, porém, com o corpo igualmente em forma. As feições austeras e a voz firme somadas ao seu olhar petulante eram uma combinação letal para ferrar os neurônios de qualquer mulher suscetível ao seu charme natural, e eu era uma dessas mulheres. O traje executivo, de grife, feito sob medida compunha a elegância, exalando poder por todos os poros. Ele sabia disso e usava a seu favor.

Era intimidante e convidativo ao mesmo tempo, como aquelas placas de "não pise na grama" que a gente vê por aí e fica doidinha para sair pisoteando em cima só para quebrar as regras.

Felipe, sim, era o proibido que deveria ser gostoso de provar.

Meu Deus, de onde eu tirei isso? Devo estar ficando louca, só pode!

— Venha aqui e me dê um beijo.

Eu devia ter saído do carro e nem sei por que acabei hesitando. Meus olhos arregalados evidenciavam a incredulidade, mas, em um gesto involuntário, acabei umedecendo os lábios com a língua.

— Você é casado — falei mais para mim do que para ele.

Depois de saber que Felipe Prado era dono da empresa em que eu trabalhava, não foi difícil conseguir mais informações a respeito dele. Google estava aí para o que a gente precisasse, e senti que tinha que saber mais a seu respeito. Sua esposa, Vanessa, era uma mulher linda e muito elegante. Parecia aquelas realezas da Inglaterra, toda chique e trabalhada no *glamour*.

Eu não chegava aos pés dela. Então, por que ele me pediria um beijo?

— Eu me lembro disso, obrigado — respondeu impassível, seu olhar me encarando como se eu fosse a presa e ele o predador. — Agora me dê um beijo.

Ele tem um filhinho! Uma família!, minha consciência alertou.

— Não posso, não é certo.

Então por que eu não saía daquele carro logo?

O olhar de Felipe se tornou divertido e desviou dos meus olhos para reparar em minhas pernas no instante em que as cruzei, me deixando envergonhada, porque ficou claro que era para tentar aplacar meu tesão.

Só se eu fosse frígida para não me excitar com um homem daquele olhando para mim como se eu fosse a coxinha mais saborosa da lanchonete.

— Você pode, porque eu estou dizendo que pode. Quanto a ser certo ou errado, não me importo.

— Mas eu me importo! — consegui dizer, tendo a decência de parecer ofendida.

— Não me faça falar de novo, Élida. Venha aqui e me beije. — Seu semblante mudou de divertido para severo.

— É uma ordem? — *Saia já desse carro, Élida!*

— É, sim. — Ele nem titubeou.

Felipe Prado podia ser meu chefe, mas ele não tinha o direito de mandar em mim daquele jeito. Petulância era seu sobrenome, constatei, e isso me deixou puta da vida.

— E se eu não fizer o que está mandando? — *Pare de brincar com a sorte, garota, saia já daí!*

Por que eu estava, mais uma vez, sendo imprudente? Todos os alertas estavam piscando na minha cara. Aquele homem não era qualquer um. Eu devia ter medo dele, não vontade de me jogar em seu colo.

— Quer pagar pra ver? Eu já disse que não vou falar de novo, Élida.

Garota estúpida! Eu era uma garota estúpida e paguei o preço por isso.

— Por que está me tratando desse jeito? — Engoli o choro, mas ele deve ter notado. Só mesmo Sávio para não enxergar que eu era péssima atriz.

— Eu não tenho que ficar te dando explicações.

Seu tom suave e frio ao mesmo tempo era intrigante. Ele estava mandando que eu o beijasse, mas não fez um movimento sequer para me tocar. Tudo o que Felipe fazia era falar, e apenas com isso detinha minha atenção.

— Você sabe que quer me beijar, Élida, e estou dizendo a você para fazer. Isso é tudo.

Como ele sabe?

Sim, eu queria beijá-lo. Mesmo sabendo que Felipe era casado e que tinha um filho, e que nem mesmo me sentia apaixonada por ele. Era só...

— Eu amo outro homem!

Era só uma vontade absurda de ser desejada por alguém. De saber que o problema não estava em mim, mas em Sávio, que não me enxergava como mulher.

— Um homem que está pouco se fodendo pra você — revidou sem emoção. — Não me importo. Eu só quero um beijo e você vai me dar.

— Não, eu não vou! — Alterei a voz na defensiva e me remexi no banco pronta para abrir a porta, rezando para que ele tivesse destravado quando estacionou.

A porta estava travada. Merda!

— É sua última palavra? — Ele assumiu um tom gentil, me fazendo encará-lo com desconfiança.

— Uhum.

— Saia do carro, então. — Felipe clicou no comando que destravava a porta do caroneiro e eu não me lembrava de sentir tanto alívio antes.

Estava pronta para sair quando ele me fez parar ao dizer:

— Não precisa se dar ao trabalho de aparecer amanhã na empresa. Você está demitida, Élida. Boa noite.

Eu não saí.

Não podia perder meu emprego.

Minhas mãos tremiam quando me ajeitei no banco outra vez, ficando de frente para Felipe, que continuava na mesma posição desde que estacionou o carro. Suas mãos estavam no volante, apenas o rosto virado para mim, me analisando com o par de olhos cinzentos especulativos.

— Só um beijo? — Minha voz quase falhou, fazendo-o sorrir de um jeito vitorioso.

— Foi o que eu disse.

Tudo bem, é só um beijo. Posso fazer isso.

Eu quero isso também.

— Tá bem.

Felipe prendeu o lábio inferior com os dentes e, pela primeira vez desde que paramos ali, ele se mexeu no banco do motorista para se inclinar na minha direção, pronto para me tocar depois que consenti, mesmo que fosse sob coerção.

Quando sua mão tocou meu rosto e nossos lábios roçaram um no outro, prendi o ar e fechei os olhos com força, com certo receio de como ele ia me tratar.

Como uma vagabunda!, gritou minha consciência. *Porque é isso que você é, garota, uma putinha para distraí-lo do tédio de um casamento falido.*

— Abra os olhos — ordenou num sussurro. Obedeci, tremendo de nervoso. — Relaxa, é só um beijo.

Eu nem me lembrava da última vez que havia beijado um cara antes, pois minha vida romântica era bem sem sal. Mas ali com Felipe não tinha nada a ver com romance. Entretanto, quando ele me beijou, não demorei a me derreter em seus braços.

Num ato de ousadia me inclinei para cima dele e fui puxada para seu colo no banco do motorista. Abri as pernas, me ajeitando sem parar de beijá-lo, me encaixando em uma posição menos desconfortável, com meu jeans roçando no tecido importado da calça dele e meus seios espremidos contra seu tórax enquanto as mãos bagunçavam o seu cabelo antes perfeitamente alinhados.

Foi tão bom.

Ele era bom.

Eu nunca tinha me sentido daquele jeito antes. Com ninguém.

Talvez eu estivesse, ao fechar os olhos, imaginando que era Sávio no lugar do Felipe. Minha maior fantasia sendo realizada. Mas não saberia afirmar se era por fetiche ou para que minha consciência pesasse menos. A única certeza que eu tinha naquele instante era a de que eu estava adorando ser beijada daquele jeito, tendo um par de mãos grandes segurando minha bunda com firmeza, me pressionando contra sua ereção. Já não importava mais quem era o homem, porque eu nunca tinha me sentido tão mulher como naquele momento.

— Você nunca mais será a mesma depois de mim — disse Felipe, ofegante, quando encerrou o beijo.

Ele estava certo.

Eu nunca mais fui a mesma.

Da mesma forma que nunca foi só um beijo.

CAPÍTULO 17
• *Atualmente* •

Eu sabia que não era uma boa ideia estar ali. Não se eu quisesse me manter anônima naquela história.

Quando pensei em entregar Felipe para a polícia, o desfalque que ele deu na própria empresa roubando dos clientes ainda não tinha vindo à tona. Agora ele era um foragido da justiça, mas ainda assim eu sabia que precisava fazer minha parte.

As informações que eu tinha não apenas comprovavam a culpa de Felipe, como também revelavam o paradeiro do dinheiro que ele roubou. Entretanto, a forma como consegui tais informações podia me comprometer também, e esse foi um dos principais motivos de eu não querer me envolver formalmente. Por isso, a ideia inicial de fazer uma denúncia anônima, enviando as provas sem ser identificada, seria a melhor maneira de proceder. Eu não queria que Felipe se safasse, e podia ferrar seu plano tão bem arquitetado sem que ele soubesse da minha responsabilidade, da mesma forma que a polícia também desconheceria. Ele não teria como prever até que fosse tarde demais e já estivesse atrás das grades.

Só não contei com a denúncia dos clientes antes que eu tivesse a chance de agir, nem com o envolvimento da Polícia Federal. Isso tornou tudo muito maior, mais grave, e me fez recuar. Felipe não foi preso como eu esperava e, segundo os noticiários, tinha desaparecido, o que era bem irônico, pois estava mais do que na cara que ele havia se mandado com a grana e deixado tudo para trás. Ainda assim, a polícia dava a entender que algo aconteceu com ele, como se pudesse estar morto ou ter sido sequestrado. Uma baita palhaçada, a meu ver.

Acompanhar as notícias sobre o escândalo e as especulações em cima de Vanessa Prado como cúmplice no golpe, apenas por ser a esposa de Felipe, foi suficiente para que eu repensasse sobre manter o anonimato. Sempre imaginei que, somando a informação do cargo que ocupei na Prado Machado à revelação à polícia sobre meu envolvimento com Felipe, o delegado não hesitaria em me considerar uma cúmplice tentando se livrar da culpa ao entregar o parceiro, o que não era verdade. Só que também não podia permitir que culpassem alguém inocente, tendo em mãos as provas que eu tinha. Entretanto, se decidisse simplesmente entregar de forma anônima, poderia existir uma chance de a polícia acreditar que foi Vanessa tentando se livrar das suspeitas de forma conveniente.

— Devo isso a ela — murmurei pela centésima vez, sem tirar os olhos das portas pretas intimidantes, observando do outro lado da rua a Superintendência Regional da Polícia Federal, na Praça Mauá.

• *Há 5 meses* •

Assim que fechei a porta do seu escritório, chaveando-a conforme sabia que ele mandaria eu fazer, virei-me para encontrar o olhar de Felipe, sentado em sua cadeira presidente atrás da mesa impecavelmente organizada.

Sorri mentalmente, pois era irônico ver o quanto ele aparentava perfeição em tudo quando, na verdade, era cheio de defeitos. Tão limpo e controlado por fora e, ao mesmo tempo, sujo e descontrolado por dentro. Da mesma forma que eu parecia ser sensata, mas não passava de uma dissimulada que conseguia disfarçar bem a tolice e imprudência.

Eu tinha consciência de que não deveria estar ali, principalmente depois do que houve entre nós na noite em que Felipe me deu uma carona até em casa. Talvez eu devesse ter saído do carro e perdido o emprego, ao menos assim teria evitado sucumbir ao maior erro da minha vida. Sim, Felipe era um grande erro. Mas nem sabendo disso eu conseguia parar de errar. E bastou ceder uma vez para que eu cedesse outras mais.

— Sente aqui. — Espalmou a mão de leve em cima da mesa.
— Mas tire a calcinha antes.

Umedeci os lábios com a língua, sentindo a reação física da sua voz de comando e olhar penetrante. Era sempre assim desde que começamos aquele jogo de sedução: Felipe mandava e eu obedecia, mas não sem antes ceder um pouco à minha teimosia, apenas o suficiente para tê-lo ainda mais severo em suas exigências.

— Estamos no seu escritório.

— Você precisa parar com essa mania de dizer o óbvio. Eu sei exatamente onde estamos, Élida.

Felipe não era imprudente como eu, mas parecia gostar de se arriscar vez ou outra, como quando me dava carona e me deixava seminua em seu carro enquanto nos esfregávamos um no outro. Mesmo com a película escura, havia o risco de sermos vistos se alguém se aproximasse demais, o que por sorte não aconteceu.

— Não quero ficar malfalada na empresa — argumentei, embora minha calcinha já estivesse molhada pela expectativa.

Aquela era a segunda vez na semana em que ele me chamava para seu escritório, e a terceira ou quarta desde que demos nosso primeiro beijo. Sempre que me afastava de Felipe ficava remoendo a culpa do que permitia acontecer e jurava ter sido a última vez, mas bastava ouvir sua voz mandona e sucumbia novamente.

Só podia ter alguma coisa errada comigo!

— Ninguém vai falar mal de você, porque para isso eles teriam que falar mal de mim, e isso não vai acontecer — argumentou Felipe, afrouxando o nó da gravata, levantando-se em seguida para retirar o terno e apoiá-lo na parte de trás de sua cadeira.
— Não se eles prezam por seus empregos.

Ele não tinha poderes para comandar o pensamento dos funcionários, isso era mais do que óbvio, mas não demorei muito tempo para perceber o quanto Felipe tinha o respeito de sua equipe. Talvez estivesse acima de qualquer suspeita quanto à moralidade, eu não saberia explicar como conseguia manter aquela imagem, mas Felipe era perfeitamente capaz.

— Tudo bem.

Estar de vestido facilitou. Tirei a calcinha sem me preocupar em fazer um showzinho para ele. Eu não era esse tipo de mulher, nunca me senti sensual a ponto de acreditar que podia entretê-lo propositadamente. Minha autoestima, embora aumentasse quando Felipe demonstrava seu desejo por mim, não era o bastante para me tornar ousada. Talvez fosse o que despertasse nele o interesse em mim. Nunca saberia.

Meu corpo era pequeno e magro, com nenhuma curva atraente. O par de seios não ganhava destaque, mas até que tinha um tamanho razoável considerando meu biotipo. A única coisa que eu achava bonita em mim era o cabelo longo, em tom castanho natural, que mantinha sempre bem escovado e solto, beirando à cintura. Era naturalmente liso, e eu achava engraçado quando alguma moça do trabalho elogiava dizendo que sentia inveja.

Logo de mim? Uma mosquinha morta...

— Venha logo — reclamou Felipe, demonstrando impaciência.

Fui até ele e lhe entreguei minha calcinha, vendo-o cheirá-la antes de a guardar no bolso traseiro da calça social.

Fiquei de costas para a mesa e me posicionei. Felipe me ajudou e, quando já estava sentada à sua frente, ele abriu minhas pernas e subiu a barra do vestido um pouco para cima, acariciando-me de leve, fazendo meu corpo estremecer em antecipação.

— Estou sendo muito paciente, Élida — disse num tom sussurrado, porém severo. — Hoje eu vou te foder com a minha língua, mas vou cobrar o favor. Até quando vai me negar o que quero? Sei que você quer dar pra mim.

Não esperava que ele fosse tão direto, mas foi ingenuidade minha achar que Felipe Prado não seria capaz de algo assim. Estava acostumado a conseguir tudo o que desejava e eu sabia que ele não era o tipo de homem que se contentaria só com beijos e masturbação. Tentei adiar ao máximo revelar a verdade, mas, quanto antes esclarecesse aquilo, melhor.

Talvez houvesse uma chance de ele desistir de mim, já que eu não era corajosa o suficiente para me afastar.

— Nunca fiz sexo — também fui direto ao ponto, tomando o cuidado de falar baixo. Deus me livre que alguém do lado de fora nos ouvisse!

A expressão no rosto de Felipe foi impagável. Quase soltei uma risada, não fosse meu nervosismo e medo de que desconfiassem da gente. Ele fez uma careta de incredulidade, sentando-se na cadeira presidente, o que o colocava bem em frente à minha intimidade exposta. Envergonhada, tentei fechar as pernas, mas ele me impediu, se inclinando em minha direção e segurando meus dois joelhos.

— Você tem vinte e três anos e está me dizendo que é virgem?

Não havia deboche, apenas surpresa.

— E daí? — resmunguei, tentando não soar constrangida.

O sorrisinho sacana se abrindo no canto dos lábios de Felipe, somado ao seu olhar malicioso, deixou explícito que ele estava adorando aquela novidade.

— Vai me dizer que estava esperando o cara certo?

— Não... — Desviei o olhar, sabendo que não conseguiria esconder a verdade estampada na minha cara.

Felipe se levantou de forma abrupta, soltando meus joelhos e se colocando entre minhas pernas para impedir que eu as fechasse. Sendo mais alto, foi impossível não me sentir intimidada ao tê-lo me olhando de cima, sempre tão superior, inatingível.

— Mentirosa — desdenhou, puxando meu cabelo atrás da nuca, fazendo-me engolir um gemido de dor. — Não minta pra mim, Élida. Eu não sou seu vizinho idiota que acredita na primeira desculpa que você inventa.

Eu não devia ter contado a ele sobre Sávio, quando me perguntou quem era o homem por quem eu estava apaixonada. Mas fui ingênua e acabei desabafando com Felipe, e pelo visto ele usaria cada informação contra mim, quando bem entendesse.

Engoli o choro e o orgulho ferido e me esforcei para manter o contato visual.

— Só não rolou, *tá* legal? — Espalmei as mãos contra seu peito, tentando afastá-lo em vão. — Por que insiste em fazer perguntas complexas? Parece que sente prazer em me intimidar.

Ele me deu um beijo estalado antes de responder, sorrindo cinicamente.

— Eu sinto. Mas você gosta disso, porque eu te forço a ser verdadeira.

De certa forma (uma bem deturpada, admito), ele tinha razão.

— Não posso ficar aqui muito tempo. — Abaixei uma das mãos até o volume em sua calça, apertando a ereção para provocá-lo, distraí-lo.

— Dessa vez vou fingir que você não se desvencilhou do assunto. — Ele também me tocou intimamente, mas manteve a outra mão segurando meu cabelo. — Hoje eu vou te foder com a língua, e quero retribuição.

Eu não disse nada, apenas o observei enquanto ele voltava a se sentar.

Felipe lambeu os dois dedos com os quais tinha me acariciado, antes de se ajeitar e agarrar meu quadril, fazendo com que eu recostasse os cotovelos na mesa.

Também precisei apoiar as pernas sobre seus ombros quando ele se inclinou para finalmente tomar o que tanto queria.

A culpa só vinha depois, geralmente quando eu estava no banheiro do meu apartamento, debaixo do chuveiro e observando as marcas que ficavam no quadril de tanto Felipe apertar, e os roxos em meu abdômen e seios, por causa dos chupões que ele dava. Eu sinceramente não sabia como conseguia me controlar tanto para não ser ouvida, sendo que a vontade era de gritar. Se eu queria gritar por mais ou para que pegasse leve eu ainda não podia afirmar com verdadeira convicção.

— Chega de vestidos, não quero você exibindo suas pernas na empresa — ele disse ao me ajudar a descer da mesa, pois eu tinha acabado de me desmanchar em sua boca e sentia as pernas bambas.

— Está um calorão da porra lá fora — justifiquei, percebendo as marcas que ele havia feito em minhas coxas, de propósito.

Era um aviso, e eu sabia disso.

— Não é à toa que temos ar-condicionado em todas as dependências, Élida.

O sorriso arrogante me irritava, mas ficava tão bem naquele rosto bonito...

— Felipe, você não pode controlar as roupas que visto pro trabalho — tentei, mesmo sabendo que era uma batalha perdida.

Ajeitei meu vestido, mas precisaria ir ao banheiro me recompor antes de sair dali e voltar para meu setor.

— É claro que posso. Sou seu chefe. — Puxou-me por uma das mãos, para que ficasse diante dele na cadeira.

Soltei um longo suspiro, ainda sentindo as pernas fracas.

— Tudo bem, você venceu.

Como sempre.

Ele não disse nada para se enaltecer, mas o olhar de satisfação já dizia tudo.

— De joelhos e de frente para mim. — Fez um gesto com o queixo, enquanto desafivelava o cinto e abria o zíper da calça, em pé. — Hoje você vai engolir tudo.

■ ◊ ■

— Pra onde está me levando? — perguntei assim que Felipe deu a partida no carro, há três quadras da Prado Machado, uma hora depois de o expediente ter encerrado.

Eu não o via desde o dia em que fizemos sexo oral um no outro, em seu escritório. Porém, mesmo me sentindo suja por aquilo, não recusei me encontrar com ele quando recebi a mensagem com o local onde estaria me esperando.

Preciso recuperar a vergonha na cara!, pensei enquanto caminhava às pressas até seu carro, morrendo de medo de ser vista por um conhecido. Já era tarde para ficar andando sozinha, considerando o pavor que eu tinha daquela cidade.

— Um motel — respondeu de forma corriqueira. — Vamos resolver a pendência da sua virgindade hoje. Não posso ficar a noite toda, mas teremos tempo o bastante.

Meu coração parecia que ia sair pela boca, porque eu não estava preparada para algo assim. Aquele homem só podia estar ficando louco!

— Felipe, você não pode decidir isso por mim! — Meu nervosismo era evidente, eu estava chateada e irritada com o atrevimento dele.

A postura de Felipe era a de quem não se sentia nem um pouco abalado com minha reação. Vestido como sempre de forma impecável, ele dirigia seu carro importado pelo trânsito do Rio de Janeiro como se fosse um *007* tupiniquim, e rezei para que chamasse a atenção da polícia rodoviária, pois somente dessa forma eu poderia sair do carro antes de chegar ao destino que ele traçou para aquela noite.

— Eu só quero que a gente passe um tempo juntos fora do trabalho, Élida — justificou-se em um tom gentil, o semblante calmo, sereno até. — Você merece mais do que uns amassos no carro e alguns minutos escondida no meu escritório.

Soltei uma gargalhada incrédula, mas não achei nenhuma graça no que ele tinha dito.

— Eu mereço um motel, onde um monte de gente já transou na mesma cama? — Não pude evitar o sarcasmo, e vi o exato instante em que sua expressão se tornou dura, mas não dei a mínima importância. — Podia ter me convidado para jantar, ou ir até meu apartamento.

Acabei me arrependendo do que falei.

Primeiro: não queria irritar Felipe enquanto ele conduzia o carro daquele jeito.

Segundo: não queria Felipe em meu apartamento, correndo o risco de Sávio o ver e suspeitar de algo.

Terceiro: não queria Felipe achando que eu estava exigindo mais do que ele tinha oferecido até aquele momento, embora o que ele estava exigindo de mim ia muito além do que estive disposta a dar quando o beijei naquela noite.

— Não podemos ser vistos juntos fora da empresa — surpreendeu-me com sua fala mansa. — Tenho uma reputação a zelar, sabe disso. Embora eu não saiba mais o que é tocar minha própria esposa, meu casamento é perfeito aos olhos dessa sociedade hipócrita.

— Eu sei... — Ele havia me contado sobre a farsa que seu casamento com Vanessa havia se tornado.

— Vou pedir o jantar, champanhe e morangos — continuou em um tom gentil, tirando uma das mãos do volante para acariciar minha coxa por cima da calça jeans, mantendo seu olhar atento ao trânsito. — Aí, se achar que é o momento certo, deixamos acontecer.

— Essa coisa entre a gente é tão errada. Você sabe disso...

Eu também sabia e ainda assim permitia acontecer. Eu era tão hipócrita quanto a sociedade que Felipe culpava.

— Errado é você ser virgem aos vinte e três anos porque o banana do seu vizinho não percebeu que podia te foder. — Ele riu, apertando minha coxa de leve, apenas para me provocar.

— Odeio quando você faz isso! — Soltei uma lufada de ar, afastando sua mão da minha perna.

Felipe diminuiu a velocidade assim que o semáforo ficou vermelho.

— Não, não odeia. — Voltou a pousar sua mão em minha coxa, um pouco mais perto da virilha. — Preciso te lembrar de que você quase foi atropelada por estar transtornada com o tal do Sávio? Fui eu quem te salvou. Onde ele estava? Nem aí pra você, porque ele não se importa, Élida.

Aquelas palavras foram certeiras para alimentar a mágoa que eu vinha nutrindo por Sávio.

— E você se importa?

— Do meu jeito, me importo sim. — Felipe sequer hesitou, o olhar fixo ao meu.

— Não parece.

O sinal ficou verde e Felipe seguiu viagem.

Não prestei atenção ao lado para o qual estávamos indo. Pouco conhecia o Rio apesar de estar morando na cidade há mais de um ano. Minha vida era uma monotonia só, eu trabalhava e ia para casa, saindo algumas vezes para fazer supermercado ou ir à academia com Sávio, o que parei de fazer há algumas semanas. Até minhas roupas e calçados eu gostava de comprar pela internet.

— Não seja ingrata, garota. — A voz de Felipe me fez voltar a atenção para ele outra vez. — Sabe que tenho uma família, e meus negócios tomam muito do meu tempo. Viajo constantemente, preciso manter a imagem de marido dedicado e de pai presente. Sempre que posso estou contigo. Eu me preocupo com você, Élida. Não sou o príncipe encantado e te falei que não era um anjo. Essas ilusões românticas são para meninas bobas, e você é inteligente demais para acreditar nelas.

Eu só não era inteligente o bastante para enxergar o quanto estava sendo burra de acreditar em tudo que ele me dizia. Burra por não enxergar como Felipe conseguia manipular a situação a seu favor, fazendo eu me sentir culpada quando deveria me sentir usada e diminuída.

— Desculpe.

— Pode me compensar de outro jeito — sugeriu com malícia, dando um tapa de leve em minha coxa. — Um pedido de desculpas da boca pra fora não é suficiente.

— Você não vai desistir de ser meu primeiro homem, não é?

— Vou ser gentil, Élida. Prometo.

■ ◊ ■

— Não seja ridícula. Abra os olhos.

Doeu.

Doeu *pra* caralho.

— Você disse que ia ser gentil — murmurei chorosa, ainda de olhos fechados.

Ele continuava em cima de mim, dentro de mim. Meus braços erguidos lado a lado da minha cabeça, presos pelo aperto de suas mãos. Minhas pernas entreabertas, encaixadas com as de Felipe. Nossos corpos nus e suados, os lençóis emaranhados na cama *queen size* de um motel muito chique.

Felipe se mostrou um perfeito cavalheiro desde que entramos naquele quarto. Pediu o jantar com direito à luz de velas, morango e champanhe. Não só champanhe, mas vinho também.

Nós comemos devagar, bebemos e conversamos sobre um pouco de tudo, mas nada relacionado à sua vida de casado. Ele encheu a banheira, nos despimos e ficamos um bom tempo entre beijos e carícias, morango e champanhe, e vinho tinto.

Eu sabia que ele estava me embebedando para relaxar, pois, apesar de tudo, ainda me sentia nervosa com o verdadeiro propósito daquele encontro.

Felipe queria tirar minha virgindade.

E conseguiu.

Ao nos deitarmos na cama, eu sabia que não tinha mais volta. Quando dei por mim, Felipe já colocava o preservativo e explicou que era para estar preparado caso eu decidisse seguir em frente, pois só aconteceria quando eu achasse que era o momento certo.

Não foi assim que aconteceu.

Minha mente estava zonza pelo efeito da bebida. Ele me fez gozar em sua boca, mas não permitiu que eu o tocasse. Em um minuto nós estávamos nos beijando e, no outro, senti a dor profunda em meu interior quando num movimento brusco, intenso e sem permissão Felipe entrou em mim.

— Eu fui gentil, Élida. — Beijou-me nos lábios, com delicadeza. — Não havia como fugir da dor. Problema resolvido.

CAPÍTULO 18

• *Atualmente* •

"Já faz horas que você saiu. Por favor, me liga", dizia a mensagem de Sávio.

Eu ainda não tinha conseguido chegar perto do delegado Fráguas, e ver um bando de repórteres em frente à Superintendência não ajudou em nada a minha motivação de ir adiante com o plano.

Vanessa Prado esteve lá acompanhada pelo Dr. Guilherme; tempos depois de eles irem embora, o delegado também saiu. Achei que o melhor seria segui-lo, mas o trânsito não foi meu aliado. Eu não tinha muita experiência com carro, principalmente naquela cidade gigante, mas pensei que com a ajuda do aplicativo de trânsito pudesse ter alguma chance de bancar a agente secreta. Nos filmes, essas coisas sempre davam certo.

Digitei uma mensagem, revelando minha intenção. Precisava contar sobre o que pretendia e talvez conseguir alguma informação que me ajudasse. Era um tiro no escuro. Nem devia ter entrado em contato, foi o combinado. Mas, desde que a notícia da denúncia surgiu, pegando a todos de surpresa, foi preciso improvisar um pouco. Era a minha vez agora.

Sem respostas, aproveitei e liguei para Sávio. As coisas estavam um pouco estranhas entre a gente ainda, mas ele se mostrava paciente, tentando me dar o espaço e o tempo que pedi, embora fosse difícil controlar o ciúme.

Quem diria... Sávio com ciúmes de mim?

Depois de tudo, acho que eu merecia um cara que me valorizasse de verdade. Embora fosse difícil confiar novamente em um homem, com Sávio era mais fácil, porque nunca deixei de o amar e, desde que cheguei ao Rio, foi ele quem me protegeu. Até eu o afastar e cometer o erro de me envolver com Felipe.

Ninguém na empresa sabia do meu caso com o chefão, com exceção de Sávio, que jamais me colocaria sob a mira de uma investigação policial, mesmo que estivesse magoado por tudo o que aconteceu. Fui esperta ao pedir demissão antes que surgisse qualquer boato sobre Felipe e eu, o que me deu vantagem, do contrário teria sido uma das primeiras a serem intimadas para prestar depoimento. Podiam pensar que acobertei Felipe em sua fuga, da mesma forma que desconfiaram da esposa.

— Ei, você quase me matou de susto! — Sávio disse assim que atendeu à chamada.

— Foi mal, devia ter ligado mais cedo. Estive ocupada.

Pude ouvir sua respiração do outro lado da linha. Com certeza Sávio se esforçava para não falar besteira.

— Quando vai me contar o que está acontecendo, Élida? Meu Deus! Não sei se aguento esse suspense todo.

Hesitei.

Talvez um dia eu tivesse coragem suficiente para contar ao Sávio tudo o que aconteceu e as consequências que foram geradas a partir das minhas decisões. Mas a verdade é que por enquanto eu preferia poupá-lo dos detalhes sórdidos e não o envolver naquela história.

Precisava que ele fosse o capítulo mais lindo do meu recomeço.

— Eu te amo — falei, mesmo sabendo que dizer aquilo por telefone era golpe baixo, principalmente porque era a primeira vez que me declarava para alguém.

— Tem certeza?

Não pude evitar a risada. Eu não esperava que ele respondesse minha informação com aquela pergunta.

— Antes de você ter certeza de que me amava, @playboyencantado. Acha mesmo que eu deixaria tudo pra trás, embora não tivesse muita coisa lá em Canoas, para vir ao Rio de Janeiro só porque você é um bom amigo? Eu já te amava, Sávio.

— Meu Deus. Eu fui um idiota esse tempo todo... — a desolação em sua voz era fofa e ao mesmo tempo triste.

Quantos erros podiam ter sido evitados, lamentei em silêncio.

— Não quero ter essa conversa por telefone. Por que não vai lá pra casa mais tarde e prepara espaguete com carne moída para o jantar? Deixei a chave debaixo do capacho.

— Eu já falei pra você perder essa mania. É perigoso! — Soltou o ar dos pulmões, exasperado. — Não vou mesmo conseguir saber onde você está agora, né?

— Tudo o que precisa saber é que vim resolver minha vida, e assim que voltar pra casa, a gente resolve a nossa. *Tá legal?*

— Está bem. Confio em você.

— Obrigada por isso. Agora eu preciso ir.

Não deixei espaço para Sávio dizer mais nada e finalizei a ligação.

▪ *Há 4 meses* ▪

— Você está diferente — ouvi a voz de Sávio logo atrás de mim, enquanto eu destrancava a porta do meu apartamento.

— Impressão sua. — Dei de ombros. — *Tô* a mesma de sempre.

Nós nos falamos poucas vezes desde o dia em que quase faltei ao trabalho por causa dele. Foi a partir dali que inventei uma desculpa esfarrapada sobre ter que chegar mais cedo no trabalho e menti que comecei a fazer um curso de atualização na área de manutenção de computadores após o expediente. Não podia simplesmente jogar na cara de Sávio que escolhi me afastar porque ele não era a fim de mim e eu tinha problemas em lidar com isso, tanto que precisei ir para a cama com outro para tentar esquecê-lo.

— Impressão porra nenhuma, você está mais magra, e não de um jeito saudável. Parece abatida também.

Havia preocupação em sua voz, e eu não estava preparada para algo assim. Sávio sempre foi um bom amigo, preocupado e disposto a me ajudar em tudo que eu precisava. Descontar nele a mágoa que se transformou em raiva, por mais que fosse tentador, não era certo.

A culpa era minha por me iludir com esperanças românticas. Felipe tinha razão, esse tipo besteira era coisa de menina boba.

— Cuida da sua vida que da minha cuido eu. — Abri a porta do apartamento e entrei, sendo pega de surpresa quando Sávio me seguiu para dentro, sem pedir licença. Que mania era essa de os homens pensarem que podiam simplesmente invadir meu espaço sem o devido consentimento?

— Não parece que está se cuidando bem — argumentou, cruzando os braços que estavam à mostra por causa da camiseta regata que vestia.

Ele provavelmente devia estar indo para a academia quando me viu chegando.

— Como se você se importasse — desdenhei, sem conseguir evitar.

A expressão preocupada de Sávio se tornou decepcionada, e eu sabia que tinha falado mais do que devia.

— Porra, Élida. De onde você tirou essa ideia de que eu não me importo? Como você mudou!

— Eu não vou discutir contigo. — Fui até a porta e a abri, insinuando que ele fosse embora. — Tenho mais o que fazer.

— *Tá* usando droga?

— O quê? — Alterei a voz, indignada com seu atrevimento.

— Você está parecendo aqueles viciados que se recusam a assumir o problema.

Talvez eu estivesse mesmo viciada na droga que era minha relação com Felipe. Comecei a rir ao me dar conta de que seria cômico, se não fosse trágico.

Sávio preocupado comigo? Era tarde demais para isso.

— Eu não estou me drogando. Não fala merda.

Ele diminuiu a distância entre a gente e fechou a porta.

— Você mudou, Élida. — Foi uma constatação pesarosa. — Não vai mais pro trabalho comigo, nem volta pra casa comigo. Parou de ir à academia, nem está mais jogando...

— O que foi? — interrompi, encarando-o com uma dose de coragem que nem sabia de onde tinha vindo. — Isso tudo é porque minha vida parou de girar em torno da sua?

— Não é isso. Eu só não consigo entender o que houve. Você começou a me evitar de uma hora pra outra, e a gente estava numa boa antes.

Eu não podia continuar com aquilo. Pensei que com meu afastamento Sávio simplesmente me deixaria de lado, seguindo sua vida sem se importar com como eu conduziria a minha. Parece que me enganei.

Mas de que adiantava? Eu nunca teria chance com um cara como ele.

Não depois do que fiz com Felipe.

Precisava afastar Sávio de uma vez por todas. Tê-lo por perto me pressionando não era bom. Eu ainda estava envolvida com Felipe e não podia correr o risco de Sávio descobrir e me julgar.

— *Tô* fodendo que nem um coelho, era isso que queria saber? — gritei em afronta, tentando soar agressiva o máximo que consegui. — Agora ocupo meu tempo livre transando que nem uma alucinada. Cansei de jogos on-line. Achei um novo hobby, um novo exercício favorito. Por isso também saí da academia.

— Por que *tá* falando desse jeito? — Sávio estava magoado e meu lado sádico ficou feliz, pois pelo menos ele podia sentir um pouco do que me causou durante todos os meses que o amei em segredo.

— Você insistiu tanto, eu só disse a verdade. Sinto muito se não era o que queria ouvir. Acha que é o único que tem uma vida sexual ativa? Também tenho. E não que seja da sua conta.

— Meu Deus! Eu não te conheço mais! Quem é você?

O jeito que ele me olhava era tão... desolado?

Precisava urgentemente que Sávio fosse embora ou ia acabar contando tudo a ele, e não podia passar pela humilhação de ser rejeitada.

— Eu sou a Élida, a verdadeira — falei num tom baixo, indo até a porta para abri-la outra vez. — A que você não quis conhecer porque só tem olhos pro seu próprio umbigo. Adivinha? Não estou mais disponível para ser sua amiga, Sávio. Então é melhor a gente parar de se falar.

Sávio assentiu a contragosto, passando por mim e parando a um passo de sair pela porta.

— Quem é ele? Quem é o cara que está fodendo com a sua cabeça?

Ri de novo, com amargor.

— Não é da sua conta, então me deixa em paz, Sávio. Não vai ser difícil pra você fingir que não me conhece. Faz isso tão bem lá no trabalho. Leva pra vida, *tá*?

Comecei a fechar a porta e ele não me impediu. Assim que a chaveei, senti os olhos embaçarem pelas lágrimas e corri para o chuveiro, onde podia chorar tudo o que tivesse vontade, sem me sentir tão desesperada

▪ *Há 3 meses* ▪

— Diga que posso ir mais fundo. — Felipe ordenou em sua fala mansa, em cima de mim.

— Sim.

— Pede com vontade! — Alterou a voz, soando mais grosseiro.

Eu não sei por que ele insistia para que eu pedisse por qualquer coisa, quando a verdade era que ele fazia do jeito que tinha vontade sempre.

— Mais, por favor. Eu preciso de mais — tentei soar desesperada, e de certa forma foi, mas não do jeito que ele acreditava.

— Mais o quê? — Mordeu meu ombro e deu um chupão em minha pele logo em seguida.

— Mais forte!

Eu só queria que acabasse logo.

• ◊ •

Terminei de pentear meus cabelos e verifiquei com atenção no espelho se a maquiagem em meu pescoço cobria bem a marca deixada por Felipe.

Ele tinha ido longe demais. Geralmente suas marcas ficavam em locais que podiam ser camuflados pela roupa, mas na noite passada algo havia mudado. O descontrole de Felipe tornou-se mais intenso que o habitual. Ele estava descontando em mim alguma frustração.

Como eu tinha permitido que chegasse àquele ponto?

Não era saudável.

Eu sempre soube que ficar com Felipe estava errado pelo fato de ele ser um homem casado e o dono da empresa em que eu trabalhava. De início foi justamente a questão do emprego que me fez ceder ao seu jogo de sedução, pois sabia que ele falava sério quando dizia que me demitiria se eu me recusasse a beijá-lo.

Até podia achá-lo um homem bonito e muito atraente, mas eu pensava isso de vários colegas da empresa, inclusive do Dr. Guilherme, que era solteiro. Beleza e charme não podiam ser o suficiente para que eu passasse por cima dos princípios de que achei ser possuidora, mas ainda assim acabei me tornando sua amante.

Também havia a desilusão com Sávio, elevando minha carência, o que, somado ao fato de Felipe ter impedido que eu atravessasse a avenida de forma desatenta, sendo visto por mim como uma espécie de herói, fez suscetível minha mente bagunçada.

— Ai, meu Deus...

De repente, passei da desconfiança à certeza de que acabei me deixando manipular. O horror daquela constatação me assustou.

■ ◊ ■

— Por que você é assim na hora do sexo?

Embora soubesse que precisava dar logo um fim naquela relação doentia, eu ainda não tinha encontrado um meio de dizer a Felipe que não queria mais ser sua amante. Não sabia se era por medo de perder o emprego ou de que ele fizesse algo pior.

Por fim, achei que, se pudesse entender o que se passava com ele, talvez conseguisse descobrir o melhor caminho para sair daquela situação em que eu mesma me coloquei.

— Assim como? — Exibiu um sorriso debochado que já era sua marca registrada. Estávamos num quarto de motel, ambos nus, suados e desgastados pelo sexo.

— Descontrolado — eu quis dizer agressivo.

Encarei o corpo de Felipe e então voltei a prestar atenção no meu. Sim, eu havia perdido peso e tinha algumas marcas roxas na pele. Mas, em contrapartida, ele mantinha o corpo em forma e sua pele alva, que sofria a ausência de um bronzeado. Estava imaculada.

Ele não permitia que eu o mordesse, nem que sugasse sua pele da mesma forma que fazia comigo. Do contrário, a esposa saberia que ele esteve com outra mulher. Isso era o que Felipe dizia, mas, a meu ver, se ele não transava mais com Vanessa, não tinha por que justificar qualquer marca.

Será que ela era tão ingênua a ponto de acreditar que ele não a traía? Mesmo que os dois não tivessem mais uma vida conjugal?

Ou será que eu era a ingênua que acreditava em Felipe quando ele dizia não transar com a esposa há mais de um ano?

— Eu gosto — ele disse simplesmente, como se não houvesse nenhum problema em fazer sexo com raiva. — Estou sempre no controle de tudo, é bom quebrar a rotina.

— Comigo.

— Sim.

— Só comigo? — Minha intenção não era bancar a ciumenta, mas, pela expressão de Felipe, foi isso que ele pensou do meu questionamento.

— Eu já disse que não trepo mais com minha mulher — seu tom não foi nem um pouco submisso, no entanto. Ele apenas afirmou, como já havia feito outras vezes.

Assenti.

— Você a trata como uma rainha.

Acho que Felipe e eu nunca tivemos uma conversa pós-sexo, mas ele estava me dando espaço daquela vez e aproveitei para conseguir de alguma maneira encontrar a brecha que precisava para terminar tudo de um jeito brando.

— Vanessa e eu estamos juntos há muitos anos. Ela tem a posição que merece, pois largou tudo para se dedicar ao nosso casamento.

— Por que não se separa dela se não a ama mais?

Ele riu.

— Quem disse que eu não a amo?

— Só quero entender. — Dei de ombros.

Felipe me encarou com os olhos especulativos e me arrependi de ter sido tão invasiva. Mas fui pega de surpresa quando, com um sorriso enigmático, ele fez uma confissão:

— Não vou me separar da Vanessa porque seria admitir uma derrota. Eu nunca perco, Élida. Se um dia cogitar abandonar minha esposa, será por uma vitória que torne insignificante o fracasso do meu casamento.

— E o que seria?

— Já chega de perguntas. Estou atrasado para um compromisso. — Levantou-se da cama e começou a juntar suas roupas do chão. — Pega um Uber pra ir embora? Não vai dar tempo de te levar em casa.

Ele sempre me levava em casa. Já era tarde. Então eu soube que aquela era uma forma de me castigar por ter feito perguntas demais.

— Não preciso de dinheiro, tenho um cartão cadastrado no aplicativo — falei assim que percebi ele abrir a carteira.

— Ótimo.

Caminhou até o banheiro, mas parou antes de fechar a porta para me encarar uma última vez.

— Cuidado com essa língua atrevida, Élida. Nós dois sabemos qual lado da corda é o mais fraco.

■ ◊ ■

Assim que saí do elevador e fui em direção ao meu apartamento, fiquei tensa ao me deparar com Sávio, sentado no chão, escorado em minha porta. Seu olhar furioso me deixou nervosa e prendi a respiração.

Desde a nossa discussão, mal nos vimos, sempre por acaso. Ele estava respeitando minha vontade de afastamento e, embora decepcionada, eu sabia que era o melhor. Sávio só fez o que pedi, e não fui nada legal com ele quando dei por encerrada a nossa amizade.

— Boa noite — cumprimentei com cautela, tentando decifrá-lo.

Sávio se levantou quando me aproximei e deu espaço para que eu destrancasse a porta.

— Posso entrar um pouco? Preciso muito conversar.

Não queria brigar com ele outra vez, mas algo na forma como Sávio me pediu aquilo fez com que eu cedesse, mesmo tendo a impressão de ter visto raiva em seus olhos anteriormente.

Destranquei a porta e fiz um gesto com a cabeça para que ele me seguisse para dentro. Assim que entrou, fechei a porta e me escorei nela. Sávio ainda vestia a roupa do trabalho, o que significava que ele tinha faltado à academia. A barba por fazer, num tom loiro dourado, deixava-o ainda mais *sexy*; umedeci os lábios, focando em não prestar muita atenção ao seu corpo maravilhoso para não sucumbir àquela paixonite falida novamente.

— Sou toda ouvidos. — Cruzei os braços, na defensiva.

— Segui você hoje depois do expediente — foi direto ao ponto, em um tom severo. — Felipe não é apenas o chefe, mas o dono da porra toda!

Por um tempo eu não disse nada. Nossos olhares fixos um no outro, num duelo silencioso. Ele não gritou, parecia estar se controlando e o respeitei por isso, embora não soubesse por que motivo Sávio achou que poderia tirar qualquer satisfação sobre aquele assunto comigo. Não era da sua conta.

— Você fala como se eu não soubesse disso — optei por manter a calma e ver até onde ele ia.

Estava cansada do dia cheio no trabalho, do meu encontro com Felipe — sempre tão desgastante — e da volta para casa aturando um motorista de Uber tagarela. Não achei que tinha força suficiente para enxotar Sávio com meus gritos e palavras duras.

— Que merda você tem na cabeça, Élida? — Alterou a voz. — Só falta dizer que *tá* apaixonada e que ele prometeu largar a mulher e o filho pra te assumir...

— Vai se foder, *tá* legal? — interrompi, igualando meu tom ao dele, mandando a calma para o inferno. — Quem você acha que é pra dar pitaco na minha vida?

— Sou seu melhor amigo e quero o seu bem! — Suas palavras soaram sofridas, mas não me deixei influenciar.

Droga, ele ainda me afeta!

— Melhor amigo é o cacete!

Fui em sua direção e comecei a dar de dedo em seu peito, sentindo minha força de vontade ir por água abaixo.

— Você é um idiota que não enxerga a um palmo de distância o que está bem na sua cara! Quer mesmo o meu bem? Jura? Acha que me fazia bem ouvir sobre as garotas com quem você trepava por aí? Pois não fazia! Pelo contrário, eu ficava me sentindo um fracasso de mulher que não conseguia chamar a atenção do único cara que importava pra mim.

Sávio segurou meus pulsos e inclinou-se para recostar sua testa na minha.

— Não tenho culpa se o porra do Felipe não te valoriza como você merece...

— Impressionante! — soltei uma gargalhada desprovida de humor e tentei me desvencilhar de Sávio, que não permitiu. — Eu não estou falando do Felipe, que, aliás, me notou o suficiente pra perceber que eu estava de quatro por você, e ainda assim não desistiu até conseguir minha atenção. Então você tem culpa, sim!

— Como é que é? — Arregalou os olhos, entreabrindo a boca com evidente perplexidade.

Balancei a cabeça em negativa.

Eu tinha falado demais!

— Não vou repetir — retruquei, arrependida.

Quando pensei que Sávio fosse finalmente me soltar, algo que nunca pensei ser possível aconteceu. Ainda mantendo meus pulsos cativos, ele colou sua boca na minha em um beijo desesperado.

Por um momento acreditei que era algum tipo de alucinação, algo como minha mente atordoada me pregando peças e confundindo a realidade com fantasias secretas que sonhei vivenciar. Mas era real. A língua de Sávio buscou a minha e, quando permiti que o beijo se aprofundasse, ele desprendeu meus pulsos e no momento seguinte estava me içando do chão. Nem pensei duas vezes ao enroscar minhas pernas em torno da sua cintura.

A paixão com que ele me beijava era algo que nunca experimentei antes, e isso me assustou. Por várias vezes me peguei imaginando como seria o gosto da sua boca, quais seriam as sensações de tê-lo me tocando com vontade de saciar seu desejo, e nada se comparava. Meu corpo queimava de dentro para fora.

Ele acendeu em mim todo o amor que eu estava tentando parar de sentir.

— Fica comigo — pediu ofegante, ainda me segurando em seu colo, mas buscando recuperar o fôlego. — Só comigo.

"*Só comigo.*" O eco daquelas palavras em minha mente me tirou do encantamento que havia anuviado a minha razão.

Eu tinha acabado de chegar em casa depois de passar um tempo transando com outro homem num motel e já estava morrendo de tesão por um cara que há mais de um ano sequer reparava em mim.

Que tipo de pessoa eu era?

— Cala a boca — murmurei num tom de brincadeira, desprendendo minhas pernas dele, fazendo com que Sávio me colocasse de volta ao chão.

— *Tô* falando sério. — Ajeitou uma mecha do meu cabelo bagunçado para trás da orelha.

O jeito como ele me olhava... sonhei tantas vezes.

— Isso não devia ter acontecido. — Toquei meus lábios, atordoada.

— Por que não? — Sua expressão mudou, voltando a ficar irritada. — Só porque *tá* trepando com o todo-poderoso? Acha que é só com você que ele fode? O cara é casado, porra! Se trai a mulher contigo, quem garante que não tem outras por aí?

Ali estava ele outra vez. O rei das bolas fora!

Contudo, Sávio tinha razão. Eu não devia fidelidade ao Felipe, nem ele a mim. Mas esse não era o motivo de eu acreditar que nosso beijo não deveria ter acontecido.

— Vai embora! — Não deu para esconder a mágoa, mas fui forte em resistir à súbita vontade de chorar. — Sai daqui, seu filho da puta!

— Desculpe, eu só... — Seu olhar transtornado só me deixou ainda mais péssima. — Sou louco por você, Élida. Devia ter me dado conta disso antes, mas tive medo de assumir pra mim mesmo. Preferia ter você como amiga do que correr o risco de estragar tudo e te perder.

Como eu queria ter ouvido aquilo antes.

Meses atrás.

Antes de Felipe.

— Você já estragou tudo — consegui dizer, minha voz enfraquecida pelo choro engolido.

— Élida, eu não quis dizer...

— Mas disse — interrompi, puxando-o pelo braço para levá-lo até a porta. — Sai do meu apartamento agora!

Ele se soltou de mim, mas segurou meu rosto entre suas mãos, e não fui capaz de afastá-lo.

Droga! Eu gostava quando ele me tocava com tanto carinho.

Malditos olhos azuis!

Sávio nunca me olhou daquele jeito tão... profundo.

— Eu te amo. É por isso que te pedi pra ficar só comigo.

— Sai.

Dei alguns passos para trás, com medo de não resistir.

— Eu te odeio, Sávio.

Sim! Eu o odiava por me fazer amá-lo.

— Você quer ficar comigo também — insistiu.

Foi exatamente assim que Felipe me manipulou!

— Não coloque palavras na minha boca. Só eu sei de mim.

Sávio assentiu com um gesto de cabeça e abriu a porta.

— Eu te amo — repetiu em um tom amargo. — Lembra disso quando estiver prestes a abrir as pernas pro canalha do Felipe Prado.

— Sai daqui!

CAPÍTULO 19
• *Atualmente* •

Tinha sido um dia bastante nostálgico; relembrei vários momentos dos últimos meses que acabaram me colocando na atual situação. Nunca poderia imaginar algo tão confuso e ao mesmo tempo perigoso, nem mesmo nos jogos de RPG de que participei. Lá era tudo muito surreal. O aqui e o agora eram a vida acontecendo de um jeito tão louco e dramático que parecia roteiro de novela mexicana ou minissérie daquela emissora famosa. Porém, se pisasse em falso, eu poderia sair perdendo feio e respingar as consequências em outras pessoas.

Quando decidi que queria ferir Felipe no que mais lhe doía, não pensei que acabaria infringindo a lei ou escolhendo passar por cima de algumas regras. Mas não havia nenhum arrependimento.

Eu só queria que desse tudo certo.

Precisava que desse tudo certo!

Depois disso, conseguiria seguir em frente e me sentir livre para amar Sávio.

Já era tarde quando recebi a mensagem que precisava. Foi uma questão de sorte, então eu não podia deixar passar.

— Seus dias estão contados, Felipe.

• *Há pouco mais de 2 meses* •

— Estou começando a me arrepender de ter proibido que você usasse vestido no trabalho. — Felipe ameaçou desabotoar meu jeans, mas eu o impedi, afastando sua mão.

Eu estava no escritório dele, que me chamou para resolver o que quer que estivesse travando o sistema operacional do seu *laptop*. Quando pedi que me entregasse o aparelho, Felipe fez com que eu me sentasse em seu colo.

Felizmente, nas últimas semanas ele não havia me procurado para sexo, nem mesmo me chamado para encontros furtivos na empresa. Eu não sabia dizer se foi por causa da nossa última conversa, mas fiquei muito aliviada em tê-lo distante. Segundo burburinhos no trabalho, ele esteve fora viajando, mas eu não me preocupei em saber mais detalhes porque, sinceramente, a vida de Felipe não me interessava nem um pouco.

Tudo o que eu queria era sair daquele relacionamento, se é que podia chamar o que tínhamos de algo assim. Com o breve afastamento dele, tive tempo para processar a revelação de Sávio e também para me tornar ciente de que não podia continuar me submetendo a uma situação abusiva, o que de fato era o que eu tinha com Felipe.

Eu merecia mais, merecia alguém melhor.

Podia ter perdido minha chance com Sávio devido aos desencontros, mas tudo o que aconteceu nas últimas semanas serviu para me mostrar que eu não podia aceitar migalhas afetivas, nem mesmo me sujeitar a ser o saco de pancadas sexual de um cara que só me usava para descarregar as frustrações pessoais.

Felipe era dissimulado. Falava manso, sorria sedutoramente, olhava no olho, exalava autoconfiança. Ele se mostrava ser o homem perfeito, aquele que toda mulher sonharia em chamar a atenção. Felipe era lindo por fora, mas tinha um lado obscuro que podia se tornar feio e fazer mal. Alguém como ele, que escondia muitas facetas dentro de si mesmo, mais cedo ou mais tarde revelaria sua verdadeira personalidade.

Eu não queria estar por perto quando isso acontecesse.

— Você pediu que eu verificasse isso aqui... por favor, não me desconcentre — desconversei enquanto fuçava seu computador.

Até onde sabia, eu era a única técnica que ele permitia mexer ali. Meu chefe de setor sempre me orientava quando precisava fazer alguma atualização de *software* para que eu não cometesse nenhum erro que pudesse danificar a máquina de Felipe. Como se eu fosse amadora a esse ponto... Até parece!

— Realmente preciso que dê uma olhada nele, mas pode levá-lo pra casa desta vez e me entregar amanhã de manhã.

Eu o encarei, desconfiada.

— Vai me fazer trabalhar a noite toda? — será que era outra das suas formas de me punir?

— Vou recompensá-la, prometo. — Ele prendeu uma das mãos em minha nuca e com a outra começou a acariciar meu cabelo. Felipe parecia ter algum tipo de fixação por meus fios castanhos. Era um tanto engraçado.

— Você sempre promete — debochei, dando de ombros.

— E cumpro. Do meu jeito.

Claro. Sempre do jeito dele.

— Tudo bem. — Fechei o *laptop* e despluguei da fonte. — Então vou levá-lo.

— Ainda não. — Tirou o aparelho da minha mão e colocou de volta na mesa. — Volte para pegá-lo no fim do expediente. Eu preciso trabalhar com ele mais algumas horas.

— Então por que me chamou agora? — revirei os olhos.

— Às vezes você faz algumas perguntas bem idiotas, Élida. — Seu sorriso arrogante brotou nos lábios.

Eu não queria transar com ele.

— Do que precisa? — insisti em me fazer de desentendida.

Senti um puxão mais forte no meu cabelo e engoli um gemido de dor. Jamais me arriscaria a ser ouvida por qualquer pessoa fora daquela sala.

— De você.

Seu tom enigmático me fez franzir o cenho. Ele afrouxou o aperto em minhas madeixas, voltando a me acarinhar.

— É estranho, mas eu tenho precisado de você muito mais do que imaginei.

Eu nunca acreditei que Felipe tivesse qualquer sentimento por mim, e eu não estava apaixonada por ele. A nossa relação sempre se baseou em sexo. Ele sentia a necessidade de dominar e extravasar a raiva em uma trepada violenta; eu precisava sentir que era desejada e, com isso, tentar esquecer a rejeição de Sávio.

Não havia afeição entre nós. Era pura atração física em uma prática pouco saudável.

— Por que me escolheu? — questionei, intrigada. Eu nunca tinha me feito aquela pergunta, e agora queria que ele me desse a resposta. — Pode ter qualquer mulher que desejar, e estou bem longe de ser à altura de um figurão como você. Não sou idiota de acreditar que um homem do seu naipe se apaixonaria por uma nerd pé-rapada...

— Nunca te prometi além do que temos — interrompeu-me, incomodado.

— Eu sei. — Mantive meu olhar fixo ao seu, sentindo-me corajosa. — Não estou te cobrando nada, fique tranquilo quanto a isso. Ilusões românticas são para meninas bobas, lembra?

Ele riu tão espontaneamente que parecia ter rejuvenescido alguns bons anos.

— Mas? Vamos lá, tem a porra de um "mas" implícito nesse seu argumento.

Encarei Felipe em silêncio antes de dizer qualquer coisa. Analisei suas feições sem conseguir captar que tipo de emoção ele escondia dentro de si. Aparentemente estava em um bom dia, seu humor um dos melhores que já presenciei durante o tempo que estávamos vivenciando nosso segredo sujo.

Eu queria terminar, mas sabia que não podia ser direta. Ele tinha que se sentir no controle sempre, então acreditei que a melhor forma de acabar com o que tínhamos era dar um jeito de fazer Felipe perder seu interesse por mim. Tentar entender por que ele me escolheu, o que tanto o atraía, para então encontrar uma maneira de ir contra o que nos mantinha conectados até que ele finalmente me libertasse.

— Sávio disse que me ama.

Não contei aquilo com o intuito de causar ciúme. Longe disso. Mas de alguma maneira quis que Felipe soubesse que não era o único a me enxergar como mulher e que, ao contrário dele, alguém tinha sentimentos por mim. Alguém que ele sabia que mexia comigo de forma profunda e emocional.

— Tarde demais, não acha? Ele pode ir pra puta que o pariu. Você é minha, Élida.

Seu tom possessivo me causou um arrepio na espinha; seu aperto em minha nuca só reforçou a tensão.

— Não, eu não sou. — Tentei sair do seu colo, mas Felipe não permitiu, descendo as mãos até meus braços e me apertando com força, a ponto de machucar.

— Você é minha, sim — sibilou, seu tom se contradizendo com o sorriso gentil que ele acabara de dirigir a mim. — Quer saber por que te escolhi? Porque você é diferente. Não beija o chão que eu piso, me dá o que peço sem pedir nada em troca. Nunca precisei te comprar presentes caros ou pagar qualquer conta além do motel que te levo. Você não tira vantagem nenhuma por estar trepando comigo, mesmo sendo uma pobretona. Tudo o que importa é que eu te faço esquecer daquele merdinha enquanto te fodo forte. Só queria alguém que te enxergasse, e eu enxerguei a ponto de salvar sua vida naquele dia. E foi esse seu cabelo de boneca cara que chamou minha atenção, e eu nem gosto de morenas.

Eu não sabia qual de nós dois era mais insano. Ele, com sua personalidade tão distorcida, ou eu, por ter sentido tesão com tudo aquilo. Sim, queria me livrar de Felipe o mais rápido possível, mas nada me impedia de tê-lo por uma última vez.

— Que tal você me foder forte agora, chefe? Se eu vou fazer hora extra, quero um adiantamento.

■ ◊ ■

— Você está bem? — perguntou uma voz feminina que eu desconhecia, ao entrar no banheiro feminino da empresa.

Eu tinha me recomposto do sexo com Felipe, no banheiro do escritório dele, mas, antes de voltar para o meu setor, acabei precisando me refugiar por um tempo e achei que seria uma boa ideia ir até o banheiro feminino exclusivo para clientes da Prado Machado Investimentos Financeiros.

— Mais ou menos — minha voz saiu fraca.

Eu estava diante da pia, e um enorme espelho refletia minha aparência abatida. De cabeça baixa, eu não conseguia parar de olhar para as marcas em meus braços; o apertão de Felipe começava a ficar arroxeado.

Ele exagerou! Foi totalmente descuidado.

O descuido não havia sido apenas a marca em uma parte visível do meu corpo, mas também o fato de não termos usado camisinha. Felipe sempre foi cauteloso e partia dele a iniciativa da proteção. Assim como também partiu dele a decisão de não usar nada daquela vez. Tudo para provar seu ponto: eu era dele.

Foi uma péssima ideia ter contado sobre a declaração de amor do Sávio.

Preciso tomar a pílula do dia seguinte...

Eu não usava nenhum método anticoncepcional. Odiava a ideia de ter que me entupir de hormônios que alterariam meu organismo.

— Não é da minha conta — continuou a mulher. — Você é uma moça muito bonita, mas reconheço um olhar triste como esse que está tentando esconder. Não vale a pena. Homem nenhum vale esse roxo no seu braço. Não desperdice a sua juventude se afundando num relacionamento assim.

Levantei meu olhar assustado em sua direção, e então a reconheci de imediato. Tinha visto aquela mulher em diversas fotos na internet quando pesquisei sobre Felipe. E ela era ainda mais deslumbrante pessoalmente. A vergonha se abateu sobre mim para além de uma culpa sufocante que quase me fez chorar de desespero.

Ela estava me consolando quando há menos de uma hora eu estava cavalgando no pau do homem que era seu marido.

— A senhora não me conhece...

Meu tom brusco não a intimidou; pelo contrário, ela continuava me encarando com um olhar de pena e um sorriso pesaroso.

Se ela soubesse o que eu fiz, estaria me olhando com raiva agora.

— Não mesmo, e espero estar errada. — Virou-se para a pia e abriu a torneira, distraindo-se ao lavar as mãos. — Se tiver sido um acidente doméstico, esqueça o que eu disse. Só fiquei preocupada. Você trabalha na Prado Machado?

— Sim, senhora.

Queria que um buraco se abrisse naquele instante para que eu pudesse me jogar dentro dele e sair daquela situação constrangedora.

Ela desligou a torneira e retirou um punhado de papel-toalha do suporte, começando a secar as mãos, voltando a me encarar.

— Meu nome é Vanessa Prado. Sou esposa do Felipe. Se por acaso for alguém da empresa que te machucou e você precisar de ajuda, não hesite em me procurar. Não me meto nos negócios do meu marido, mas tenho certeza de que ele jamais permitiria um agressor de mulheres como funcionário.

Foi preciso muito esforço da minha parte para segurar o choro e a risada amarga que queria escapar da minha garganta.

Isso significava que o tratamento de Felipe em relação a nós duas era completamente diferente. Claro que seria, ela era a rainha intocável.

— Obrigada pela preocupação. Vai ficar tudo bem.

O que mais eu poderia dizer?

— Espero que sim.

Ela foi em direção à porta e saiu sem dizer mais nada.

■ ◊ ■

— Eu vim buscar o *laptop* do senhor Prado — informei à Matilde, secretária de Felipe.

Era fim de expediente e ele não havia me chamado, porém, até onde eu sabia, Felipe ainda queria que eu verificasse seu computador.

— O senhor Prado foi embora mais cedo hoje e não disse nada sobre isso — explicou ela, ajeitando sua mesa e se preparando para ir embora.

— Pode pegá-lo para mim? Eu tenho que deixar pronto para que ele possa usá-lo amanhã de manhã.

A contragosto, Matilde foi até o escritório de Felipe e não demorou a voltar, de mãos vazias.

— Ele levou.

Franzi o cenho, sem entender nada, mas não insisti. Pelo visto, Matilde não ia muito com a minha cara e também não estava feliz de ter que ficar ali por mais tempo que sua obrigação exigia.

— Obrigada, Matilde.

Tudo o que eu queria era chegar logo em casa e tomar um banho bem demorado.

■ ◊ ■

— Você não pode fazer disso um hábito — reclamei assim que saí do elevador e me deparei com Sávio, sentado em frente à porta do meu apartamento.

Eu não falava com meu ex-melhor amigo desde a noite em que ele confessou que me amava.

Ainda era estranho pensar que podia ser verdade, mas a raiva pelo seu comportamento quando falou sobre meu envolvimento com Felipe se sobrepôs à importância que aquela declaração poderia ter. Talvez eu estivesse suprimindo o processamento daquelas palavras. Mas o fato era: eu conhecia Sávio. Ele jamais diria aquilo se não fosse o que sentisse.

Entretanto, eu não era digna daquele sentimento.

— Fui demitido hoje.

O baque daquela revelação foi mais forte do que quando ele disse "eu te amo". Sávio trabalhava na Prado Machado há mais de cinco anos, sempre foi um funcionário exemplar. O mais esperado seria que ele fosse promovido, tornando-se o chefe de setor, não mandado embora.

— O que você fez? — perguntei num tom acusatório, imaginando que ele pudesse ter feito alguma besteira relacionada ao que sabia sobre meu envolvimento com Felipe.

— Nada. Eu juro! — Levantou-se. — Não contei pra ninguém sobre você e o calhorda. É isso o que pensa de mim? Que sou um fofoqueiro traíra?

Soltei uma lufada de ar.

— Desculpe, eu não pensei direito. — Balancei a cabeça, um pouco transtornada. — Por que te demitiram? Não entendo.

Ele estava chateado, triste. Sávio amava aquele emprego.

— Alegaram corte de despesas. — Sorriu com deboche. — É sempre culpa da crise, né? Nem vou precisar cumprir o aviso prévio, eles disseram que não preciso ir amanhã.

Não demorei muito para encaixar as peças daquele quebra-cabeça.

Felipe.

Ele se vingou de Sávio da maneira mais suja, e com isso também me puniu.

Foi minha culpa!

Se não tivesse contado ao Felipe que Sávio disse que me amava, nada daquilo teria acontecido. O cara que sempre me protegeu estava desempregado e eu não tinha como ajudá-lo, pois não exercia nenhum poder de influência sobre o homem responsável por aquela decisão.

"Você não tira vantagem nenhuma por estar trepando comigo...", a voz de Felipe ecoou em minha mente, me deixando com raiva e um enorme sentimento de impotência.

— Sinto muito, de verdade. — Foi tudo o que consegui dizer.

Sávio cortou a distância entre a gente e ajeitou meu cabelo para trás da orelha, mantendo as mãos em meu rosto e me olhando de um jeito que parecia estar tentando transmitir segurança, mesmo com muita dificuldade.

— Vai ficar tudo bem, @princesanerd. Eu me viro. Logo arrumo outro trampo.

Fiquei em silêncio por um tempo, apenas encarando o homem à minha frente, tentando memorizar seu rosto lindo em uma expressão de derrota, que serviria para eu me manter firme na decisão definitiva de me afastar o quanto antes de Felipe.

Aquele homem era mal. Não se importava em passar por cima de gente inocente para provar que ele era o único que vencia.

— Preciso entrar em casa — falei, afastando-me do seu toque gentil. A culpa não me permitia continuar mais tempo tão perto.

Enquanto destrancava a porta, podia sentir o olhar de Sávio pairando sobre mim.

— Ainda está dormindo com o Felipe? — perguntou baixinho, num tom magoado.

— Sávio, eu...

Escorei minha testa na porta, sentindo uma vontade tremenda de chorar. Não queria magoar Sávio ainda mais, principalmente depois de ter me oferecido ao Felipe naquela tarde e me tornado o pivô de sua demissão.

Acho que no fundo ele sabia que a culpa era minha, mas por algum motivo não quis jogar na cara.

— Eu vou me livrar dele.

Virei-me para Sávio uma última vez antes de abrir a porta do meu apartamento.

— Só preciso de um tempo.

■ ◊ ■

Quando meu supervisor me avisou que eu estava sendo chamada na sala do chefe, nem me dei ao trabalho de perguntar o motivo. Talvez acabasse me demitindo também, já que ficou bem claro que o homem não dava a mínima para qualquer pessoa além dele mesmo.

Se eu não tivesse um financiamento para pagar, talvez eu mesma pedisse demissão e o mandasse para a puta que pariu.

— Essa porcaria de computador travou bem no meio de uma transação importante — resmungou Felipe, fora do seu tão admirável e bem trabalhado autocontrole, assim que fechei a porta do escritório.

— Pensei que eu fosse levá-lo para casa ontem — comentei, exibindo uma calma que eu estava longe de sentir, apontando para o aparelho em cima da mesa.

— Achei que ele fosse aguentar mais um dia. De toda forma, saí para comprar um novo ontem. Não estava com paciência para aguardar o setor de TI encomendar com o fornecedor. Lúcio me passou as especificações necessárias.

Lúcio era o meu supervisor.

Ele podia ter me contado o que o chefe queria ao me chamar no escritório.

— Vamos, lá! — Tentei um sorriso, e acho que saiu meio falso. Logo entrei no modo funcionária eficiente. — O que aconteceu?

— Se eu soubesse, não teria mandado te chamar — resmungou irritado. — Como eu disse, ele travou. Estava no meio de uma transação bancária e o filho da puta simplesmente congelou.

— Congelou ou apagou? — Apontei para a tela escura.

Felipe estava puto da vida, mas eu precisava que ele me passasse as informações corretas. Ele que deixasse de se comportar como um garoto mimado.

— Faz diferença? — desdenhou. — Congelou a tela, mas de tanto eu fuçar ele acabou apagando. Tentei ligar de novo e nada.

— Posso levá-lo ao setor de TI e fazer as verificações necessárias, mas acredito que, como comprou um novo computador, queira que eu o configure e instale os *softwares* para que possa trabalhar com ele a partir de agora. Correto?

— Você fica *sexy* falando desse jeito. — Seu humor deu uma leve melhorada. — Sim, é o que eu quero que você faça. Mas aqui, na minha sala.

— Preciso de alguns equipamentos que estão à minha disposição no setor de TI, Felipe. Dessa vez não vai dar pra ficar aqui, nem levar trabalho pra casa.

Ficou evidente o seu desgosto, mas ele assentiu com um gesto de cabeça.

— Quanto tempo vai levar?

— Não sei ao certo, algumas horas. Eu posso te enviar uma mensagem quando estiver pronto.

— Tudo bem. — Ele se levantou e tirou o pen drive de uma das entradas USB no *laptop* antes de fechá-lo. — Eu já estava de saída mesmo.

Felipe apontou para a caixa em cima da poltrona, indicando o novo aparelho. Em seguida, deu a volta na mesa e se aproximou, me deixando nervosa.

— Não gostei desse seu novo penteado — disse num sussurro, enquanto puxava o elástico que mantinha meu cabelo preso em um rabo de cavalo. — Prefiro-os livres e soltos.

Fechei meus olhos com força quando Felipe começou a distribuir beijos pelo meu pescoço. O arrepio em minha pele podia dar a ele a impressão de que eu estava excitada, mas a verdade é que não passava de pura repulsa.

Eu não queria que ele me tocasse. Nunca mais.

— É bom que você continue me agradando, Élida. — Mordiscou meu pescoço e em seguida o lambeu, deixando-me enojada. — Acho que já demonstrei o suficiente qual lado da corda é o mais fraco. Fiquei sabendo que seu vizinho apaixonado agora é um desempregado. Esses tempos de crise econômica afetam a todos, infelizmente.

CAPÍTULO 20

• *Atualmente* •

— Como me encontrou? — perguntou o delegado Fráguas, com um olhar especulativo.

Finalmente consegui a oportunidade que tanto busquei no que pareciam intermináveis horas de espera. Seguindo o carro do delegado desde que saiu de um barzinho na Lapa até um prédio em Copacabana, onde passou algum tempo com a moça que o acompanhava, eu estava quase desistindo quando recebi uma nova mensagem e logo em seguida o vi voltar para o carro.

Já era madrugada. Sávio tinha me ligado incontáveis vezes, mas preferi não falar com ele. O nosso assunto seria resolvido depois.

Eu tinha outra prioridade por enquanto.

Não tive tempo de sair do carro para me aproximar do delegado, pois ele estava com bastante pressa e, quando percebi que havia dado a partida, fui rápida o suficiente para me colocar em seu encalço. Seria a última tentativa.

Ao que parecia, o delegado ainda não tinha enchido a cara o suficiente. Assim que estacionou em frente a um bar vinte e quatro horas, busquei fazer o mesmo e esperei que ele entrasse, mas só consegui chamar sua atenção quando já estava indo embora.

Na teoria, parecia fácil chegar e abordar um delegado federal e ir logo dizendo que tinha provas que incriminavam o homem que ele estava procurando para prender. Na prática, fiquei com um medo absurdo de ir parar no xilindró.

Felipe costumava dizer que a corda sempre arrebentava do lado mais fraco.

— Eu tenho minhas fontes — sorri com sarcasmo. Sempre quis dizer algo assim. — Mas isso não tem importância. Vim falar sobre Felipe Prado, acho que o assunto é do seu interesse. Estou errada?

Ele não conseguiu disfarçar o choque, nem o interesse, mas logo abriu uma carranca, como se ouvir o nome de Felipe fosse suficiente para que seu humor fosse para o inferno.

— Vamos para o departamento...

— Nada disso — interrompi, ainda mantendo certa distância. — Não acha que se quisesse depor oficialmente eu já teria ido até lá? O que a propósito eu fiz, mas, considerando que passei o dia todo tentando dar um jeito de falar contigo sem seguir protocolos, significa que não vai rolar depoimento. E você não está em condições nem de dirigir, quanto mais de conduzir um interrogatório, ou seja lá o que for.

O delegado soltou uma gargalhada e deu um passo em minha direção, mas parou assim que eu recuei.

— Quem é você, menina?

— Eu já disse. Sou a solução do seu problema. Você quer informações relevantes para o caso do Felipe, certo? Tenho o que precisa. — Mostrei a ele o pen drive que segurava em uma das mãos. Eu usava luvas, por precaução.

— Como conseguiu essas informações?

O destino, quis dizer. Um golpe de sorte, muito provavelmente. O fato era que, no momento mais oportuno, consegui encontrar a saída para me livrar do problema Felipe Prado. Mas eu não queria alongar aquela conversa, até porque não precisava que o delegado sentisse qualquer empatia por mim. Tudo o que tinha que fazer era entregar o pen drive e dar o fora dali o quanto antes.

— Cavalo de Troia — murmurei, deixando um sorrisinho escapar. — Felipe não faz a menor ideia de que eu descobri o jogo dele executando um programa espião em seu *laptop*.

Os olhos do delegado se arregalaram com minha revelação; ele certamente percebeu que eu tinha algo realmente quente em mãos.

— Qual o seu nome?

— Não interessa — retruquei, colocando o capuz do moletom para camuflar meu rosto. Devia ter feito isso antes, mas tinha esquecido. De toda forma, o delegado já estava meio bêbado e com cara de exausto, e a iluminação do estacionamento era bem precária. — Fui só mais uma que caiu na lábia do canalha.

— Quando você diz "na lábia", quer dizer "na cama", não é? — Riu de um jeito amargo que me fez pestanejar.

— O que foi, delegado? Felipe te engambelou também? — provoquei.

O delegado Fráguas soltou um longo suspiro e adotou uma postura rígida. Ele podia não estar nas melhores condições, mas ainda assim era um agente treinado, e eu não devia dar bobeira.

Ele ignorou minha piada e aproveitei para estender a mão em sua direção, oferecendo-lhe o pen drive, no qual tive todo o cuidado de não deixar nenhuma impressão digital. Assistia a séries policiais o suficiente para saber que corria um risco ali. Mas, devido ao comportamento fora dos protocolos que o delegado esteve adotando para conseguir o que queria, senti que podia fazê-lo continuar à margem por mais um pouco. Afinal, ele finalmente teria o que precisava para foder de vez com Felipe. Só faltaria capturá-lo e colocá-lo atrás das grades. Aí já não era comigo.

— Por que merda está me entregando isso? — O delegado me encarou com desconfiança, mas aceitou o pen drive e o guardou no bolso após inspecioná-lo rapidamente.

Eu devia ir embora, já tinha conseguido o que pretendia. Mas senti necessidade de revelar algo mais. Sei lá, talvez para dar um pouco mais de credibilidade à minha intenção de ajudar a polícia a ferrar com Felipe.

— Porque é o certo a fazer. Aquele homem prejudicou muita gente, não merece sair ileso.

— Você por acaso sabe onde ele está?

— O quê? Claro que não! — Dei alguns passos para trás, pois ele estava começando a me intimidar. E eu estava cansada de ser intimidada por um homem. Nunca mais permitiria algo assim outra vez.

— O que aconteceu com Felipe Prado, moça?

— É seu trabalho descobrir, delegado. Eu só quis dizer que não é justo que Felipe fuja com essa grana. Muita gente está sendo prejudicada por causa do que ele fez, e não estou me referindo aos investidores... Esses caras são ricos, têm pé de meia. Mas e os funcionários da empresa? E a esposa e o filho? *Tô* acompanhando os noticiários. O filho da puta vazou e ligou o foda-se pra própria família.

Seu olhar excruciante começou a me incomodar.

— Quer dizer que se importa com a Vanessa Prado e filho dela? — insistiu. — Então, por que não pensou neles antes de abrir as pernas pro marido dela?

— Ah, delegado. O senhor não conhece aquele homem. Felipe consegue tudo o que deseja, e eu tive o azar de ser, ao menos por um tempo, o que ele queria. Algo que ele não se cansava de dizer era que "nunca perdia".

— Se ele estiver morto, a primeira pessoa na minha lista de suspeitos será você. Então vou te pegar.

Ele só queria me assustar, mas não conseguiu. Para me pegar teria que saber quem eu era, e logo eu estaria dando o fora do Rio de Janeiro.

Cidade Maravilhosa é o caralho!

— Você pode tentar. Mas, no fim, não vai dar em nada, porque infelizmente eu não tive coragem o bastante para fazer algo tão extremo contra Felipe. Não sou assassina. Mas encontrei coragem suficiente para fazer o que precisava ser feito.

— O quê?

Dei de ombros e me afastei mais um pouco.

O delegado continuou onde estava.

— Justiça, é claro. Somente por isso você tem esse pen drive em mãos. Só me deixe em paz, *tá* legal? Não *tô* a fim de virar atração da mídia nesse escândalo todo.

— Preciso esclarecer como foi que tomei posse dessas informações...

— A polícia apreendeu uma porção de computadores e documentos na Prado Machado Investimentos Financeiros, não foi? Aí está a sua deixa.

Ele riu mais uma vez, mas assentiu com um gesto de cabeça.

— Você é bem espertinha...

— Só estou me protegendo, isso não é nenhum pecado. Meu pecado foi ter caído na lábia do Felipe, e aí está minha redenção. Não quero que a dona Vanessa saiba do meu envolvimento com o marido dela... As coisas já devem estar bem difíceis. Se eu aparecesse como testemunha, teria que expor meu caso com Felipe. Acha que depois disso conseguirei um emprego decente? Você já tem o que precisa, delegado. Em troca só quero que me deixe em paz. Não acho que é pedir muito. Quando vir o que tem no pen drive vai entender.

Ele pareceu estar ponderando minhas palavras; por fim assentiu, acenando com a mão para que eu fosse embora.

— Essa conversa nunca existiu. Agora vá.

— Chame um Uber, delegado. Você está péssimo.

• *Há pouco mais de um mês* •

— Eu não mandei que te chamassem. O que está fazendo aqui?
— Felipe parou de mexer no computador e me encarou com expressão severa.

Não consegui evitar o sorriso. Pela primeira vez eu entrava em seu escritório com uma sensação de liberdade, sem temer o que precisaria fazer para agradá-lo. Nunca mais me sujeitaria àquele homem.

Fazia algum tempo que não o via, desde a manhã em que lhe entreguei o novo *laptop* já configurado com tudo o que precisava e avisei que o antigo computador teve que ser aposentado. Sempre tão esperto, Felipe fez com que eu buscasse o aparelho com defeito no setor de TI, e então tive a certeza de que ele escondia algo muito sério e, até o que percebi, ilegal.

O arquivo temporário que se abriu quando iniciei o antigo computador que Felipe usava para suas transações me fez desconfiar imediatamente.

Quem teria tantos dados bancários em contas internacionais?

Foi um ato impulsivo no começo. Vingativo. Já não se tratava apenas de terminar nossa relação tóxica: eu queria prejudicar Felipe. Queria que ele se sentisse derrotado. Que pela primeira vez em sua vida ele não vencesse. Eu só teria que monitorar suas atividades pelo programa espião que executei em seu novo *laptop* sem que ele suspeitasse.

E não demorou a acontecer.

Agora que já tinha o que precisava, eu finalmente podia ir embora.

— Te contar pessoalmente que pedi demissão. Hoje é meu último dia na Prado Machado, não quis cumprir o aviso prévio.

Ele me encarou sério, mas percebi um vacilo breve. Eu sabia que Felipe estava se controlando para continuar parecendo superior.

— Você nunca foi do tipo engraçada, Élida. Essa piada, por exemplo, foi ridícula e sem graça nenhuma.

Eu me mantive próxima à porta. Eu não a havia chaveado daquela vez, e acho que ele percebeu.

— Estou falando sério, Felipe. *Tô* dando o fora daqui, não posso mais continuar com isso.

— Isso o que, menina?

Acabei soltando uma gargalhada sarcástica.

— Como consegue ser tão dissimulado? Você fala como se estivesse decretando as coisas. Quando é algo que obviamente te desagrada, age como se não tivesse ouvido nada.

— Volte ao trabalho, Élida — interrompeu, indiferente. — Eu não preciso dos seus serviços hoje.

Era impressionante a forma como Felipe se comportava. Como as outras pessoas não percebiam que havia algo de errado em sua personalidade?

— Eu nem ia te falar nada, pois o setor de RH já está resolvendo minha saída. Só achei que talvez te interessasse saber, mas, pelo visto, me enganei — mantive o tom baixo, pois não queria a secretária dele ouvindo nossa discussão.

Assim que me virei para ir embora, ele quebrou o breve silêncio.

— Você cortou o cabelo. Eu odiei.

Ele havia reparado. Que ótimo!

Foi justamente por sua causa que me desfiz do cabelo comprido. Não queria ser o tipo de mulher que chamava sua atenção, que o atraía de alguma forma. Queria Felipe Prado completamente desinteressado de qualquer coisa relacionada a mim.

— Adeus, Felipe.

Ele não disse mais nada, nem se mexeu do lugar, e eu fui embora.

Saí da Prado Machado de cabeça erguida, antes que todos soubessem do meu envolvimento com o dono da porra toda e eu me tornasse a putinha da empresa.

■ ◊ ■

Toquei a campainha do apartamento vizinho e aguardei até que Sávio finalmente abriu a porta.

— Ei! Gostei do novo corte de cabelo. Ficou linda. — Ele sorriu ao me ver. — Entra.

Aguardei que trancasse a porta e então fiz o que sempre tive vontade, mas nunca coragem. Fui até Sávio e me joguei em seus braços, sendo recebida de bom grado. Então, eu o beijei. Foi um beijo calmo e cheio de significado, que dizia muito, mesmo que nós não falássemos nada.

Sávio me pegou no colo, sem parar o beijo, e me levou para o quarto, deitando-me em sua cama e se posicionando sobre mim. Eu estava inebriada de desejo e do amor que sentia por ele, mas não tive coragem de confessar.

Ainda me sentia machucada por tudo que passei com Felipe, porém, nos braços do homem que eu realmente amava, me deixei levar e fui ao paraíso. Sávio me despiu sem pressa e o ajudei a ficar sem roupas. Enquanto ele beijava cada pedaço do meu corpo, percebi que daquela vez era diferente, porque eu não estava sendo fodida para aplacar o desejo violento reprimido de um homem, mas sendo adorada, amada por um cara que queria o melhor para mim.

Foi a minha primeira vez. Eu me recusava a aceitar as anteriores, e era fácil distinguir a diferença, porque ali éramos eu e Sávio fazendo amor.

Ele me enxergava como mulher, e me amou como eu sempre quis.

Como eu merecia.

Nunca mais eu aceitaria menos.

— Isso significa que você vai ficar comigo? — Ele quebrou o silêncio horas depois, quando eu ainda estava nua em seus braços.

Precisava ser sincera com Sávio, mas não podia contar toda a verdade. Se algo desse errado, não queria que ele fosse envolvido nem prejudicado.

— Eu quero. Mas ainda não posso.

Senti seu corpo ficar tenso, mas ele se manteve abraçado a mim.

— Tem a ver com ele...

Nunca pensei que Sávio pudesse se sentir tão inseguro.

— Sim, mas não do jeito que você está pensando. — Ajeitei-me em seus braços para poder olhá-lo nos olhos.

— De que jeito, então?

— Não posso dizer. Ainda preciso tomar algumas decisões importantes, mas, quando tudo estiver resolvido, eu fico livre de verdade.

— Como assim, livre de verdade?

Soltei um longo suspiro antes de responder.

Eu tinha algo em mente, mas sabia que não conseguiria sozinha. Precisava de ajuda e achava que sabia quem era a pessoa certa para me ajudar com o que eu pretendia fazer.

— Preciso que confie em mim, Sávio. Se não te digo nada agora, é porque não posso ainda.

— Só me diga se ainda há uma chance de ficarmos juntos, pra valer.

Seu olhar apaixonado era tudo que eu precisava naquele momento. Eu mal podia acreditar que o homem que eu tanto queria ao meu lado também me queria.

— Ainda teremos nossa chance. Só preciso de um pouco mais de tempo.

CAPÍTULO 21

• *Atualmente* •

Encontrei Sávio dormindo no meu pequeno sofá assim que entrei no apartamento.

Eu estava exausta, morrendo de sono. Era quase de manhã já.

Finalmente eu havia cumprido minha parte. Agora era esperar a repercussão. Logo os noticiários pipocariam as novidades no caso Felipe Prado, e eu torcia para que o delegado conseguisse prender logo o desgraçado. Aí sim, a história toda teria um final feliz.

Sentei-me na beirada do sofá e acariciei o rosto de Sávio, que logo abriu os olhos e sorriu preguiçosamente.

Ele tinha feito o jantar, como pedi. Reparei no refratário em cima da mesa posta para dois, coberto com uma toalha de louça. Os pratos limpos denunciavam que ele não tinha comido, me esperando chegar.

— Oi. Desculpe a demora.

Eu não tinha muito o que dizer. Depois da nossa conversa ao telefone, quando eu disse que o amava, parecia estranho simplesmente chegar ali e repetir o que eu tinha falado antes, ou tentar contar o que aconteceu com o delegado Fráguas, quando Sávio sequer tinha noção do que realmente se passou entre Felipe e eu, e como foi que dei um jeito de me vingar em grande estilo.

— Oi, @princesanerd. — Ele se remexeu no sofá para ficar sentado ao meu lado. — O jantar esfriou, mas posso esquentar se você quiser.

Acabei rindo, achando fofo o quanto ele estava prestativo.

Algo estava diferente em Sávio, seu olhar terno, mais que o habitual. Talvez fosse impressão minha, ainda estava me acostumando com seu comportamento apaixonado. Não éramos mais somente vizinhos e melhores amigos.

— Preciso dormir um pouco, mas daqui a algumas horas a gente pode almoçar.

— Você tem que comer alguma coisa antes de dormir — insistiu num tom preocupado que me fez rir.

Ele parecia uma mãe coruja. Fofo demais!

— Podemos tomar café da manhã, então.

Sávio se levantou e preparou ovos mexidos enquanto fui tomar um banho.

Comemos em silêncio, mas o tempo todo eu senti que ele queria me dizer alguma coisa e talvez não soubesse como tocar no assunto. Com receio de que fosse algo relacionado ao meu sumiço das últimas horas, preferi não perguntar.

Ele se deitou comigo na cama, sem que eu precisasse pedir. Em um acordo silencioso, era como se ambos tivéssemos decidido que a hora de ficarmos juntos finalmente havia chegado.

Os detalhes podiam ficar para depois.

■ ◊ ■

— Eu achei isso no banheiro, ontem. Quer me contar alguma coisa? — Um par de olhos azuis especulativos e ansiosos me observavam enquanto eu me espreguiçava na cama.

Tinha acabado de acordar, nem fazia ideia de que horas eram.

Sávio estava sentado na cama, segurando o pequeno objeto que logo reconheci.

— É um teste de gravidez.

Ele assentiu, ainda cauteloso.

— Eu pesquisei. Segundo as instruções, o resultado deu positivo. Isso significa que quem fez esse teste está esperando um bebê.

— Fui eu que fiz esse teste. É o meu resultado.

Sávio alternou o olhar entre o palitinho do teste e eu, absorvendo a informação recente.

— Uau!

Uma risada escapou de mim. A surpresa em sua expressão era engraçada.

— É. Uau.

Logo sua postura ficou tensa e ele me encarou.

Havia medo em seus olhos agora.

— Foi por isso que saiu ontem dizendo que ia resolver sua vida?

— Mais ou menos.

Sávio se aproximou mais, deixando o teste de lado e segurando minha mão entre as suas. Não havia julgamento, mas um apoio que nunca imaginei que viria dele.

— Era do Felipe? Por isso você quis tirar? — A angústia em sua voz fez meu estômago revirar. — Se tivesse me contado, eu teria tentado te convencer a mudar de ideia. Eu assumiria a paternidade, te ajudaria a criar. Seria meu filho também. Nosso filho.

Pestanejei, absorvendo o que ele tinha acabado de dizer... Meu Deus!

— Do que está falando, Sávio? Acha que saí ontem pra me livrar do bebê?

— Não sei o que pensar, porra! Você não me contou nada, então só sobraram as especulações e...

— Eu não abortei! — interrompi, assustada. — Sequer passou pela minha cabeça fazer algo assim.

O alívio que ele estava sentindo ficou evidente em sua expressão.

— Caralho, fiquei com tanto medo.

Eu me ajeitei na cama, ficando mais próxima de Sávio, e fixei meu olhar ao seu.

— Apesar de todas as merdas que fiz nos últimos meses, não seria capaz de punir um inocente, Sávio. Mesmo que esse bebê fosse do Felipe, eu o teria. Mas é você o pai do meu filho. Entendeu ou quer que eu desenhe?

— A gente só... uma vez.

— Sem camisinha.

— Uau!

Seu sorriso enorme aqueceu meu coração e eu retribuí.

— É. Uau.

Sávio me abraçou forte e afundou o rosto em meu pescoço, começando a distribuir beijos que me fizeram rir ao sentir cócegas.

— Vou fazer cada dia valer a pena, você vai ver.

Ainda estávamos abraçados. Era tão bom tê-lo assim.

— Que bom, porque não sei se estou pronta pra ser mãe, e vou precisar que você esteja pronto pra ser pai.

Ele se afastou apenas o suficiente para me encarar.

— Você vai ser uma ótima mãe, @princesanerd. E eu darei o meu melhor.

— Você já é o melhor.

Eu finalmente me sentia livre para ser feliz com Sávio.

• *Há seis dias* •

— Abre a porra da porta, Élida.

Eu mal pude acreditar que ele teve a audácia de bater à minha porta.

— Ou o quê? Vai arrombar?

Pensei que nunca mais o veria outra vez.

— Quer pagar pra ver? — Seu tom era baixo, porém ameaçador. — Acho que nós dois sabemos em que isso vai dar.

Eu estava cansada de me sentir acuada.

— O que você quer, Felipe?

— Conversar.

Escorada contra a porta, tentava decidir o que fazer.

— Não quero falar com você. Já disse tudo o que queria.

Talvez eu devesse chamar logo a polícia...

— Então só me ouça, por favor.

Felipe pedindo "por favor"? Desde quando?

Abri a porta, cedendo à curiosidade, mas logo me arrependi. Felipe a empurrou com força e entrou em meu apartamento, batendo-a atrás de si e vindo em minha direção com um olhar violento e o maldito sorriso diabólico nos lábios que um dia eu quis tanto beijar.

— Acha mesmo que era só pedir demissão e estaria livre de mim? — Segurou meus braços com força, me empurrando contra a parede da sala. — Pensei que fosse mais esperta, Élida.

Aquele tom sussurrado era perigoso. Ele impunha o medo e ainda assim se mantinha discreto. Se eu gritasse, talvez Sávio me ouvisse no apartamento ao lado. Mas não o fiz.

— Fui ao seu escritório naquele dia pra gente conversar, mas você me tratou como um nada... — usei um tom pacífico, tentando demonstrar uma tranquilidade que eu estava longe de sentir. Se soubesse o quanto eu estava apavorada, Felipe ia vencer. Mais uma vez.

— Não gosto de ser pego de surpresa. Eu estava cheio de trabalho, resolvendo um monte de problemas. E aí você chegou me dizendo aquela merda.

— Já está feito. Não vou voltar atrás.

— Você fez bem. — Ele me soltou, parecendo mais controlado.

— Eu ouvi direito?

— Ironia não combina contigo, menina. — Ele riu. — Mas você está aprendendo a ser forte, isso é bom.

Franzi o cenho, desconfiada.

— Por que está sendo gentil?

— Sempre fui gentil com você. — Ali estava o sorriso dissimulado outra vez.

— Não, não foi. Você bagunçou minha cabeça, Felipe... — Não consegui esconder a mágoa que eu ainda sentia.

Ele soltou um suspiro dramático e teatral demais.

— Você permitiu tudo. Não fiz nada contra sua vontade. Gostou de cada momento nosso. Não minta para si mesma, Élida.

— É mentira! — gritei, me arrependendo em seguida.

A tranquilidade de Felipe não me fez relaxar.

Queria que ele fosse embora logo.

— Estava tão desesperada por atenção, querendo que um homem te enxergasse, que aceitou tudo que eu te ofereci. — Deu um passo em minha direção, me deixando em alerta. — Devia me agradecer. Eu te fiz mulher, Élida. Mostrei o que é ter um homem te desejando. Despertei o seu lado mais promíscuo, e você gostou disso. Não seja uma falsa puritana, nem uma hipócrita de merda.

— Você me machucou, várias e várias vezes — acusei com raiva.

— Bobagem. — Balançando a cabeça em negativa, ele olhou para mim como se eu fosse uma criança a quem ele estava tentando acalmar. — Isso é coisa da sua cabecinha desmiolada.

— Não é. Você sabe que não é!

— Nunca bati em mulher. — Foi categórico.

— Não é só batendo que se machuca.

— Vocês, mulheres, reclamam de barriga cheia. Vanessa é exatamente assim também. Tem tudo, mas parece que nunca é suficiente.

Fez um som de deboche.

— Talvez ela aprenda algumas lições a partir de hoje.

— O que a sua mulher tem a ver com isso? — *Meu Deus, o que esse calhorda fez com ela?*

Olhando para Felipe, era muito óbvio o quanto ele era uma pessoa ruim.

O ditado "só não vê quem não quer" parecia se encaixar perfeitamente nele, mas no fim eu sabia que era porque, para mim, a máscara irresistível de Felipe já havia caído há algum tempo.

— Nada. Absolutamente nada. — Balançou a cabeça, como se estivesse se livrando de algum pensamento indesejado. — Foi um erro eu ter vindo aqui, mas queria te ver uma última vez antes de...

Ele interrompeu a fala, dando-se conta de que estava falando mais do que devia.

Tem alguma coisa errada...

— Antes do quê? — tentei.

— Antes de te deixar em paz de uma vez por todas.

Cada vez que sorria era como se fosse um homem diferente. Era provável que houvesse várias versões de um mesmo Felipe.

— Agora tenho certeza de que tomei a decisão certa. Você não é o tipo de mulher que quero ao meu lado.

— Vá embora, Felipe.

— Ainda não. Você me deve algo, e não vou embora sem. Venha aqui e me dê um beijo de despedida.

— Você é louco! — desdenhei, sentindo ânsia de vômito só de pensar que um dia eu permiti que aquele homem possuísse uma boa parte de mim.

Como uma serpente dando o bote, Felipe me encurralou outra vez.

— Não seja teimosa, Élida. — Segurou meu queixo com uma das mãos. — Dê o que é meu e vou embora.

— Meus beijos não são mais seus. Nunca deviam ter sido!

Sua gargalhada foi macabra, e eu soube que precisava me livrar dele, de verdade, ou poderia estar em perigo.

— Aquele banana do seu vizinho virou homem de verdade e finalmente te comeu? No fim das contas, você virou uma bela vagabunda!

Num gesto de impulso, movida pelo medo e por toda a raiva que sentia daquele homem, espalmei um tapa na cara de Felipe, pegando a ele e a mim de surpresa.

— Sua puta! — Devolveu o tapa com mais força do que eu fui capaz de dar.

Felipe me puxou com força contra seu corpo e pressionou sua boca contra a minha em um beijo agressivo.

Parei de revidar, de tentar escapar do seu toque, deixando que ele pegasse o que tanto queria. Se era um beijo que Felipe exigia para me deixar em paz, ele podia ter essa pequena vitória. Seria a última.

Eu sabia que não estava sendo do jeito que ele pensava que seria.

Felipe queria que eu retribuísse o beijo, mas não aconteceu.

Ele queria que eu pedisse por mais. Que implorasse para ser mais forte.

Então o seu interesse havia acabado.

— Eu vou sair da sua vida, mas é porque eu quero. — Empurrou-me contra a parede. — Já peguei tudo o que eu queria de você, e agora já não me interessa mais.

Quando ouvi a porta do apartamento bater, sinalizando que ele finalmente tinha ido embora, comecei a gargalhar ao mesmo tempo em que sucumbia às lágrimas.

Toquei minha barriga e fiz uma oração em silêncio, agradecendo a Deus por não ter acontecido nada que prejudicasse meu bebê.

"*Você me dá o que peço sem pedir nada em troca.*"

"*Você não tira vantagem nenhuma por estar trepando comigo, mesmo sendo uma pobretona.*"

"*Seu vizinho apaixonado agora é um desempregado. Esses tempos de crise econômica afetam a todos, infelizmente.*"

Eu estava cansada de ser o lado mais fraco da corda.

— Também já peguei tudo o que queria de você, desgraçado.

• *Delegado Fráguas* •

— Esse cara... Quando penso nele, me pergunto por que não virei professor de judô, bombeiro ou alguma merda assim. Seria mais fácil! — vociferei enquanto observava a foto de Felipe no quadro repleto de fatores do caso à minha frente. Estava estressado, cansado, puto da vida.

Sem contar a ressaca da bebedeira da noite anterior. Geralmente não ficava tão afetado, mas a água benta daquele bar era forte até para mim. Me derrubou. Se não fosse o pequeno dispositivo portátil guardado no bolso da minha calça e a vaga lembrança de uma conversa estranha com alguém mais estranho ainda, poderia me confundir e questionar se aquilo foi mesmo real.

Mas foi. E as provas eram a pancada de informações, ou melhor, as provas que ligavam diretamente Felipe Prado aos crimes pelos quais foi denunciado inicialmente, e muitos outros.

Eu tinha tudo agora. As provas, os agentes correndo e me dando todos os recursos possíveis para pegá-lo e, claro, também usei meus próprios meios. Mas do que adiantavam as provas se não tinha nenhum sinal do desgraçado?

Se tinha algo que detestava nos meus casos, era quando o bandido se mostrava esperto demais. Eu podia falar qualquer coisa de Felipe Prado, mas "estúpido" era um adjetivo que não se enquadrava a ele. Pelo menos não até ter deixado o computador livre para quem quer que fosse acessar e ferrar com ele de vez. O mal dos narcisistas é que se acham sempre os melhores em tudo. Pensam ser invencíveis, nunca errar. O famoso *cagou no pau*. Ficou descuidado. Ou simplesmente ficou cansado de viver o circo que com o tempo percebi ser sua vida, e a largou de vez.

Alguns colegas me sugeriram deixar quieto. Levantaram a suspeita de o cara estar morto, mas eu tinha um *feeling* quando se tratava dos incriminados. E não era diferente com Felipe. Essa pressão não me deixava desviar a atenção dele. Vivo ou morto, queria encontrar o desgraçado.

— Minha mulher diz que, se eu tivesse sido *personal trainer*, pelo menos ia ganhar mais — Mouta rebateu. Alguns passos atrás de mim, ele também olhava as trilhas; fotos, manchetes e todos os fatos que reunimos contra o maldito Felipe Prado.

— Milhões. Isso foi o que ele furtou. E agora está em algum lugar por aí. Mas escuta bem o que vou te dizer. — Encarei meu colega. Ele me tirava do sério na maioria das vezes, mas, quando precisava de alguém para fazer os serviços gerais do dia a dia, estava sempre lá. — Vou pegar esse safado. Quando eu colocar as mãos nele, não tem advogado que o tire do xilindró.

— Pois é, delegado. Ele parece gostar de tudo em quantidade elevada. Duas mulheres e milhões na conta.

Meus olhos capturaram as fotos. Lado a lado estavam Vanessa Prado e Isabel Rodrigues. Inicialmente pensei que elas seriam a chave para a resolução de tudo, mas, com o tempo e as pesquisas certas, vi que a única coisa a lhes deixar tão perto do olho do furacão foi o envolvimento com o filho da puta. Se isso fosse um filme, poderia até aplaudi-lo pelas duas maravilhas que mantinha debaixo das asinhas. Uma delas em particular, principalmente. Mas, ao contrário, era na vida real que estava me fodendo. Para completar, ainda tinha a mulher misteriosa da noite passada. Mesmo sem saber seu nome ou qualquer coisa sobre ela, confirmei que tinha algum envolvimento com o Prado. Num surto de raiva, esmurrei o quadro, derrubando vários post-its e balançando toda a estrutura.

— Inferno! — gritei.

— Calma, cara! — Mouta segurou meu braço numa falha tentativa de me conter. Mas a besta estava solta, louca de raiva.

— Preciso encontrar esse desgraçado. Alguma coisa está faltando nessa história!

Não mencionei o pen drive. Já tinha provas suficientes para enfiá-lo na cadeia, e faria de tudo para que nenhum advogado o tirasse de lá, ou pelo menos no restante de vida que importa. Por enquanto, preferi guardar a informação. Trabalhando tantos anos na Polícia Federal, aprendi que nem sempre os "bons rapazes" são realmente bem-intencionados.

— Se as duas que eram mais próximas dele não fazem nem ideia de onde pode estar, eu estou perdendo algo... alguma pista, não sei!

Mouta de repente começou a rir. Eu o encarei sem achar graça, irritado.

— De que porra você está rindo?

Ele deu de ombros, pegou o pacote de salgadinhos na mesa e sentou, voltando a comer.

— Vai ver ele tem outra mulher perdida por aí. Quem sabe, a principal para ele — brincou, rindo novamente.

Bufei diante da sugestão, mas inevitavelmente acabei rindo junto.

— Era só o que me faltava...

Voltei a encarar o mural e enfiei a mão no bolso, dando um aperto no meu trunfo secreto. Por enquanto eu esperaria, mas uma hora colocaria as mãos nele. O intocável Felipe Prado ia cair.

Sequer saberia o que o atingiu.

· PARTE 4 ·

MELINA SAMPAIO

CAPÍTULO 22

Eu amava aquele homem. Amava demais.
Algo engraçado sobre o amor é o quão volúvel ele pode ser. Misturam-se vários sentimentos em um só: paixão e raiva, desgosto e carinho, fingimento e respeito, ódio e desejo. Felipe Prado me fez sentir por ele todas aquelas coisas. Provocou em mim atitudes, pensamentos e ações que, se me perguntassem, eu negaria veementemente, sem hesitar.

E nós nos conhecemos numa ilha.

Isso também era engraçado, porque ele se assemelhava muito ao mar. Tinha uma beleza irresistível, parecia calmo, mas, se você ousasse se aproximar, ele te puxava para longe e para baixo. Se não soubesse nadar, se afogaria. Quer dizer, não é engraçado que um único homem possa ser desse jeito? Não que eu já tivesse rido ao pensar nos estragos que ele me fez. Mas isso acontecia com todas as pessoas, certo?

Todo mundo sabe que o mar é perigoso, mas quase ninguém deixa de entrar e mergulhar.

Tudo o que importa é o sentimento de estar lá, a sensação momentânea de alívio, a falsa impressão de conectar-se a algo. A vida é curta demais para ser vivida cheia de certezas, e às vezes é preciso fazer as coisas por impulso, não importando o risco ou as consequências.

— Não vai mesmo me dizer para onde estamos indo? — perguntei naquela noite, mas, como sempre, ele sorriu aquele sorriso de quem não tinha nenhuma preocupação no mundo e negou com um balançar de cabeça.

— É surpresa.

Tomei um gole do vinho que havia acabado de servir e devolvi o sorriso antes de fitar as duas malas prontas no cantinho da sala, uma minha e a outra dele, pois, tinha que concordar, definitivamente seriam momentos de muitas surpresas.

CAPÍTULO 23

• *Há 6 meses* •

Eu amava aquele homem. Amava os cabelos loiros que, quando estava de bom humor, ele deixava no tamanho que eu escolhia e gostava. A barba, que ele preferia rala, era mais divina ainda quando raspava. As roupas sempre bem passadas, amassadas unicamente por mim quando ele chegava em casa e não aguentávamos esperar. O cheiro... meu Deus! Ele tinha um cheiro próprio. Eu sempre dizia que nem precisava de perfume. Cheiro de homem, aura de poder, energia de alguém que acorda e nem precisa cansar demais para vencer no que quer que faça, e dorme com a certeza de que o mundo lhe pertence.

Amava ser acordada com seus lábios em meu pescoço, as palavras sussurradas, o "bom-dia" sonolento, o cheiro que parecia emanar de seu corpo... da pele, sentir o toque, escutar a voz.

Ouvir o barulho da chave e seus passos rumando ao nosso quarto era a melhor forma de começar minhas manhãs. Ele ficava para dormir pelo menos três vezes na semana, mas, quando não conseguia, passava para me ver logo cedo. Dizia que não gostava de perder o café ao meu lado, que eu era seu energético.

Depois disso, eu o observava da cama enquanto se vestia outra vez, tirando algumas peças de roupa do meu armário. Vestia-se com calma, tranquilo. Falava sobre os planos do dia, sua agenda sempre lotada, a rotina corrida. Me acostumei a receber beijos e sorrisos sem motivo ou razão, ria de suas piadas, das brincadeiras. Os olhos azuis brilhavam quando me olhava, despejava elogios, não conseguia manter suas mãos longe de mim, assim como eu não podia deixar de me agarrar a ele.

Dei risada da piada ruim que fez de improviso, e silenciosamente contemplei minha vida. E a conclusão foi uma só: ele era meu.

— Quais seus planos para hoje? — perguntou, sempre interessado nos meus afazeres. Eu amava isso.

— Não sei ainda, já que minha primeira opção foi riscada da lista.

— Ah, é? — Sorriu encarando o espelho, atento às minhas palavras.

— Sim — murmurei. — Meu homem não quer ficar comigo.

— Seu homem tem que ir trabalhar para pagar tudo isso. — Girou o dedo, indicando o quarto.

— Eu moraria com você debaixo da ponte, minha vida.

— Claro que sim — debochou, me dando um sorrisinho conhecedor. — Mas tenho certeza de que prefere seu apartamento no alto do Leblon.

Estreitei os olhos, franzindo os lábios com sua ironia, mas ignorei o comentário.

— Você nem precisava trabalhar mais, Felipe. É podre de rico.

— Estou trabalhando numa solução para isso.

— O que quer dizer? — perguntei, confusa. — Está pretendendo se aposentar? — Levantei da cama e fui até ele, ajudando a ajeitar a camisa enquanto falava. — Não me diga que vai vender toda a sua parte, ou pior, colocar "ela" no comando da empresa.

— Não seja absurda. Vanessa não saberia cuidar de nada ali, nem terminou a faculdade.

— Eu também não.

— Esqueça esse assunto, boneca.

— De qualquer forma, trabalhe mais rápido então. Estou cansada de não poder ficar todos os dias agarradinha com você. E não corte seu cabelo — pedi, mordendo a ponta do polegar. Ele usava uma camisa Armani que eu ganhei da marca em troca de publicidade em minhas redes sociais; mediu-me de cima a baixo. Intencionalmente não me cobri, fiquei nua.

— Todos os dias você me faz um pedido diferente.

— E você nunca acata.

— Porque não faz sentido. — Ajeitou o cinto e enfiou a camisa dentro da calça. — Preciso estar sempre impecável.

E estava. Nunca conheci um homem tão naturalmente elegante como ele. Seguro, lindo, completo.

— O que você não entende, meu amor, é que já é impecável. — Arrastei o dedo da têmpora até o queixo, os poucos fios da barba loira impediram-me de sentir a pele. — Lindo e perfeito — sussurrei.

— Você faz maravilhas para a minha autoestima, Lina. — Beijou-me rapidamente e me soltou, finalizando sua vestimenta com o terno.

— Não é esse o meu papel?

Com um franzir de testa, segurou meu queixo, mantendo nossos olhos fixos um no outro.

— Não, bonequinha. Seu papel é ser minha parceira, minha futura esposa e mãe dos meus filhos.

— Um casal, certo? — Meu sorriso não pôde ser contido enquanto o acompanhava para fora do quarto e até a porta. — Um menino e uma garotinha!

Me beijando novamente, ele riu da empolgação e acariciou meu rosto.

— O que você quiser.

Eu o assisti sair, já sentindo saudade. Ele me olhou uma última vez antes de o elevador descer; piscou, dando um nó perfeito na gravata.

Fechei a porta ao entrar e me espreguicei, olhando ao redor da sala, pensando sobre o que fazer. A empregada chegaria dentro de meia hora para arrumar o apartamento que já estava impecável de limpo e deixaria algumas frutas frescas na geladeira. Eu não sabia cozinhar, mas também não gostava de ficar requentando coisas já prontas, então, na maioria das vezes almoçava fora. Em frente ao prédio, onde uma avenida principal se estendia e logo depois vinha a praia, eu fazia meus cafés da tarde nas padarias, ou simplesmente pedia algo em casa.

Felipe dizia que eu ia levá-lo à falência apenas com meus gastos diários em restaurantes, mas isso era uma possibilidade inexistente. Gostava de fazer compras, ir ao shopping com minhas amigas e gastar quando saía, mas não esbanjava, portanto, ele nem tinha do que reclamar. Além do mais, quem me convenceu a deixar a casa dos meus pais para viver com ele foi ele próprio.

Me ganhou com aquele charme, alimentou minha paixão com sua presença e continuava me dando todo o amor que eu merecia. Nunca me importei de praticamente viver para ele pelos últimos quatro anos. Nos conhecemos na virada do ano, numa viagem que fiz com duas das minhas melhores amigas. Estávamos comemorando a formatura delas e meu último ano de faculdade — que não cheguei a terminar —, e o vi.

Fernando de Noronha foi o começo de tudo. Entre todos os caras da minha idade, Felipe atraiu meu olhar. Encostado em uma parede no canto, tomava uma bebida e ria de algo que dois homens diziam à sua frente. Havia algo nele. Um magnetismo, um mistério, o jeito que os cabelos loiros voavam com o vento forte e a camisa de verão cheia de palmeiras com os primeiros botões abertos mostravam o peito bronzeado... Parecia despreocupado, livre, leve e solto. Percebi na hora que era mais velho, talvez dez ou quinze anos a mais que eu.

Pouco depois uma mulher entrou em cena. Olhando de longe, pareciam o casal perfeito. Eu a odiei imediatamente. Sua esposa era Vanessa Prado, uma loira bem vestida, elegante. Eu convivi com mulheres como ela toda a minha vida; fui criada para ser exatamente do mesmo jeito.

Talvez fosse por isso que ele gostou de mim, também.

Eu o olhei a noite toda. Dancei para ele, sorri para ele e, no meio da madrugada, me retirei para voltar ao quarto do hotel. Ele me seguiu, embriagado, pisando torto, cheio de sorrisos. Não resisti. Me beijou ali mesmo, em público, sabendo que *ela* não veria, já que estava dormindo.

Nunca me arrependi. Sabia que nunca iria.

Meus pais praticamente me deserdaram depois que fiz minhas malas e disse a eles que estava indo embora de Santa Catarina para viver com o homem que amava. Para eles, era inadmissível que uma menina de sobrenome, boa família e condições financeiras deixasse tudo por uma paixão. Quando descobriram que Felipe era casado, tudo desandou. Minha sorte foi que no meio disso tudo meu irmão engravidou uma de nossas primas, virando o escândalo da cidade e tirando a atenção de mim. Por um tempo fiquei esquecida e deixada em paz. A filha que virou amante de um cara rico não era nada em comparação aos horrores acontecendo dentro de família tradicional. Assim noticiaram os jornais da cidade.

Não faço ideia do que o encantou em mim. Ele dizia que era a beleza. Meu sorriso e os olhos expressivos.

Fui até a varanda, abrindo-a e deitando na espreguiçadeira. A maresia lá do alto era deliciosa; o cheiro forte do mar me fazia fechar os olhos e respirar fundo, feliz. Lembrava-me de uma conversa que tivemos naquele mesmo cantinho uma vez, quando perguntei exatamente aquilo para ele. Entre tantas... por que eu?

E sua resposta estaria sempre gravada em meu coração.

— Seus olhos — disse, sério. — Você me olhou como se guardasse mil segredos e quisesse contar todos eles, Lina.

Mas a verdade era que, naquele relacionamento, ele sempre foi o único a guardar mil mistérios, e eu nunca soube.

Pelo menos não até que fosse preciso saber.

CAPÍTULO 24

• *Há 6 meses* •

A vista do Copacabana Palace era linda. O mar e o céu azul banhavam a varanda onde me sentei com meus pais para tomar café. Constantemente me hospedava ali. Havia dias que Felipe queria simplesmente dormir lá, e nós fazíamos isso depois de comer alguma refeição do chef exclusivo do hotel e tomar seu vinho favorito. Nunca gostei de vinho, mas ele adorava.

O sol já começava a esquentar demais, dando indícios de que seria mais um dia de calor insuportável. Eles chegaram cedo ao Rio. Papai tinha uma reunião ao meio-dia e iria embora logo depois. Aproveitamos a brechinha do tempo para nos ver. Depois de mamãe muito insistir, ele acabou por concordar; com uma cara de poucos amigos, me deu um abraço quando cheguei ao quarto.

Às vezes eu tinha a sensação de que nem se estivesse à beira da morte ele me perdoaria. Sempre seria assim aos olhos de Vicente Sampaio, uma eterna mancha de traição por ter escolhido Felipe acima da minha família. A verdade era que a menina perfeita que eles criaram se rebelou, e ninguém aceitava isso. Ninguém via o quanto Felipe me fazia bem, mesmo nas nossas circunstâncias.

— Seu pai acha que você deve voltar para Santa Catarina conosco.

Fitei meu pai do outro lado da mesa. Ele olhava para qualquer canto, menos para mim. Amava os dois, mas não sei por que faziam questão daquelas visitas se eram sempre com a intenção de deixar claro o desagrado com a forma como tenho vivido.

— Estou vendo — respondi, atraindo um olhar de censura dela.

— O Leo sempre nos visita e todas as vezes pergunta sobre você.

Revirei os olhos. A Sra. Renata Sampaio nunca se conformaria em perder. Seu grande sonho de organizar meu casamento com Leonardo, um namoradinho de adolescência, não se concretizaria, e ela não sabia lidar com isso.

— Pois você deveria parar de ficar colocando na cabeça dele que ainda vamos reatar e dizer de uma vez que eu estou praticamente casada.

— Bigamia ainda é crime nesse país desordenado. Pelo menos isso — papai finalmente falou. Fazia questão de só entrar na conversa se fosse para dizer algo desagradável.

— Quando ele se divorciar, mostrando que suas intenções sempre foram nobres comigo, eu espero que o senhor se arrependa desse seu tratamento, papai.

— Esse *quando* ainda não aconteceu, e duvido que vá acontecer algum dia. Até lá, minha opinião continua sendo a mesma. Investi tanto em você para nada.

Colégios caros, as melhores roupas e o plano de saúde mais ostentoso da cidade. As aulas de etiqueta, de balé, a faculdade mais renomada... É claro que troquei todo o investimento em dinheiro por amor sem pensar duas vezes.

Decidi parar de me rebaixar aos seus insultos.

— E como estão Natália e o bebê?

Minha mãe bufou. Seu desprazer ficava estampado até na tensão dos ombros quando o assunto surgia. Ao contrário do que sempre esperou, seu primeiro neto surgiu de uma bebedeira do meu irmão e nossa prima distante. Eu adorava meu sobrinho, o único motivo das minhas poucas visitas a Joinville.

— Está tentando perder os quilos que ganhou nas férias.

— Mamãe — repreendi.

— É verdade. — Deu de ombros. — Engorda mais a cada dia e só sabe ficar atrás do seu irmão. Parece que não sabe fazer nada além disso!

— A senhora não perde a oportunidade de ser maldosa com ela, mamãe! Por favor!

— Isso se chama "desgosto" — meu pai resmungou. — É o que filhos ingratos fazem com a gente.

— Me conte algo bom que aconteceu na cidade — pedi a ela, ignorando-o.

— Eu vou organizar a festa anual de Joinville novamente e seu pai fará o discurso — contou, ficando toda animada.

Era muito fácil fazê-la se distrair com assuntos como esse. Mamãe cresceu na alta sociedade e vivia para organizar festas, fazer caridade, posar ao lado do meu pai e todo o roteiro clichê de um casamento tradicional da classe alta.

Eu sempre ficava entediada, mas sentia falta deles e ouvia cada palavra atentamente. Queria passar mais tempo com eles, poder visitá-los com mais frequência, mas Felipe não os suportava, e sempre acabava conseguindo me fazer adiar as idas até lá. Também tinha o fato de mamãe ter falado tanto de Leo, que meu amor acabou comprando a história e não queria ouvir o nome nem de brincadeira.

Então eu os visitava apenas quando Felipe podia ir junto.

— Você tem trabalhado em algo diferente, querida?

A pergunta dela teve a atenção de Seu Vicente, afinal, papai tinha curiosidade, mas a mágoa pelo meu *abandono* era grande demais para dar o braço a torcer.

— Fechei um contrato incrível. Vou até aparecer mais vezes na TV — contei animadamente.

Os olhos dela se arregalaram com interesse. Minha mãe me perdoou apenas porque, com o abandono da faculdade, veio meu interesse pelas mídias sociais. Eu adorava falar, me exibir e mostrar meu dia a dia. Investi pesado em alguém que entendia do assunto e comecei a crescer. Ela adorava dizer por aí que tinha filha famosa, que eu tinha milhões de seguidores no Instagram.

— Amo quando eles enviam coisinhas lá pra casa. Posso sair eu mesma e comprar, mas é maravilhoso acordar com um pacote me esperando e descobrir os novos presentes.

Meu pai resmungou alguma coisa, mas não tive tempo de perguntar, pois o telefone tocou e ele saiu para atender.

— Quando ele vai me perdoar?

— Dê um tempo ao seu pai — respondeu distraidamente, ajeitando o batom em um espelhinho da Dior. — Ele está sobrecarregado com a empresa.

— Já faz anos, mãe.

— Diga ao seu namorado para lhe dar um cavalo e rapidinho seu pai desfaz essa birra, pode apostar!

— A senhora acha? — questionei com interesse.

Se tinha uma coisa que eu queria, era que Felipe e meu pai se dessem bem. Que fossem amigos. Sonhava com o dia em que o levaria para a casa e os dois assariam um churrasco juntos, abrindo uma garrafa de vinho, conversando até altas horas. Caso contrário, como seria quando tivéssemos nossos filhos? Meu pai não veria os netos por implicância?

— É claro que sim! Mas tem que ser um puro-sangue. E diga a ele que não se esqueça de mim.

— Ai, mamãe, para com isso. A senhora já o aceita. Não esqueça do Manolo que ele te enviou no Natal passado!

— E eu agradeci não indo contra vocês. Pois não aceito, engulo! — Aponta o dedo firmemente. — Me envergonho dessa sua situação, mas cansei de ficar implorando que deixe esse homem. Por outro lado, também sei que ele é o tipo que teríamos escolhido para você.

— Só pelo dinheiro. Mas eu o escolhi por amor.

— Que amor o quê, Melina! Homens como Felipe só querem uma coisa, e com certeza não é o seu amor.

— Mamãe!

— Amor ele tem da esposa e do filho. Ele quer o fogo da juventude, a certeza de que é só voltar para aquele abatedouro que você chama de casa que terá uma novinha para satisfazer todas as vontades. Aguçar o ego dele, se autoafirmar como homem.

Suspirando, recostei-me à cadeira e terminei meu suco.

— A senhora não sabe o que diz. Esse casamento é pura conveniência. A mulher dele não quer dar o divórcio, mas eu sei ser paciente.

Minha mãe balançou a cabeça, me olhando com a sobrancelha erguida, como quem diz: pobre coitada.

Odiava quando faziam isso. Quando ficava falando sobre Felipe como se ele fosse igual a todos os cafajestes que traem as esposas. Eu o conhecia; ela, não. Não sabia das nossas conversas e da intimidade que dividíamos desde o primeiro momento, de como sei cada detalhe de sua vida, sua família, seu trabalho.

É claro que as poucas pessoas que sabiam da nossa relação, basicamente a minha família, viam a situação daquele jeito, como se eu fosse só um passatempo que ele iludia com conversinhas fiadas e enrolava para continuar mantendo-me no lugar e do jeito que bem quisesse.

— Escute bem o que estou te falando. Se algum dia essa Vanessa descobrir sobre você, ela vai fazer com que o seu *grande amor* escolha. E ele não vai escolher você.

— Não fale assim, mamãe.

— Assim como?

— Com essa ironia, com esse deboche. Como se não acreditasse nos meus sentimentos por ele.

Ela riu. Cada traço de elegância do seu rosto combinava com o brilho da luz do sol refletindo nos brincos caros e dentes perfeitos.

— Ah, Lina... minha querida, eu acredito nos *seus* sentimentos. Mas você se esquece de que eu já conheci esse homem e posso dizer, com toda a certeza da minha existência, não é recíproco.

Nossa conversa foi interrompida quando papai voltou à mesa, e encerramos o assunto. Belisquei mais um pedaço de bolo e ela voltou a contar as novidades da minha cidade natal. Foi dessa forma que passei a manhã matando a saudade.

Ignorei tudo o que disse, afinal, eu conhecia Felipe e sabia que, o que tínhamos, nem todo mundo poderia entender. Eu pularia de uma ponte por ele e sabia que, sem hesitar, ele faria o mesmo por mim.

CAPÍTULO 25

• *Há 6 meses* •

— Tem certeza de que não quer vir conosco? — mamãe perguntou mais uma vez antes de entrar no carro. Do outro lado, no banco traseiro, meu pai segurava o braço dela, apressando-a para ir embora.

— Sim, tenho certeza — Eu a abracei uma última vez. — Abandonar Felipe é algo que nunca passou pela minha cabeça, mamãe, e nunca vai passar.

Ela me deu um olhar duvidoso, suspirando antes de entrar no carro, fechar a porta e me olhar pela janela aberta.

— *Nunca* é uma palavra forte e definitiva demais.

Contive a vontade de revirar os olhos enquanto via o carro entrar no trânsito e sumir pela avenida movimentada. Uma melancolia repentina e já conhecida me impedia de sair do lugar por um breve momento. Sempre acontecia nos momentos em que percebia que estava prestes a voltar para o apartamento silencioso e vazio. Só quando Felipe chegasse a sensação ia embora. Mas... E quando ele não chegava? Esses eram os piores dias. Ele não se importava com Vanessa, mas nunca quis que ela soubesse, então ia para casa e fazia seu papel.

Ele aparecia depois com uma Chanel exclusiva ou um par de Saint Laurent nova coleção. É claro que isso não fazia a tristeza ir embora. Saber que estávamos vivendo daquele jeito há anos não me consolava. Mas finalmente estava acabando.

Ele dizia que o grande dia estava chegando; que algumas situações na empresa rumavam a serem resolvidas e o divórcio chegaria no mesmo pacote. Isso sim me fazia dormir em paz.

— Senhorita, devo chamar um carro?

— Não, obrigada. Voltarei para dentro.

Felipe não sabia onde eu estava. Quando meus pais me visitavam, evitava dizer a ele, pois com certeza me levaria para algum lugar ou me faria passar o dia lhe fazendo companhia. Quando eu perguntava por que tanta proteção contra meus pais, ele dizia que tinha medo de que finalmente fizessem minha cabeça para deixá-lo.

Me encarei no espelho das portas do elevador enquanto esperava para subir e vi que tinha um sorriso no rosto. Peguei o celular, pensando em mandar-lhe uma mensagem e dizer que só de lembrar dele já ficava sorrindo feito boba, mas houve um sinal sonoro do elevador da frente, e me preparei para entrar atrás de três homens na fila. Parei de repente. Parei de digitar, de andar e até de respirar por um segundo ao ver as pessoas que desciam.

Um casal.

Um casal de mãos dadas. O homem sorrindo para uma loira, e ela tão perto dele, que seria impossível não estar respirando o mesmo ar. Reconheci o cabelo dele, pedi que não cortasse. Ajeitei o terno eu mesma naquela manhã. A aliança no dedo que entreguei a ele antes que saísse pela porta da nossa casa e o Rolex no pulso. E ela... eu a reconheci das revistas, das colunas sociais, das fotos que guardei para mim.

O que Felipe estava fazendo com Vanessa quando me disse que teria reuniões o dia todo e por isso não podia ficar comigo? Por que estava descendo do elevador com ela? Estava almoçando, ou pior, estava em uma das suítes? Inevitavelmente os segui. No celular, a mensagem ainda estava pausada em "Amor".

Tomando uma decisão que poderia ser tanto arriscada quanto uma revelação terrível para mim, continuei escrevendo:

"Amor, estou entediada. O que está fazendo aí?"

Esperei pacientemente pela resposta, mas os segui até o bar e assisti à conversa que durou mais de uma hora. Me camuflei atrás de pilastras, sentei o mais longe possível e escondi o rosto com uma revista, depois mudei de lugar e sentei no último banco do bar, no escuro, evitando que me vissem. Ele não se preocupou em pegar o telefone por duas horas seguidas e, quando o fez, tirou meu chão.

"Dia cheio, boneca. Me espere em casa, chegarei tarde. Muito trabalho por aqui."

— Senhorita. — Sobressaltei com o chamado repentino e desviei o olhar do celular para o *barman*.

— Sim?

— Devo servir mais alguma coisa?

Encarei Felipe abertamente agora. Só as costas e o cabelo eram visíveis, mas parecia que tinha seu rosto e cada expressão à vista. Só pelos olhares de Vanessa eu podia imaginar quando ele sorria, quando dizia algo que a deixava sem graça, quando falava com a intenção de seduzi-la. Ela não sorria muito, não o tocou muitas vezes; na verdade, apenas quando ele segurava sua mão. Mas eu sabia que era só um jogo da parte dela, se fazendo de difícil porque sentia que o fim estava próximo.

Tentei durante aquelas horas entender por que ele estaria tão empenhado em ficar na companhia dela. Por que não foi direto para a nossa casa?

— Não, já estou de saída. Coloque a conta no nome de Felipe Prado e diga que foi sua esposa quem pediu.

Já vira demais e não me importava o quão chateada podia estar, Vanessa não deveria me ver ali mesmo sem saber quem eu era. E Felipe não tinha me visto também; nem sonhava com o quanto estávamos perto. Como havíamos um dito ao outro...

eu estava tirando fotos para o meu trabalho e, ele, atolado num dia de reuniões. Enquanto saía e esperava um táxi, me perguntei se podia perdoar a sua mentira se ele nunca soubesse da minha.

Porém, em comparação... O que era ver meus pais quando ele estava passando um dia romântico com a esposa, a mulher que jurava não suportar?

Ele chegou em casa uma e quinze da manhã.

Eu sabia por que fiquei acordada, não preguei os olhos até saber se voltaria ou ficaria na outra casa com ela. Não tive coragem de confrontá-lo, perguntar onde estava e desafiar sua mentira. Nem mesmo quando ele puxou a coberta de cima de mim, sem se dar ao trabalho de ir tomar um banho para tirar o cheiro de perfume que impregnara suas roupas, talvez até na pele. O travesseiro secou a lágrima que deslizou pelo meu rosto. De olhos fechados, fingi estar dormindo, mas ele não desistiu.

— Bonequinha... — chamava, sussurrando repetidamente o apelido em meu ouvido. Beijava meu pescoço e levantava a camisola de seda.

Espalmei o peito nu, forte e quente com a intenção de empurrá-lo, mas, na escuridão do nosso quarto, antes que pudesse tomar qualquer atitude, ele segurou meus pulsos e me beijou. Me seduziu com toques e carícias; ele era um mestre. Eu nunca venceria uma batalha contra ele. Não existia força de vontade, mesmo com meu coração tão machucado pela mentira e por saber que me traiu naquela noite. Me deixei levar pelo que sentia cada vez que Felipe encostava em mim.

Aquele desejo que existia desde a primeira vez, a entrega, o fogo que ele acendia com apenas um olhar. Não poderia ser diferente. Ele era o dono do meu coração e do meu corpo. Não existia vontade do "não" quando tudo sobre ele me fazia implorar pelo "sim".

• *Há 4 anos* •

— Aquele cara não para de te olhar! — Rebeca gritou no meu ouvido, fazendo-me rir. Já estava tão bêbada que nem tinha mais noção de descrição e sutileza.

— E ele é um puta gato — Jhenifer concordou, apontando descaradamente com o copo de caipirinha para onde o loiro estava com alguns outros caras.

— Ele está acompanhado. — Abaixei seu braço, me fiz de desentendida e virei as costas para elas, rindo das gracinhas que continuaram atrás de mim.

O ano tinha virado havia horas e parecia que todo mundo ali passou os últimos três dias bebendo, porque ninguém estava sóbrio. Principalmente minhas melhores amigas. Mas a faculdade fazia isso com as pessoas, sugava tudo. Agora que se formaram, queriam recuperar o tempo perdido num único fim de semana. Não que eu tivesse algo contra. Minha única obrigação era garantir que as duas saíssem vivas e conscientes de Fernando de Noronha e voltassem para Santa Catarina inteiras a fim de começar os estágios nas suas áreas.

— Ai, amiga. — Rebeca se pendurou em mim para falar: — É ano novo, vida nova! Não me diz que vai voltar para Joinville, terminar a faculdade, casar com o Leo, fazer algumas crianças e nunca saber o que é sair da linha pelo menos uma vez na vida?

— Já saí da linha várias vezes.

— Quando? — Jhenifer desafiou, mal se equilibrando quando colocou as duas mãos na cintura.

— Naquela festa da faculdade no primeiro ano.

— O Leo te deixou ficar meia hora e, quando você tomou uma cerveja, ele te levou embora.

— *Tá*, mas eu vomitei no carro dele.

— E isso lá é sair da linha, Lina?

— Teve aquela vez que brincamos de Verdade e Desafio e todo mundo beijou todo mundo. — Dei de ombros, revirando a mente ao tentar lembrar quando aprontei.

— Isso foi na escola! Anos e anos, cacete! — Jheni apontou, olhando para Rebeca em busca de apoio.

— Lina, admite, você é a mais certinha da turma — a outra concordou.

— Ficar com um cara que namora não é um troféu de rebeldia. Vocês sabem, né?

— Ele não é *namorado* dela — Jhenifer explicou, cheia de risinhos.

— Não? — Arregalei os olhos, mais do que interessada. Olhei o cara a noite toda, mas tinha uma pontinha de culpa lá no fundo.

— Não. Ele é casado.

As duas caíram na gargalhada, derrubando bebida nas roupas e na minha perna.

— Muito engraçado — respondi, irritada pela ilusão criada de que ele fosse livre.

— Não se faz de santa, Lina — Rebeca gracejou, virando o resto da caipirinha e deixando o copo no murinho. — Só faltou você tirar a roupa e se jogar nele.

— Mentira!

— É verdade — Jhenifer ajudou. — Ficou dançando com o canudinho na boca e dando risadinhas. Só a tonta que *tá* com ele que não viu.

Me senti péssima, mas ao mesmo tempo me perguntei se ele percebeu, se ficaria interessado se não estivesse com ela. Pelo menos eu sabia que gostava de loiras. Ou será que era só *daquela* loira?

— Olha — Rebeca continuou, já falava mais embolado que a Gaga de Ilhéus de tanto álcool no sangue —, não é querendo atiçar seu lado selvagem, mas a loira entrou faz um tempinho e não voltou.

— É seu momento, Lina — Rebeca provocou, jogando um braço pelos meus ombros e virando-me na direção do loiro. — Vai lá e revela essa fera que existe dentro de você!

Ia negar de imediato, mas não pude evitar e olhei para ele bem na hora que um dos caras disse algo, fazendo a turma rir. O loiro jogou a cabeça para trás, rindo e revelando dentes perfeitos, algumas linhas no canto dos olhos e um brilho tão intenso no olhar que fez o mar de Noronha perder a graça.

Jesus, eu queria aquele homem.

— Vou voltar com o Leo — declarei, dando as costas ao loiro-sorriso-perfeito; enfiei a mão na bolsa, pronta para pegar o celular.

Minhas amigas seguraram minhas mãos com um grito que fez as pessoas mais próximas nos olharem, pensando que algo tinha acontecido.

— *Tá* louca?!

— Eu não serei madrinha se você casar com esse encosto!

— Eu preciso voltar agora!

— Por que, porra? — Rebeca odiava Leonardo, por isso, estava mais do que indignada. Se bobear, a bebedeira tinha até passado.

— Porque, se eu ligar e a gente voltar, não vou fazer besteira com o loiro, se não estaria traindo o Leo — expliquei o que fazia todo o sentido na minha cabeça, mas a única coisa que aconteceu foi Jhenifer pegar meu celular e enfiar dentro da caipirinha.

— O que...! — gritei, sem reação. — Sua cretina!

— Não vai voltar com o cara mais idiota de Santa Catarina, Lina.

— Nem por cima do meu cadáver bêbado — Rebeca reclamou. — Nossa Senhora... até passou minha brisa!

— Então vou voltar para o quarto, tentar salvar meu telefone e pensar se perdoo vocês duas por essa noite — resmunguei.

— É claro que você vai. Somos suas almas gêmeas! — Jhenifer gritou.

Eu a encarei com seriedade, mas comecei a rir quando virei as costas. O aparelho provavelmente não tinha salvação, mas a noite precisava acabar de qualquer jeito antes que eu realmente fizesse alguma besteira. Passei de cabeça baixa, pois meu caminho cruzava com o do loiro e eu não queria olhá-lo, pois sabia que ia travar no chão e nem a força de Deus me tiraria do lugar. Não entendia essa fascinação por ele. Nem sequer nos falamos, mas o melhor era ir embora antes de resolver explorar mais.

O cara da recepção me deu um aceno e uma piscadela, mas logo voltou a atenção para as duas morenas que conversavam com ele. Quem disse que misturar negócios e prazer não dá certo, não é? Réveillon realmente prova que, mesmo numa data que deveria ser simbólica e importante, ninguém é de ninguém.

— Acho que você irritou sua amiga.

A voz estranha surgiu do nada enquanto eu esperava o elevador. Eu nem precisava olhar para confirmar que era ele. Algo me dizia, senti em cada pelinho que arrepiou nos braços. Tinha um toque rouco, potente, mas ao mesmo tempo uma leveza de quem já tinha bebido uma boa quantidade. Depois de contar três respirações profundas, levantei a cabeça.

Lá estava.

A sensação de vê-lo tão perto foi impactante. Os olhos eram mais claros do que pude ver de longe, assim como o cabelo. Ele encostou em mim, de frente, bem na parede onde ficava o botão do elevador, que, quando chegou, nem sequer fiz menção de entrar. Só fiquei encarando como se não soubesse o que fazer, e realmente não sabia. Tive Leonardo, e só. Ele foi toda a minha experiência com homens nessa vida. Eu o conheci na escola e arrastamos um namoro até a faculdade. Nossos pais logo aprovaram, pois a união das duas famílias seria perfeita. E eu terminei para ir naquela viagem. Será que foi um sinal?

— Por que diz isso?

— Pra ela ter dado um banho de caipirinha no seu telefone, o negócio foi grave.

— Nós discordamos de algumas coisas.

— Pelo que me lembro da minha juventude, amigos fazem muito isso.

— Você ainda parece bem jovem.

Ele deu um sorriso meio torto, sensual até dizer "chega". Coçou a barba bem ralinha, exibindo um relógio que Leonardo tinha igual, e eu sabia que custava muito caro.

— Garanto que não tanto quanto você.

— Me diz, daí a gente comprova a teoria — incitei. Estava doida para saber a idade dele desde que o vi na praia. Jhenifer, Rebeca e eu chutamos várias vezes, mas duvido que alguém acertou.

— Fala pra mim o seu nome que te digo a minha idade.

— Melina — respondi, depois de um momento de indecisão. Mas meus amigos me chamam de Lina.

— Perfeito. Nunca conheci uma Lina.

— E você, qual o seu?

— Ah, não, boneca... Trocamos um nome pela idade. Se quiser saber mais alguma informação, teremos que negociar.

— Não é justo — sussurrei. Não conseguia segurar o sorriso.

— Eu não trabalho com justiça. Escolha. — Ele deu a ordem como se fizesse isso o tempo todo.

— Certo. — Hesitei, refletindo sobre o que queria saber primeiro. Mas, ao contrário do que ele sugeriu, algo completamente sem filtro escapou: — Você a ama?

O sorriso que ele exibia foi embora. O loiro virou a bebida, finalizando-a.

— Isso importa?

— Você não me seguiu para saber por que minha amiga estava irritada.

— Não.

— Mas vou te contar mesmo assim. Ela acha que, como eu te encarei descaradamente a noite toda, deveria ir até lá e dar em cima de você.

Ele cruzou os braços, me fitando com aqueles olhos brilhantes e intensos, mas não conseguia nem imaginar o que estava pensando. Definitivamente aquele cara sabia esconder muito bem.

— E o que você queria?

— Eu queria dar em cima de você.
— Mas?
— Mas você estava acompanhado. — Fitei a mão esquerda, vendo a aliança dourada e grossa. — E muito bem acompanhado.
— Então não vai seguir o conselho da sua amiga?
— Não, e ela está certa — falei baixinho, mal acreditando que estava confidenciando tudo a ele. — Sou muito careta.

Ele riu, se aproximou até estar a um passo de mim e pegou minha mão.

— Meu nome é Felipe. Tenho quarenta e dois. Provavelmente velho demais para você.

— Eu tenho vinte e quatro — justifiquei num tom defensivo. De jeito nenhum era velho; ele era perfeito.

— Ainda assim muito jovem. E não acho que você seja careta, Lina.

— Não?

— Não. — Levou nossas mãos unidas até seus lábios e beijou o nó dos meus dedos. — Acho que você é perfeita bem assim.

E tirando o meu ar pela milésima vez naquela noite, Felipe segurou meu pescoço com firmeza e puxou-me para seu peito, beijando-me como nunca fui beijada antes. Eu sabia que se não fosse por ele, não seria por ninguém mais.

CAPÍTULO 26

• *Atualmente* •

— Está pronta para isso?

Eu estava? Olhei e tentei vê-lo como um homem solteiro. Imaginei outro tipo de começo para nós. Eu já formada e ele curtindo o divórcio recém-saído. Será que ele chegaria em mim se a versão tivesse sido aquela? Eu não sei. Parecia um pouco chato demais para Felipe se interessar.

— Como nunca estive — respondi com sinceridade. Embora a insegurança sobre o que estava prestes a fazer existisse, convenci a mim mesma de que esse era o passo final para a liberdade.

A *nossa* liberdade.

Ele sorriu em resposta e pegou uma caixa em cima da mesinha de centro. Tirou de lá uma garrafa de champanhe e duas taças. Depois de encher as duas, me entregou uma.

— Hoje iniciamos um novo ciclo, bonequinha. Finalmente.

— Um brinde — respondi, devolvendo o sorriso.

Felipe rodeou minha cintura com um braço, puxando-me para perto.

— Um brinde de muitos que ainda vamos comemorar.

Felipe falava no telefone quando acordei. Estávamos em um hotel perto do aeroporto do Rio. Havíamos chegado no dia anterior e sairíamos naquela noite. Eu comecei a me despir na sua frente e ele encarou meus movimentos com um sorriso sacana, mas com um mistério nos olhos.

— Aí está porque nunca vou me arrepender da escolha — disse enigmático e me alcançou, agarrando-me pelo cabelo e beijando como se quisesse devorar cada pedaço da pele. Eu devolvi a angústia duas vezes mais. Ansiosamente o ataquei, querendo que começássemos logo e lamentando já ter hora para acabar. Ele riu. — Calma, boneca, ainda teremos muito tempo pra isso.

— Não, não teremos — sussurrei, mordendo o lábio inferior dele. — Quando sairmos daqui, seremos pessoas diferentes.

— Quando sairmos daqui seremos eu e você, como sempre foi planejado. Só um pouquinho diferente.

Olhei em seus olhos e desejei que a viagem a Fernando de Noronha nunca tivesse acontecido. Mas não confirmei, nem neguei o que disse. Talvez eu ainda quisesse aproveitar um pouco meus últimos minutos como Lina, a bonequinha dele. Do meu homem perfeito.

CAPÍTULO 27

• *Há 5 meses* •

Acho que em algum ponto fiquei louca. Entre buscar a perfeição para ele, encontrar a mim mesma no meio dessa perfeição e continuar vivendo uma vida secreta com ele, perdi a noção de coisas básicas no meio do caminho, mas a pior parte é que não me importei se ia voltar ao caminho ou se sairia mais ainda do rumo.

De manhã, assim que Felipe saía de casa, eu levantava e, na maioria das vezes, ia até a empresa. Pagava um táxi para ficar esperando dentro, pois, caso ele saísse, seria mais fácil de seguir. Eu precisava saber se aqueles encontros com Vanessa eram constantes ou se ele se cansou da amante e resolveu voltar com a esposa. *Podia ser apenas uma recaída*, continuei dizendo isso a mim mesma. Era inevitável pensar em tudo o que meus pais me disseram, principalmente meu pai. Lembrava de todas as vezes em que o mandei parar de falar mal de Felipe, que obriguei mamãe a tentar fazer a cabeça dele para aceitar nossa relação. Tudo me vinha à mente: será que fui a única idiota da história?

Vivemos quatro anos perfeitos.

Qual era o problema?

Entrei em contato com uma das melhores clínicas de estética do Rio de Janeiro e um pouco da minha confiança voltou ao ver que, quando souberam que estavam falando comigo, de prontidão me ofereceram todos os serviços a preço de banana em troca de publicidade, até de graça. Não que eu precisasse, mas foi bom saber que meu trabalho era reconhecido e valorizado. Contudo, não fui atrás dos tratamentos para me cuidar. Levei uma foto de Vanessa, perguntei se podiam identificar qualquer procedimento estético. Disse que queria fazer a mesma coisa. Durante duas semanas fui até o prédio dele. Fiquei parada do outro lado da rua, atrás de uma árvore. Vi Vanessa entrando e saindo, observei seu jeito, como andava, como se portava em público. Por que depois de anos de um casamento falido ela estava despertando o interesse dele?

Será que por isso não pedira o divórcio ainda?

Então, na terceira semana, quando estava chegando ao prédio, eu a vi saindo de mãos dadas com um menininho. Felipe os seguia, falava no telefone e entrou pelo lado do motorista enquanto ela ajeitava o garoto na cadeirinha de trás. Meu coração bateu tão forte e fiquei tão aliviada que precisei sentar na calçada para respirar novamente, me recuperando de semanas aflitas que viraram leveza em dois minutos.

Gutemberg.

Aquilo era tudo o que segurava Felipe a ela. Ele amava o filho. Como não pensei que isso era o que estava nos faltando? Ele me amava, mas tinha uma parte com ela que, enquanto eu não lhe desse, não poderia competir. Então decidi resolver aquela situação imediatamente.

Ao voltar para casa, abri meu *closet*, indo atrás de um fundo falso em que escondia uma caixa fechada. Sentei no chão e a abri. Coloquei a foto que imprimi naquela manhã ali dentro com as outras. Até sorri para a minha preferida, uma de Felipe com Gutemberg. Era bem formal, os dois, lado a lado, e Felipe com uma mão na cabeça dele, mas ambos encaravam a câmera com seriedade. Eu tinha certeza de que o menino era daquele jeito por causa da mãe.

Sabia que, quando fossem os nossos filhos, seriam completamente diferentes. Bem felizes. Seus pais seriam melhores, afinal.

Quando Felipe chegou em casa, estava tudo pronto. Ele abriu a porta e ficou parado do lado de fora, encarando as velas no chão, formando um caminho além do que podíamos ver da entrada, as rosas decorando tudo. Quando seus olhos bateram em mim, abri o robe de seda, revelando uma lingerie comprada especialmente para o dia.

— Inferno... — Ele sorriu cheio de malícia, lambendo os lábios ao me olhar dos pés à cabeça. — O que eu fiz de tão bom pra merecer isso?

Dei risada, fechando a porta; peguei sua pasta, deixando num cantinho antes de voltar para ele.

— Gostou?

— Você foi feita pra mim, Lina! Caralho! — Ele desfez o nó da gravata e a arrancou, jogando o paletó no chão e começando a abrir a camisa.

— Ah, é? Você acha?

— Eu vou te mostrar. — Felipe segurou meus braços e me puxou para si, devorando minha boca.

— Espera, espera... — O afastei com muito custo. Deixando-o ofegante, impaciente. Ele odiava não ter o que queria na hora em que queria.

— O que foi, Melina? — indagou, já irritado.

— Seja paciente. Hoje é um dia muito especial.

— Venha aqui — ordenou.

— Não. — Rindo, encarei o homem que amava tanto e soltei de uma vez: — Eu quero ter um bebê. O seu bebê.

Ele franziu o cenho, passou as mãos pelo cabelo e me encarou confuso.

— Lina, o que... De onde tirou isso?

— Nós já falamos sobre, não é nenhuma novidade. Só acho que é a hora certa.

— Você disse que queria esperar chegar a oito milhões de inscritos.

— De seguidores, minha vida. — Dei risada. — Você sempre confunde YouTube e Instagram.

— Não é tudo a mesma coisa? — Engoliu em seco, os olhos vagando pela sala mal-iluminada. Segurei seu rosto, trazendo a atenção totalmente para mim.

— Não importa agora. Falta pouco para bater a meta e, mesmo que não faltasse, a nossa família é muito mais importante.

— Família?

— Sim, família... — Sorri, achando graça de como parecia emocionado. — Amor, eu estou pronta. Vamos ter o nosso filho. Enquanto ele não vem, a gente vai treinando.

Felipe me encarou com seriedade, não disse mais nada, mas me seguiu pelo caminho que as velas faziam até nosso quarto.

— Nossa vida juntos começa agora — sussurrei em seu ouvido, beijando-o com toda devoção e amor.

Ele nada disse. Mas eu entendia.

Ou pelo menos... pensava que sim.

CAPÍTULO 28

• *Há 4 meses* •

— Aquela propaganda que você fez pra Eudora ficou uma coisa de louco. Quando começam a divulgar a produção com a Vivara?

— Eu sei... Ficou tão linda! Mas foi exaustivo! Um blogueiro de fofocas maldito já vazou a informação.

— Nós decidimos que, se você quiser, vamos todas parar de falar com a Beca.

Ela soltou do nada, ignorando meu comentário anterior. Sabia bem do que estava falando. Eu tinha internet e não era estúpida. Encarei Jhenifer, minha amiga desde a escola, e dei risada. Ela não mudava, não importando quantos anos se passassem. Desviando a atenção dela, voltei a mexer na foto prestes a ser postada. Geralmente não usava muitos efeitos ou Photoshop, mas em algumas era necessário.

— É claro que não quero isso. Não pode excluí-la só porque fez uma escolha com a qual você não concorda, Jheni.

— Ah, Lina... Quatro anos se passaram e nem esse demônio do Felipe Prado tirou essa inocência cega de você?

— Não fale assim dele, Jhenifer! Credo!

— *Tô* mentindo? Só você não vê a verdade.

— Já chega — decretei. Não aguentava mais. Não era possível que todas as pessoas da minha vida só soubessem reclamar de

Felipe. — Ele não é o assunto aqui. Se você veio de Santa Catarina para me trazer um convite de casamento, então fale sobre isso.

— Lina, eu só...

— Não quero ouvir — interrompi antes que o clima ficasse tenso. — Você pode detestar o Felipe, mas daqui a alguns meses vai ter que esconder isso muito bem.

— Por quê? — Franziu a testa, deixando a taça de vinho na mesinha.

— Estamos tentando ter um bebê. — Sorrio ao dar a notícia.

— Meu Deus do céu, Lina! — Ela disse com tamanha indignação, que me irritou e chateou na mesma medida.

— Sai fora, Jhenifer. — Levantei e indiquei a porta. — Vai, pode ir embora! Quem paga essa casa é ele, o vinho que você está tomando é dele, e meu filho vai ser dele! Então, se você não pode amar a minha criança, não tem espaço para você aqui.

Ela só me encarou por vários segundos, depois pegou a taça e voltou a beber.

— Que drama do cacete, capaz de já até estar grávida.

— Não fale mais dele para mim, Jheni. É sério.

— Tá, tá, tá... — Revirou os olhos. — Sobre o casamento... ela é uma vaca. Esperou você sair e caiu matando em cima do sonso do Leonardo. E vivia dizendo que odiava ele.

Dei risada.

— Ele seguiu em frente, assim como eu.

— Ele ainda te ama.

— Eu sei — desdenhei. Realmente não me importava com o tal amor que dizia sentir. Quer dizer, você não transa com as melhores amigas da ex se ainda a ama, certo?

— A história não vazou ainda. Eu tenho pra mim que vão casar pra esconder uma gravidez.

— Ou eles descobriram que se amam — rebati com ironia.

— Porra nenhuma! Ela me disse que não passou dois meses que você mudou pra cá e já estavam se pegando. Por isso ela não falou mais com você.

— Então vocês têm se falado? — Segurei o riso ao perguntar.
— Ah... — hesitou. — Eu estava esperando falar com você para decidir se cortava ela ou não.
— Deixa de ser cínica, Jheni. Vocês sempre trocaram namorados.
— Nunca os seus!
— *Tô* começando a desconfiar de que é por isso que você está bravinha. Porque ela pegou o Leo e, você, não.
— Não ferra, Lina!
— Mas, sério — continuei —, não me importo nem um pouco. Quando deixei Joinville, o Leo ficou muito abalado. Foi bom que tenha encontrado conforto rápido.
— Nos braços da cachorra da nossa melhor amiga. Sério, que safada! Eu falo pra ela todos os dias que foi uma sacanagem!
— Já que esclarecemos que não vai cortar contato com ela, quando voltar à cidade manda ela me ligar.
— A sua mãe ficou uma fera com ela. — Riu. — Disse que estava feliz por a filha dela ter encontrado alguém fora daquela cidade condenada e ter ido embora.
— Mentira?!
— Sério.
A essa altura, estávamos rindo como quando fomos a Noronha quatro anos atrás.
— A mãe dela ficou sabendo e disse que mais safada ainda era você, que foi embora pra viver com o macho de outra.
— Ela usou a palavra "macho"?
— Sim.
— Que fina.
— Como sempre, as pessoas da sua cidade não são surpreendentes, Melina — a voz de Felipe ecoou na sala grande e dei um pulo do sofá para recebê-lo.
— Você chegou cedo! — Eu o abracei, beijando os lábios diversas vezes.

— Pois é. — Ele segurou minha cintura, apertando com um pouco mais de força. — Recebi uma ligação dizendo que você tinha uma visita incomum.

Afastei-me, surpresa e desacreditada.

— Você mandou o porteiro me vigiar?

— Eu cuido do que é meu — respondeu sem se abalar.

— É a minha casa também. Não sabia que existia um controle de quem entra e sai.

Ele deu um sorriso calculado, que rapidamente foi embora.

— Agora já sabe.

— Felipe — Jheni cumprimentou, sem se incomodar de olhar para ele ou levantar.

— Como vai, Jhenifer?

— Estava ótima há dois minutos.

— Deduzo que o problema seja eu — respondeu com ironia.

— Absolutamente.

— Então saia. Garanto que da porta para fora não há mais o incômodo.

— Felipe! — repreendi. Ele não podia expulsar minha amiga daquele jeito. Os dois nunca se deram bem. De fato, ele não se dava com ninguém que eu conhecia.

— Vá para o quarto, Melina. — Ele não me olhou; ainda fitava Jhenifer.

— O quê?! Não! É claro que não!

Lentamente se voltou para mim. Havia um desagrado em sua expressão, que reconheci. Não gostava de quando ficava bravo; Felipe sem paciência nunca foi uma boa companhia, por isso, na maioria das vezes eu fazia de tudo para deixá-lo sempre de bom humor. Seu mau humor me irritava.

Ele me amava, era carinhoso e generoso além do comum. Mas havia uma parte da sua personalidade que aceitei desde o começo: quando ele falava mais alto, quando perdia a noção de sua força e me segurava com um pouco mais de firmeza ou era mais bruto. Tanto na cama quanto fora dela, aprendi a controlar essas situações a meu favor. Mas, quando eu era aquela que o irritou, não havia escapatória.

— Espere um minuto, Jhenifer — disse ainda me olhando. — Nós já voltamos.

Ele passou por mim feito um furacão, pegou meu pulso e me levou junto. Mal chegamos na cozinha e ele me empurrou na parede, segurando minha cabeça atrás e me olhando nos olhos. Felipe me beijou com vontade, puxando meu cabelo, segurando a cintura com força, deixando suas marcas. Eu adorava quando ele chegava desse jeito, mas não movido pela raiva, e sim pela vontade, por saudade.

Tentei afastá-lo.

— Agora não, Jhenifer vai ouvir.

— Ah, com certeza vai! Talvez assim ela pegue a dica e saia. — Ele praticamente rosnou, assustando-me com a severidade com que falava.

Fitei os olhos claros, confusa.

— Felipe, ela é minha melhor amiga!

— E veio de Joinville para quê?

Afastei sua mão com um tapa quando tentou levantar meu vestido novamente.

— Pare com isso! — repreendi, recebendo um olhar congelante em resposta. — Ela veio me visitar, e vai continuar vindo. Não vou fazer sexo com você aqui, quando ela vai ouvir e se sentir constrangida!

— Está mentindo, Melina. Essas suas amiguinhas de Santa Catarina são uma turminha de vagabundas que não vão sossegar até levar você de volta pra lá! Pensa que eu não ouvi que ela veio só pra falar daquela outra que também não vale um real com o seu ex?

Chocada, encarei o homem diante de mim sem reação. Mal percebi quando recomeçou a tentar tirar minha roupa, mas não o impedi dessa vez. Ouvi o estalar da fivela do cinto dele no chão.

Pouco depois, fui levantada contra a parede. Não tirei os olhos dos dele até que foi preciso segurar os ombros fortes, sentindo os beijos em meu pescoço e a voz macia no ouvido.

— Elas são como a sua família, minha bonequinha. — Suspirei ao senti-lo dentro de mim, preenchendo-me como sempre fazia, mas, dessa vez, havia algo de diferente na maneira como me olhava, como falava. — Querem tirar você de mim. Sente falta disso? Quer voltar para a sua cidade, ir viajar e encher a cara com as suas amigas, Melina?

Não disse nada.

— Responda!

— Não.

— Quer voltar pra Fernando de Noronha e ver se encontra alguém mais interessante do que eu para dançar e foder na escada de incêndio do hotel logo que o conhecer?

— Não — sussurrei, fechando os olhos e deitando a cabeça em seu ombro.

— É claro que não, Lina. Entende por que não quero suas amigas aqui?

Não respondi. Só esperei que terminasse. A confusão na minha mente era demais para processar, então me desliguei.

Quando voltei da cozinha, Jhenifer não estava mais lá. Nem sequer liguei, pois sabia que ia ouvir o mesmo de sempre, e o pior era que ela tinha razão. A última coisa que eu queria era tê-la presenciando o pior lado dele, um lado que, se vi duas vezes, foi muito, mas estava lá. Todo mundo tem seus dias ruins, por isso e apenas isso eu o entendia.

— Quer vinho? — Felipe beijou minha cabeça por trás ao passar e foi para a cozinha.

— Não — respondi bem baixo, ainda abalada.

— Por quê? — perguntou, me olhando da porta.

— Não estou bebendo.

— Ainda aquela ideia?

— Se com "aquela ideia" você se refere ao nosso filho, sim. Não consegui esconder minha raiva.

— Se tem algo a dizer, diga logo, Lina. Sabe que não suporto frescuras e não me toque.

— E eu não suporto ser tratada feito lixo!

Qualquer barulho na cozinha cessou e ouvi os passos dele devagar, voltando à sala. Me arrependi imediatamente de ter dito o que disse. Mais uma discussão naquela noite seria difícil de suportar.

— Lixo? Eu te trato feito lixo?

— Algumas vezes. — Engoli com dificuldade, nervosa.

Felipe ergueu as sobrancelhas, soltando uma risada sarcástica.

— Não sabe o que é isso, Melina. — Me apontou o dedo. — Você é a única que não pode reclamar de ser tratada mal.

— A única? — Eu me levantei. Mesmo de pé, Felipe era muito mais alto; sentada diante dele me sentia muito mais que intimidada. — O que isso significa?

— Nada. Não significa nada, esqueça. — Virou as costas, pronto para sair, mas corri e segurei seu braço.

— Me diga agora!

Com uma sobrancelha inclinada e um sorriso debochado, ele olhou minha mão, que nem de perto era o suficiente para segurá-lo, caso quisesse ir.

— O que pensa que está fazendo?

Nem eu sabia. Durante os quatro anos que ficamos juntos, aquela era a primeira vez que levantava a voz para ele, que dava uma ordem. Ele geralmente acalmava a situação antes que fosse muito longe. Mas hoje não houve escapatória. O clima já estava tenso desde que eu lhe pedi para começarmos a tentar ter nosso filho, mas só foi piorando com o passar dos dias. Eu estava paranoica, achando que, em todas as vezes que ele saía de casa, era para se encontrar com ela, por isso não conseguia agir normalmente, estava forçando uma tranquilidade que não sentia, e escondendo dele com muito custo a minha raiva.

— Quero saber por que disse isso.

— Você por um acaso não é a única?

— Me diga você! — exigi. — Não sou eu que saio todos os dias, que volto de madrugada para a casa. Eu fico aqui e vivo em sua função.

— Porra! — Ele riu, achando graça do meu desespero. — Crise de ciúme a essa hora, Lina?

— Não é uma crise! Eu só quero entender o que está acontecendo com você ultimamente!

— Minhas obrigações não são fáceis, e não posso abandoná-las. Vocês reclamam tanto da porra do meu trabalho, mas, se eu parar, o que é que vai acontecer, hein?

— Pare de falar no plural, eu não preciso ser lembrada de que ela existe!

— Você pode fazer o teste e sustentar essa casa e seus luxos com essa merda que faz na internet!

Me afastei dele antes que a tentação de deixar minha mão voar em seu rosto ganhasse mais terreno.

— Não acredito que disse isso. — Saí da sala e voltei para o quarto.

— Não é nenhuma mentira. — Ele me seguiu. — Não me dê as costas, Melina!

— Você não me respeita, não respeita o meu trabalho.

— Isso não é um trabalho, é um passatempo.

— Quer saber? — Voltei-me para ele. — Minha família falsa e minhas amigas daquela turminha de vagabundas, como você diz, me apoiam mais do que você!

— Isso é o suficiente, Melina.

— Não! Você não vai decidir quando eu termino de falar. Tem muita coisa engasgada aqui, Felipe!

Num único movimento ele me encurralou no cantinho do corredor, passando tão rápido que esbarrou numa mesinha, derrubando um vaso de flores. Segurando meu queixo com rigor, os olhos escurecidos de raiva fixaram-se nos meus.

— Pare com esse surto de rebeldia. Está começando a me irritar!

— E o que acontece agora? Você vai sair como faz todas as vezes que nos desentendemos?

O aperto era doloroso, mas desconfiei de que nem pedindo que me soltasse ele o faria.

— Faço isso para extravasar minhas frustrações, acredite em mim. Você não quer ser o alvo da minha raiva! — Ele soltou meu rosto, mas logo agarrou meu braço e arrastou-me para o quarto — Você fará uma viagem.

Me perguntei como ele extravasava essas frustrações, ou melhor, se havia um alguém junto. Seria Vanessa?

— Não quero ir — murmurei.

Ele me deu um olhar frio, severo.

— Nesse momento você não tem que querer.

— Felipe — tentei rebater quando o vi entrar no *closet* e começar a pegar algumas peças de roupas.

— Escolha calor ou frio.

— Não. — Fui até ele, tirando as roupas de suas mãos e segurando-as. — Não faça isso de novo.

Ainda me lembrava da última viagem.

Eu havia assinado um contrato de publicidade com uma marca de lingerie, e ele chegou em casa no meio de um ensaio. A casa cheia de produtores da campanha, e eu seminua no meio da sala. Felipe disfarçou e, sem fazer alarde de sua presença, saiu como se não tivesse estado ali. Só quando todos foram embora percebi que ele havia ficado uma fera. Liguei e recebi todas as grosserias calada. Ele voltou só de madrugada, já mais calmo, e me explicou que eu estava confusa, que não pensava direito antes de fazer as coisas, por isso viajaria por alguns dias sozinha, a fim de refletir sobre o que fiz com ele.

No começo fiquei animada, mas, ao chegar e ver que eu era a única hóspede de um resort em Manaus, isso me levou ao desespero em questão de horas. Mas ele foi irredutível. Eu só voltaria quando percebesse que havia coisas em nosso relacionamento que o magoavam, e aquela era uma delas. Voltei ao Rio depois de uma semana. Ficamos matando a saudade no apartamento por um fim de semana inteiro; ele não saiu de casa e, por fim, acabei agradecendo pela viagem. A empresa cancelou o contrato logo depois, mas pelo menos Felipe e eu não brigaríamos mais.

— Suas atitudes e seu comportamento me magoaram, Lina — disse tranquilamente, acariciando minha cabeça. — É um bom momento para que reflita sobre isso.

Empurrei sua mão, mostrando toda a raiva que estava sentindo.

— Sei que não é por isso.

Ele não deu atenção. Era muito bom em ignorar quando queria, mas, se eu o ignorava, recebia uma viagem indesejada de presente.

De repente, a imagem de Vanessa sendo tocada por ele, os dois andando pelo Palace de mãos dadas, os sorrisos... tudo me veio à mente. Então nada tinha a ver com Gutemberg. Ainda que eu desse a ele uma criança, Vanessa sempre seria uma sombra entre nós, uma que ele se recusava a deixar ir embora.

— Não precisa mais mentir.

Isso chamou sua atenção. Suspirando, Felipe me encarou depois de olhar o relógio de pulso.

— Do que está falando agora?

— Já sei por que quer que eu vá embora.

— Vai continuar, Melina? Vai insistir nessa discussão sem nenhum cabimento?

— Eu te vi com ela.

Ele franziu o cenho, fitando meu rosto como se procurasse explicações. O que não era necessário, já que eu estava cansada de ficar remoendo aquilo, principalmente diante da possibilidade de ter que ir viajar só pra ele ter tempo de ficar com ela.

— O quê?

— Você e Vanessa.

— Qual a novidade nisso?

— Era diferente. Você estava diferente.

Senti uma lágrima escorrer e isso o desarmou pelo menos um pouco. Felipe chegou mais perto, sentando-me na cama ao lado dele.

— Viu onde e quando?

— Isso importa?

— Se não importa, por que trouxe o assunto à tona?

— Para saber se você ia continuar escondendo. Fingindo que estava numa reunião de trabalho quando, na verdade, seu tempo foi preenchido pagando de casalzinho com ela!

Surpreso com minha raiva e meu tom de voz sem emoção, ele se levantou novamente.

— Ela ainda é minha mulher.

— Mulher? Sua mulher? Eu sou sua mulher, Felipe. Ela é sua esposa, isso é o que o papel diz. Você sempre deixou claro.

— Chega, Melina.

— Não. Já disse que não vou ficar quieta quando quer!

— Como é?

— Não é assim que funciona. Não sou um cachorro que você vai mandar ficar quieta e fingir de morta. Se prefere ficar com ela, volte para a sua casa então. Vá para a sua vida perfeita, seu filhinho e aquela pedra de gelo que você chama de esposa!

— Se continuar dando esse show, pode ter certeza que vou.

— Ótimo! Mas não venha me arrumar viagens. — Agarrei as roupas da mala e joguei nele com toda a minha força, acertando a fivela do cinto na bochecha, que avermelhou imediatamente. Me sentia descontrolada, queria bater nele e, contrariando todas as vias do nosso relacionamento, foi exatamente o que fiz.

Esmurrei seu peito, empurrando-o para fora do quarto. Ele me encarava em silêncio enquanto eu gritava todas as coisas que vinham à cabeça ao lembrar como foi vê-los juntos.

Como ousava dizer que voltaria para ela?

Bati a porta, deixando-o para fora. Virei a chave, trancando-me sozinha, e finalmente deixei que as lágrimas caíssem. Lágrimas de tristeza, exaustão e medo. Medo de que nosso tempo estivesse acabando e tudo sobre o que me alertaram ser verdade. Deitei e apenas fechei os olhos, provavelmente minha mente desligou, pois nem percebi quando dormi.

■ ◊ ■

Um peso e um barulho constantes bem perto do meu ouvido me despertaram naquela madrugada. Ao tentar me orientar, percebi se tratar de Felipe em cima de mim, falando coisas que não entendia, bem baixinho. Por instinto, reconhecimento, meus braços voaram em seu pescoço. Meu corpo foi moldado e condicionado durante anos a ceder espaço àquele homem. Conforme ele ia falando, fui lembrando do porquê de já estar deitada, dos meus olhos inchados e secos do choro, do motivo das lágrimas, tudo retornou.

— Saia de cima de mim, Felipe — tentei dizer, engasgando com a garganta seca.

Ele nem se moveu. Continuou grudado em mim.

Subiu as mãos que me embalavam ao lado da cabeça e acariciou meu rosto. A luz fraca da rua entrava pela janela, então ele podia me ver.

— Nunca mais se comporte como fez hoje, entendeu? — Os dedos pressionaram meu pescoço quando não respondi de imediato.

— Si-sim. — Tentei ver seu rosto na escuridão, mas só distinguia sua sombra.

— Não preciso da sua malcriação, rebeldia ou cobranças! — sussurrou em meu ouvido. — A única coisa que quero de você é que seja a minha bonequinha perfeita. Consegue fazer isso, Lina?

— Eu...

— A resposta é *sim* ou *não*. Pense bem...

Havia uma combinação em sua voz. A doçura das palavras ditas gentilmente misturada ao veneno que estava explícito na voz. Como uma ameaça. Convenci a mim mesma de que era o sono me fazendo ver daquele jeito, e que, na verdade, ele só queria que nos reconciliássemos.

— Sim.

— Ótimo. Boa garota.

Os dedos em meu pescoço se voltaram a uma carícia, um gesto romântico que dividíamos no sofá da sala. Ainda estava meio derrubada do sono, uma exaustão que agradeci estar sentindo. Felipe tirou a camisa que lhe pertencia do meu corpo e, quando deitou em cima de mim novamente, percebi que já estava nu. O membro rijo aninhou-se na minha intimidade, provocando um som de deleite.

— Está vendo como tudo fica mais fácil quando você abre as pernas e fica quietinha, boneca?

As palavras me despertaram completamente no mesmo momento em que ele deslizou para dentro. Ambos soltamos um gemido, mas, ainda assim, me comparar a uma boneca inflável era algo que nadava em meus pensamentos. Ele não se conteve. Me penetrou com força, rápido, mordeu com mais força do que geralmente fazia e apertou sem medo de marcar. Eu cravei os dentes em seu ombro, chupando a área inchada depois de morder, o que o fez me virar de costas e entrar novamente. Naquela posição eu estava completamente à mercê de suas vontades. Algo que ele sempre queria.

— Eu amo você, Lina — sussurrou em meu ouvido. — Mas não abuse de um homem como eu. Nem mesmo o que sinto por você vai me fazer virar um homem fraco.

— Felipe... — Tampou minha boca, impedindo-me de continuar.

— Comporte-se e ficaremos bem. Comporte-se... e você vai ficar bem.

CAPÍTULO 29

- *Atualmente* -

Deixei Felipe na cama do hotel e levantei às três da madrugada, acordada por uma chuva incomum que caía em meio ao tempo quente do Rio. Faltavam algumas horas para o amanhecer, e eu ansiava por isso: a promessa de um novo começo e a realização de que hoje faria tudo o que passei valer a pena. Vários pensamentos me assombravam, muitas dúvidas, mas nenhum medo. Era tão estranho saber exatamente o que fazer... Tinha sentido falta daquela sensação. Com a cabeça mais limpa, peguei meu celular e saí para a varanda, fechando a porta. Apenas o barulho da chuva se fazia presente.

Desbloqueei meu celular e olhei minha última conversa. Às 22h. Com a doutora Dechechi.

"Já tomou seus comprimidos hoje?"

A resposta era "não", mas, apenas pelo rumo em que meus pensamentos começavam a vagar, sabia que precisava corrigir isso logo. Olhei o céu escuro mais um pouco. Parecia um buraco negro, medonho. Entrei e, da pequena bolsa em cima da minha mala, retirei os antipsicóticos. Tomei dois, seguindo à risca o que fui orientada a fazer, e guardei o potinho.

Sentei no sofá e esperei que a ansiedade não viesse. Se ela chegasse, os delírios começariam um pouco depois. Na tela de fundo do celular, tinha uma foto nossa. Me arrancou um sorriso meio grogue lembrar de como tudo era lindo naquela época.

• *Há 4 anos* •

— Por favor, ignore tudo o que ele disser — me adiantei a dizer assim que alcancei Felipe. Ele guardou a última mala no carro e me encarou confuso, mas, antes que pudesse perguntar, meu pai, alucinado, espumando de ódio, passou pela porta da frente da enorme casa em que eu cresci.

Parecia um tornado prestes a destruir minha chance de ser feliz da forma como eu desejava.

— Você! — gritou, apontando para Felipe.

A sorte dele foi que naquele condomínio de luxo viviam pessoas tão discretas quanto ele. Então a fofoca ia correr nos círculos mais fechados da alta sociedade, mas não vazaria. Minha mãe veio logo atrás, cheia de *bobs* na cabeça e usando um robe. Tinham acabado de acordar. Meu irmão foi o último a sair, mas não menos nervoso. Fiquei aliviada por Felipe ser um cara grande.

Ele riu atrás de mim.

— Posso lidar com isso.

— Está achando engraçado? — perguntei, incrédula.

— Você não? — rebateu com um sorriso confiante no rosto.

Se a situação fosse um pouquinho diferente, meu pai implicaria com nossa diferença de idade, mas o status social de Felipe, sua influência e dinheiro logo fariam esse probleminha inicial se tornar irrelevante. Ele aceitaria e seríamos uma família. Mas Felipe era mais velho, casado e estava me levando para longe deles. Não pretendia se casar comigo e não deu nenhuma satisfação aos meus pais. Ele simplesmente parou o carro na entrada de casa e me ligou avisando que tinha chegado. Esse foi um dos pontos que fizeram eu me apaixonar. Ele não pedia permissão, não se importava com o que alguém ia pensar se estava decidido a fazer algo, nem se preocupava em parecer preocupado. Literalmente *cagou* para minha família.

Papai não podia me julgar. Nós estávamos apaixonados, só queríamos viver o momento juntos. O momento que seria, sim, turbulento inicialmente, mas, quando ele deixasse Vanessa e nos casássemos, tudo seria resolvido. Eu sabia que no futuro ainda riríamos muito disso.

— Entre agora mesmo, Melina Sampaio! Nem pense em dar um passo a mais em direção a esse carro! — ele gritou, exibindo uma feição de fúria que eu só via direcionada ao meu irmão.

— *Tá* de brincadeira, cara? Minha irmã não é mulher desse tipo, não vai levá-la para longe daqui nem por cima do meu cadáver!

Minha mãe nada dizia. Estava perplexa demais para formar alguma frase. Ela sempre disse que Jhenifer e Rebeca eram más influências, que algum dia acabariam fazendo alguma besteira para envergonhar suas famílias. De tanto que falou, voltou para ela.

— Ma-mas, Leo... e a família dele...

— Cale a boca, Renata! Sua filha está indo embora com um homem casado e você está pensando em Leonardo?

— Meu Deus do céu! — Soluçou. — O que fiz para merecer esse castigo?

— Mãe, vamos entrar.

Meu irmão tentou abraçá-la, mas foi afastado com brutalidade.

— Sai, menino! Isso é fruto da convivência com você! Minha filha é uma perdida!

Ignorei minha mãe. Passando alguns dias ela estaria mais calma e suscetível a uma conversa.

— Papai, sinto muito. Mas eu o amo!

Meu pai riu, passando as mãos pelo cabelo em frustração.

— Que ama o que! Acorda, Melina! Eu não te criei pra virar uma qualquer!

— Me apaixonar não me torna uma qualquer — rebati.

Ele chegou bem perto, apontando o dedo no meu rosto. Por um momento pensei que ia me bater. Felipe deve ter pensado o mesmo, pois envolveu minha cintura com um braço e me puxou para perto de si, mantendo papai afastado.

— Seu desgraçado maldito! — esbravejou, vermelho. Fui tomada por uma preocupação de, de repente, ele ter um ataque do coração; tentei lhe abraçar, mas Felipe me apertou mais forte, impedindo.

— Vamos embora, boneca. Seu pai já disse o que precisava.

— Boneca? — Papai balançou a cabeça, decepcionado. — Eu já esperava que seu irmão fosse um desgosto, mas não você. Não a minha garotinha.

— Papai... — Meus olhos marejaram ao vê-lo voltando vários passos atrás, ficando entre meu irmão e mamãe, que chorava abertamente.

— Se entrar nesse carro, esqueça que tem família, Melina. Pode se virar sozinha quando descobrir a burrada que está fazendo. Vá embora sabendo que nunca mais pisará nessa casa.

Felipe começou a me guiar para o carro, mas, enquanto os encarava, detive um passo ao refletir sobre o que ir embora significaria. Só não tive tempo para pensar. A mão suave de Felipe se tornou mais firme e me levou para o carro de uma vez.

— Eu não sei... — sussurrei olhando os três pela janela quando ele virou a chave, pronto para ir embora.

— Ele está fazendo drama, Lina. Todos os pais são assim.

Eu o encarei, dividida.

— Como sabe?

Ele deu um sorriso, colocou seus costumeiros óculos escuros e segurou minha mão ao acelerar o carro.

— Acha que eu mentiria para você?

Quis responder que "não", mas preferi ficar em silêncio.

O caminho da minha antiga casa até o hotel em que ele se hospedava estava sendo uma tortura. Ficaríamos lá até o horário do voo particular que nos levaria ao Rio de Janeiro. Não senti a felicidade que imaginei ao fugir com o cara que amava. Meu primeiro amor real. Leo foi uma brincadeira de criança, mas Felipe era o pacote completo!

Papai estragou tudo.

— Com certeza, quando chegarmos lá, meus cartões não estarão mais funcionando — confessei. — É difícil conseguir emprego no Rio sem experiência e com a faculdade incompleta?

— Minha bonequinha não vai trabalhar. Vai viver com os pés pra cima feito uma rainha.

— Estou mais pra princesa, já que você já tem uma rainha no castelo.

Ele suspirou, soltou minha mão, arrancou os óculos e os jogou no banco traseiro.

— Quantas vezes vou ter que falar...

— Para não falar sobre isso, já sei — interrompi.

— Isso aqui não é uma competição, Lina. É batalha ganha. Ela me tem no papel, mas você tem todo o resto que importa.

— Apenas eu?

— Quem mais teria, boneca?

CAPÍTULO 30

• *Há 5 meses* •

Ele chegou quando eu estava terminando de arrumar uma mala. Entrou no quarto, deixou a pasta de lado, tirou os óculos, o relógio e o terno, desfazendo o nó da gravata antes de sentar na beirada da cama e ficar me encarando. Felipe não disse nada, mas senti o peso da atenção a cada movimento que fazia.

— Imagino que resolveu seguir meu conselho e viajar.

Analisei seu rosto, procurando, na serenidade que exibia, saber se estava falando sério ou me provocando.

— Sim, vou viajar. Mas não para onde quer. Não vou para algum lugar esquecido no mundo ficar sozinha por quantos dias você decidir.

— Ainda está chateada por ontem?

— O que você acha?

— Eu estava errado. Sinto muito.

— Não sei se posso continuar fazendo isso.

Ele levantou e tocou meu rosto, segurando meu cabelo sem colocar força, mas mantendo-me no lugar.

— Fazendo o que, Lina? — Não respondi. — Pense sobre o que está prestes a dizer, boneca. Algumas palavras não têm volta.

Eu sabia disso. Sabia bem. Aprendi na pele que existem coisas ditas e feitas que não havia arrependimento no mundo que mudasse. Em questão de segundos decidi que, entre dizer que queria dar um tempo e arriscar perdê-lo ou seguir meu coração desesperado para continuar com ele, a segunda opção se mostrava mil vezes melhor.

— Vi vocês no Palace. Foi no mês passado.

Omiti o fato de estar lá vendo os meus pais, e nem me passou pela cabeça mencionar minha saga de seguir ele e Vanessa. Felipe assentiu lentamente, soltou meu cabelo e me envolveu num abraço apertado... que para mim se assemelhava a uma casa.

— Lina, Lina... tudo isso por conta de um mal-entendido?

— Mas você estava...

— Sim, eu estava sendo o mais gentil possível com ela. Você não quer ver o divórcio sair?

— É claro que sim!

— Então precisa enfiar na sua cabecinha que algumas vezes preciso ceder. Vanessa gosta de se sentir valorizada, pensar que eu adoro o chão que ela pisa. Mas isso é apenas parte da minha estratégia.

— É que mandei a mensagem e você mentiu.

Felipe sentou e me puxou no colo.

— Por que deixá-la preocupada com algo que não tem importância? Quando for assim, todas as vezes que me vir com ela, saiba que estou fazendo isso pra poder agilizar o processo do divórcio e ficar com você.

— Ela nunca quis te deixar? Nunca pediu para se divorciarem?

— Não. — Ele me beijou lentamente, subindo a mão pela perna, elevando a barra do vestido.

— Nem uma vez?

Ele suspirou, vendo que não ia mudar de assunto, mesmo que tentasse me distrair.

— Ela me ama, Lina.

— É impossível não amar. Eu só não entendo como uma mulher como ela aceita essa vida de fingimento.

Ele ficou sério e me colocou na cama antes de se levantar.

— Eu já te disse pra parar com essa idolatria besta com ela, Melina. Não percebe que, se soubesse da sua existência, faria um inferno na sua vida?

— Não é idolatria, eu só...

— Você fode o marido dela. Ponto-final. Entendeu como funciona?

— Desculpe — murmurei.

Ele foi tomar banho e eu fiquei refletindo enquanto atualizava meu *Stories* com alguns *reposts* e gravava algumas coisas deitada, dando um ar mais íntimo que meus seguidores gostavam. Acho que se sentiam mais próximos. Como se fôssemos amigos. Felipe odiava isso. Dizia que toda essa exposição ainda me prejudicaria.

Pensei sobre o que disse de Vanessa. Eu não a idolatrava. Jhenifer dizia que era mais como uma obsessão, e que isso não fugia do normal, já que eu tinha um caso com o marido dela. Jheni só acrescentou que era uma obsessão muito grave quando mencionei que segui a mulher por um dia. Omiti que foram semanas.

Quando Felipe saiu do banho enrolado numa toalha, me aproximei pronta para fazer as pazes do jeito que ele não negaria, mas, me surpreendendo, ao tentar puxar a toalha, segurou minha mão e enrolou o outro braço em meu pescoço.

— Vá se arrumar, boneca.

— O quê? Por quê?

Felipe sorriu com a boca grudada na minha.

— Nós vamos sair pra jantar.

Não consegui me mover. Levei um momento para raciocinar o que disse e duvidei do que entendi. Ele deu risada.

— Vai dizer que não quer ir a um encontro comigo?

— Minha vida — sussurrei, segurando seu rosto bem perto do meu. — Não brinca comigo.

— Lina, falando assim parece que sou incapaz de te agradar.

Neguei com a cabeça, beijando-o uma última vez antes de correr para tomar banho. Lá de dentro ouvi sua risada. É claro que estava empolgada. Uma das regras na nossa relação era que ela fosse segredo absoluto. Eu provavelmente era a única blogueira que nunca teve um *affair*, e todos estranhavam isso. Vivia inventando desculpas para não ter que dizer que era comprometida, porque, se dissesse, as pessoas caçariam até encontrar Felipe. A internet era formada em *CSI*, nenhuma informação ficava oculta.

Seria nosso primeiro encontro juntos. Estávamos sempre nos escondendo. Mesmo quando o acompanhei a viagens fora do país, ele selecionava rigidamente onde iríamos. Nunca tinha um momento de espontaneidade; se eu quisesse conhecer algo, tinha que ir sozinha. E Felipe fez tudo certo, foi perfeito. Precisei resistir muito para impedi-lo de me agarrar no elevador e estragar o penteado simples que fiz no cabelo ou amassar meu vestido. Mas ele amou tudo. Desde o vestido até o sapato, mas principalmente a meia fina.

— Fasano Al Mare, senhor Prado — brinquei. — Investindo pesado pra me conquistar.

— Vamos entrar. — Ele riu e seguiu pelo corredor lateral.

— A entrada é na frente.

— Nós teremos o especial da noite, então é por aqui.

Minha alegria murchou um pouco, mas tentei esconder. Só existia uma entrada no restaurante; a outra era a da cozinha. Pior do que nunca ter tido aquele encontro foi saber que não era real. Nós passamos pelos cozinheiros, cumprimentamos o chef, que enrolava um português com um sotaque italiano fortíssimo, e adentramos um salão cheio de cortinas brancas. A área privada.

— Pensei que gostaria mais de privacidade — explicou. E nisso me dei conta de como Felipe achava que eu era idiota. Não tinha como não perceber que só fez isso para tentar me colocar "na linha" novamente. Assim eu teria a ilusão de que estava tendo um momento além das paredes da nossa casa e voltaria a me comportar.

Sentamos e ele escolheu os pratos. Recusei o vinho, mas Felipe insistiu que seria uma desfeita muito grande com o chef. Aceitei beber um pouco.

— Aproveitando que está de bom humor, tenho uma boa notícia — anunciei.
Ele me analisou, tomou um gole do vinho e assentiu.
— Me conte.
— Espero que você fique animado e me apoie. Resolvi voltar pra faculdade e terminar meu curso de moda! — contei com um sorriso enorme no rosto.
Esperei por um elogio, algum incentivo, mas nada veio. Pelo contrário, ele fechou a cara completamente.
— Qual o problema, Lina?
— Como assim?
— O que está faltando? O que mais você quer?
— Minha vida... — Deixei a taça de lado. — Não falta nada, eu só pensei no meu crescimento pessoal e...
— E nas possibilidades que voltar a esse ambiente vai te trazer.
— É mais pelo profissional. Acho que pausei minha carreira por tempo mais do que suficiente.
— Por que precisa de uma carreira?
— Felipe... quando você fala do seu trabalho eu te apoio independentemente do que decida fazer. Esperava que fizesse o mesmo por mim.
— E eu esperava que você tivesse mais consideração pelo nosso relacionamento.
— Que absurdo! Esses quatro anos não te mostraram nada?!
Ele balançou a cabeça e jogou o guardanapo na mesa.
— Você não tem certeza de que quer estar comigo, Melina.
— É claro que tenho!
— Se tivesse, entenderia que alguém que está comigo publicamente não pode ficar se expondo da forma que você faz. Essas fotos de biquíni, as festas, a forma como você fala ou escreve nessa rede social... isso é um problema.
— Eu mal posto esse tipo de foto e...
— Mas posta, mesmo que tenha uma entre cem — reagiu bruscamente e se levantou. — Existem momentos na vida em

que precisamos escolher um caminho. Você está nessa posição agora. Sou eu e nossa futura família ou essa coisa passageira de internet e faculdade. Prove que sou importante pra você e te darei tudo o que quer de mim.

Deixando-me sozinha com aquela bomba no colo, saiu por onde entrou. Observei o corredor que levava direto a ele e pensei sobre o que havia dito. Só testando a teoria, me imaginei correndo pela porta da frente ou seguindo na mesma direção que ele. Instintivamente, senti um aperto no peito só de pensar em não o seguir.

Não tive dúvidas do que escolher.

CAPÍTULO 31

• *Atualmente* •

— Bom dia, boneca! — Felipe me cumprimentou cheio de animação.

— Bom dia, minha vida.

Eu já estava sentada à mesa, já tinha tomado meus remédios e o esperava ansiosamente.

— Não me esperou para tomar café?

— Você dormiu demais. — Sorri, servindo-lhe um café fresco.

— Quando chegarmos à nova casa, vai me esperar todos os dias — decretou.

— Se você prefere... — respondi solenemente. — O que você disse à Vanessa?

— Falei que não dava mais para continuar o casamento. Que amava outra pessoa.

— E ela aceitou?

— Jogou um vaso em mim. — Deu risada, pegou o celular e começou a ler as notícias.

Eu dei risada também, mas por um motivo completamente diferente do que ele imaginava.

CAPÍTULO 32

• *Há 4 meses* •

Leonardo perdeu todo o senso do ridículo dentro do avião, ou a turbulência do voo levou embora o resquício de noção que tanta maconha na época da escola tinha deixado.

— Como me encontrou?

— Jhenifer me passou seu endereço.

Leo estava diferente. Mais homem, mais firme, nada parecido com o menino que deixei em Santa Catarina quatro anos atrás. Mas foi exatamente isso o que me irritou. Eu o *deixei*.

— Bem, ela não deveria ter feito isso.

— Eu discordo. — Se olhares matassem, eu estaria moribunda agora. Ele parecia irritado, quase se descontrolando. — Posso entrar?

Nem me esperou responder, passou por mim e começou a vasculhar os cômodos. Entrava e olhava sem se importar que eu o seguia de perto, mandando parar, pedindo que saísse. Eu mantinha um olho nele e outro na porta, sabendo que tinha pouco tempo até o porteiro ligar para Felipe.

— Você tem que sair agora, Leo!

— Por quê? Está preocupada com o seu amante?

— Estou preocupada com você! — Felipe não podia ouvir o nome de Leonardo. Ficava fora de si, se chegasse e o pegasse ali, aconteceria uma tragédia.

— Não tem motivo. O coroa lá embaixo recebeu a gorjeta do mês pra não levantar o telefone e chamar o Prado.

Fiquei aliviada por saber que ele não estaria em perigo, mas não podia deixar de pensar que teria que esconder isso do dono da casa. Ele finalmente parou no meio da sala, respirava pesadamente, me encarando com clara desaprovação.

— Que merda, Lina. Que merda!

— O que foi?

— As notícias são verdadeiras?

Não respondi. Na verdade, desviei o olhar, envergonhada. Queria me esconder no quarto escuro e chorar, mas estaria pior se tivesse escolhido a outra opção que Felipe me deu.

— Isso não é da sua conta.

— Eu deveria ter me envolvido há muito tempo, isso sim. Essa história já foi longe demais!

— Minha vida não é uma novela, Leonardo. Eu já te disse isso e você continua acompanhando feito um telespectador assíduo! Não tem esposa e filho pra cuidar agora?

Não falei aquilo com a intenção de parecer ciumenta, mas ele entendeu assim, pois me abraçou e começou a pedir milhões de desculpas.

— Pelo amor de Deus, Lina! Fiz besteira, *tô* ligado, mas tudo nessa vida tem jeito. Você tem que entender que esse cara já era!

— Você acha que, mesmo que eu deixasse Felipe, voltaria para você?

Leo era dois anos mais velho que eu, e era até bonitinho. Ele foi sempre o típico garoto da elite rica, mimado e queridinho. As meninas corriam atrás dele e ele adorava esnobar; tinha me escolhido como aquela sortuda que o teria nas mãos. Mesmo agora, já adulto, continuava muito bonito, mais forte, sempre foi esportista. Mas nada nele me atraía. Comparado a Felipe, ele continuava sendo meu namoradinho de escola e faculdade.

— Nós devemos ficar juntos, Lina. Somos certos juntos. Eu nunca te faria desistir dos seus sonhos.

Dei risada, desacreditada do que havia acabado de ouvir.

— Você engravidou a minha melhor amiga. Jamais teremos algo outra vez. Eu a perdoo, mas não volto pra você. Aliás, Rebeca sabe que está aqui? Porque vou ligar e contar.

— Sim, ela sabe e apoiou a ideia.

— Não acredito que veio de Joinville até aqui atrás de fofoca, Leonardo.

— Eu já estava no Rio. Mas, quando vi a notícia de que Lina Sampaio estava se aposentando sem mais explicações, tive que vir conferir se era boato.

Respirando profundamente, cruzei os braços e o encarei.

— Não. Não é um boato.

— Não me diz que é por causa dele.

Fiquei em silêncio.

— Puta que pariu, Melina! Primeiro eu, depois seus pais, a faculdade e agora seu trabalho?! Do que mais você vai abrir mão por causa desse cara?

— Eu não te deixei por causa dele. Todo mundo lá na cidade acha que eu não presto porque você fica espalhando essa conversa!

— Não! Todo mundo sabe que você não presta porque está trepando com um cara casado e tem sabe Deus quantas outras amantes além de você.

— Sai da minha casa agora!

— Não sou a Jhenifer, não vou sair só porque você não quer ouvir a verdade. Vou embora porque cansei de tentar enfiar juízo na sua cabeça.

— Talvez se você fosse mais como ele eu não teria te largado!

Ele riu, indo até a porta, mas não sem antes me olhar uma última vez.

— E talvez você deveria colocar a cabeça ali na varanda pra tomar um ar limpo da neblina do sexo e pensar que, enquanto abriu mão de tudo na sua vida, o cara não se dispõe a deixar uma única mulher por você!

A porta bateu com força após sua saída. Fiquei ali por alguns minutos olhando para o vazio e me obrigando a esquecer de tudo o que ele havia dito. Levantei, ainda me negando a pensar demais, ou começaria a repassar a conversa na cabeça. Decidi fazer um chá, tentar me acalmar para quando Felipe chegasse. Queria dizer a ele que seria melhor mudarmos de apartamento. Mas, dessa vez, ninguém teria o endereço.

Interrompendo meus passos, a campainha tocou outra vez e, bufando, voltei para atender, já com um discurso pronto que faria Leonardo nunca mais pisar no Rio de Janeiro. Eu não sabia qual era a dificuldade em entender um "não", mas daria um bem sonoro para que não restassem dúvidas. Porém, quando abri a porta, toda a valentia foi embora. No lugar, uma onda de medo instalou-se em meu peito.

De alguma forma eu senti que, a partir dali, tudo mudaria.

CAPÍTULO 33

• *Atualmente* •

Eu amava, mas também odiava aquele homem. Odiava tanto que, após o café da manhã, voltamos ao quarto entre beijos, sexo e vontades nunca exploradas antes. Felipe me virou do avesso e, quando paramos, foi apenas porque tínhamos que voltar a fazer planos, estabelecer metas e novos objetivos. Compartilhar o que esperávamos daquela nova fase da vida. Começar uma história longe do Rio e de Santa Catarina.

— Você me ama, Lina? — A pergunta foi feita olhando profundamente em meus olhos.

Não precisei mentir para responder.

— Mais do que tudo nessa vida.

— Então nada vai mudar. — Acariciou meu rosto. — Em todas as fases do seu caminho, vou estar com você e você vai estar comigo. Estamos destinados.

Ficou fácil de ver que as palavras eram automáticas, como se ele as repetisse demais ou falasse da boca para fora. Sacrifícios ditos para um fim. Ele tinha um propósito, e certas coisas ditas sem um brilho nos olhos faziam parte disso.

Estamos condenados. Eu quis dizer, mas fiquei em silêncio e o beijei de novo.

— Está na hora de ir, boneca. — Ajeitou o boné na cabeça.

— Parecemos dois fugitivos. — Meio que brinquei.

— Isso te excita? — perguntou ao acionar a garagem no elevador.

— Ah, sim. — Eu sorri. — Eu estou definitivamente excitada hoje.

Cada um carregava uma mala de tamanho médio. Não seriam necessárias muitas coisas, foi o que ele disse. Poderíamos comprar em nosso destino. Perguntei sobre essa nova cidade e o que faríamos nela. Ele me disse que vendeu sua parte na empresa, que as notícias na TV eram falsas e que deveríamos sair do país até a poeira baixar, mas já havia prestado depoimento, deu suas explicações e estaríamos em contato com a polícia o tempo todo. Ele alegou que a Polícia Federal até saberia do nosso paradeiro.

— Tudo certo com o voo pra Santa Catarina primeiro, né?

— Sim — respondeu de mau gosto. — Vai poder ver seus pais uma última vez por muito tempo.

De um lado, eu, quieta, mas tentava entrar no clima para agradá-lo, e ele, do outro, me provocando, brincando, sorrindo leve como uma pluma. Estava cheio de expectativas sobre o recomeço que o esperava. Do hotel até o aeroporto foi rápido, nem vinte minutos. Me surpreendeu a velocidade com que embarcamos. Sem documentos e sem passagens. Felipe apenas entregou um envelope disfarçadamente por trás do balcão e recebeu outro em troca.

— O que foi isso?

— Nada, está tudo certo. Venha. — Segurou minha mão e rapidamente embarcamos; éramos os últimos a entrar.

Fomos nos últimos assentos. Felipe abaixou a aba do boné tampando quase todo o rosto, e eu me recostei.

— Se algo estranho acontecer, me avise.

— Nada vai acontecer. — Acariciei seu rosto. — Descanse, minha vida.

— Obrigado, Lina.

— Pelo quê?

— Confiar tanto em mim.

Olhei para ele durante uma hora e vinte minutos. Observei o perfil elegante, memorizando até como a raiz do cabelo crescia, se para o lado direito ou esquerdo. Já sabia todos os detalhes sobre ele. Sabia até demais.

Não dormi e nem tentei. Quando pousamos em Santa Catarina, toquei o braço dele para acordá-lo, pois dormia feito pedra. Ao sentir o meu toque, deu um pulo tão apressado que o casal da frente perguntou se estava tudo bem. Rapidamente confirmei, desviando qualquer atenção.

— Vamos! — Acelerou ao se levantar. — Preciso sair daqui.

— Espera! — Puxei seu braço, fazendo-o sentar novamente e vendo todas as pessoas saindo.

— Melina, não dá pra ficar aqui, boneca.

— Eu sei. Mas pode me esperar ir ao banheiro? Sabe que os voos sempre me deixam apertada.

Felipe suspirou, colocando o acessório de volta à cabeça.

— Não consegue segurar até o hotel?

Cruzei as pernas, balançando a cabeça com firmeza.

— Não mesmo!

Ele me olhou nos olhos, parecia cansado. Me deu um meio sorriso, erguendo uma das sobrancelhas loiras.

— O que foi? Pode ir, Lina. Mas não demora.

Meu coração bateu forte.

Um aperto tão grande sufocou minha garganta a ponto de os olhos lacrimejarem. Ele se levantou e começou a pegar as malas. Olhei em direção à saída; a fila de pessoas acumuladas ainda andava devagar.

Dei um passo.

— Vou ficar te esperando aqui.

Fechei os olhos e não me impedi de voltar atrás e beijá-lo dessa vez, porque isso era tudo o que queria ouvir antes. Peguei minha mala e ele não protestou sobre eu a levar. Me enfiei na fila, passando desajeitadamente na frente das pessoas e saindo pelo corredor de desembarque como se fugisse. Olhares estranhos direcionaram-se a mim, mas ignorei e continuei andando. Quando passei pela porta, tirei os óculos escuros de Felipe de dentro da bolsa e os coloquei.

Comecei a andar. Nem sabia qual direção seguir, mas levantei a cabeça e olhei para a frente.

Se ele tivesse sido um pouco mais atento a alguma coisa para além de si mesmo, teria percebido que algo estava errado. Se o ego, o amor próprio e a vaidade descabida não o tivessem cegado para coisas básicas, saberia que eu nunca sairia do Brasil com ele. A água acumulada em meus olhos não era de tristeza por ele, mas por mim. Pelo que perdi e por onde cheguei por sua causa.

Meus remédios pesando o bolso do casaco, comprovando meu transtorno delirante, e as consultas agendadas com a psicóloga e psiquiatra só agravaram todas as razões pelas quais eu não me importava de enviá-lo direto para o inferno.

Logo a comoção se iniciou. As pessoas começaram a parar para olhar, tentar descobrir o que estava acontecendo, mas me neguei a voltar atrás. Só que foi inevitável não ver. Os homens fardados, armados e em grande quantidade surgiram dos dois lados, invadindo a porta pela qual eu havia acabado de sair e passando direto por mim, afinal, seu alvo era quem estava lá dentro do avião. Em poucos minutos Felipe perceberia que, quando eu avisei que iríamos embora para nos tornar outras pessoas, estava falando sério. Então sua ficha ia cair: eu não voltaria. E ele ia perceber que, dessa vez, foi o único a desabar numa armadilha.

Quando cheguei próximo à saída daquela sala, finalmente olhei para trás. Foi bem a tempo de vê-lo sair algemado com um grupo de policiais o ladeando. À frente vinha o tal delegado direcionando o criminoso direto para uma cela, desprovida de todos os luxos que ele adorava ter.

Na bolsa, peguei minha garrafa de água e dois comprimidos, observando o causador dos meus delírios prestes a pagar por tudo o que fez. E não só a mim.

Felipe ainda parecia incrédulo, mas eu o conhecia, e a expressão no rosto dele não era de derrota. Um pouco frustrado, mas andava de cabeça erguida, ombros retos, passos lentos. Como se os policiais não o estivessem prendendo, mas ele os estivesse levando a algum lugar.

Engoli as duas bolinhas encarando o maior desgraçado que conheci na vida.

Me deleitei com a vingança e sorri pela derrota do melhor jogador. Mas também respirei profundamente.

Peguei o celular do bolso, abri o aplicativo que fez minha vida e *loguei*.

Eu estava conquistando tudo de volta.

Em seguida o aparelho alertou com novas mensagens avisando que tudo estava pronto; ao ver o remetente, deixei um sorriso triste aparecer, como se a pessoa do outro lado pudesse enxergar.

Lembrei-me de como tudo aconteceu e percebi que não me arrependia de absolutamente nada.

▪ Delegado Fráguas ▪

Avancei pelo corredor, recebendo os comprimentos efusivos dos meus colegas enquanto seguia para a sala de interrogatório para, finalmente, ficar cara a cara com o homem que vinha caçando há dias: Felipe Prado.

Parei diante da parede de vidro, observando o figurão sentado à mesa.

O cabelo loiro em desalinho, as roupas amassadas, os olhos cansados, inquietos.

Frustrado.

Sim, Felipe Prado devia estar muito puto por ter sido pego quando estava prestes a sair do país.

Ainda parecia um tanto insólita a ligação anônima que havíamos recebido poucas horas antes. Uma voz feminina sem entonação que dizia que Felipe Prado estava em um voo para Joinville.

Que caralho ele estava indo fazer nos cafundós de Santa Catarina?

Ainda era uma incógnita para mim, assim como as muitas pontas soltas naquele caso, que de usual não tinha nada.

A garota misteriosa que me entregara o pen drive com as provas que incriminavam Felipe era apenas a ponta do *iceberg* daquele caso mirabolante.

Lembrei-me de Vanessa Prado. A mulher elegante de Felipe que negara qualquer participação nas falcatruas do marido, mas que foi capaz de contratar uma falsa babá para chantageá-lo.

Isabel Rodrigues. Não consegui conter meus lábios de se levantarem em um sorriso relutante.

Ainda tinha as marcas de suas unhas nas minhas costas. Seu riso ecoando em meu ouvido. Tinha sido impossível ignorar a atração. Mesmo quando fingia ser só uma menina maliciosa tentando me envolver nas mentiras que havia inventado com Vanessa, ela já tinha minha atenção. Eu sabia que alguma coisa não se encaixava na sua história. Só não fazia ideia de que descobriria que mentir a idade era só uma de suas artimanhas.

No final, Isabel era uma mulher que fazia tudo para sustentar a filha. Até servir de isca para seduzir um figurão como Felipe Prado num jogo arquitetado pela esposa desesperada para conseguir um divórcio vantajoso.

E quem poderia julgá-las?

Eu não tinha a menor pena de homens como Felipe Prado. Gente que usava seu charme, dinheiro e influência para foder a vida de todos ao seu redor. E as mulheres que se envolviam com aquele tipo de homem eram sempre as mais prejudicadas.

Agora, se dependesse de mim, aquele filho da puta passaria um bom tempo atrás das grades.

— Vai interrogá-lo? — Ruza parou ao meu lado.

— O advogado já chegou?

— Parece que o tal Guilherme Nogueira se demitiu e estão localizando outro... Segundo nossos homens que o trouxeram, Prado se negou a falar.

— Ele estava mesmo sozinho? — Ainda achava estranho que um homem conhecido por sua fama de sedutor estivesse indo embora sem uma mulher como companhia.

— Sim. Ele estava sozinho quando foi localizado em um voo pousado em Joinville.

— Contou o que foi fazer lá?

— Como eu disse, ele se negou a falar o que quer que seja. Mas, quando perguntado se estava sozinho, ele confirmou.

— Certo. Vamos dar "olá" para o nosso futuro presidiário.

Entrei na sala. O homem levantou o olhar; ainda havia um resquício de arrogância ali.

— Onde está meu advogado? Eu já falei que só falo na presença do meu advogado.

— Fiquei sabendo que Guilherme Nogueira se demitiu. — Soltei um risinho de escárnio, enfiando as mãos nos bolsos para conter a vontade de agarrar seus cabelos loiros sebosos e bater contra a quina da mesa até desfigurar seu rostinho sedutor de ladrão.

Felipe soltou um palavrão baixo, passando os dedos pelos cabelos, o que comprovava que devia estar enfurecido com a deserção do advogado. Seria divertido contar que, provavelmente, o motivo de o advogado não estar ali era o fato de estar entre as pernas de sua bonita esposa.

— Sim, tem o direito de falar apenas com seu advogado. Mas saiba que vai ser muito difícil sair dessa.

— Acha que me pegaram? Não tem provas! Meu advogado estará aqui e acabará com essa palhaçada!

— Ah, eu não teria certeza disso. Parece que você enfureceu muita gente enquanto enfiava o dinheiro dos seus clientes em algum paraíso fiscal, achando que ia se dar bem. E adivinha: você caiu. Acabou. Temos todas as provas necessárias para mantê-lo atrás das grades por um bom tempo.

Ele riu com deboche.

Não me importei.

Eu tinha as provas.

E o tinha sob custódia da polícia.

Felipe podia rir enquanto pudesse.

Veríamos se continuaria rindo quando estivesse com seu rabo rico enfiado em uma cela, cumprindo sua pena.

■ ◊ ■

A noite caía quando acabamos o interrogatório.

Como previa, Felipe foi esquivo como uma cobra. Mas não conseguiu ir longe quando o confrontei com todas as provas.

Não havia muito que o seu novo advogado metido a besta pudesse fazer.

O jogo havia acabado.

Acendi um cigarro, procurando as chaves do carro. Tinha sido um longo dia. Eu só queria abastecer minha mente de algo alcoólico de boa qualidade e achar alguma companhia feminina para terminar a noite.

Um rosto em particular cruzou minha mente.

Inferno.

Eu não podia estar pensando em procurá-la. Podia?

Isabel era encrenca.

Maliciosa. Esquiva. Mentirosa.

Mesmo assim, havia algo nela que me dizia que, em outras circunstâncias, eu não teria recuado.

Mesmo com toda a bagagem que ela carregava.

Ainda assim, só a fazia mais irresistível.

Porém, não havia outras circunstâncias. Eu ainda era o delegado responsável pelo caso Felipe Prado.

E, ela, uma das testemunhas envolvidas.

Entrei no carro e dei partida.

Melhor esquecer.

Caso encerrado.

PARTE 5

A REUNIÃO

CAPÍTULO 34

• *Melina Sampaio* •
6 meses depois

Sentada no meu lugar costumeiro na área aberta do restaurante do hotel em Aveiro, Portugal, me preparei para o que sabíamos que aconteceria desde o começo. Meus olhos bateram nos outros três lugares vazios ao redor da mesa; suspirei.

Quando aceitei fazer parte da maior insanidade e também do maior feito de justiça da minha vida, já esperava por aquele encontro. O momento em que ficaria cara a cara com as outras três. Mas nem mesmo meses trabalhando meu psicológico para isso me preparou para estar, de fato, vivenciando a cena que antes só havia imaginado.

Ao desviar poucos minutos depois os olhos do mar, captei a imagem de Élida vindo da área interna. Foi impossível que, depois dos segundos de reconhecimento do seu rosto, minha atenção não se desviasse para baixo, com seu ventre esticando o vestido amarelo. Ela combinava com o clima da praia, parecia feliz. Não fiquei triste por isso, mas a inveja veio imediatamente, fazendo com que apenas um contido sorriso forçado esticasse em meus lábios. Porém, ela não era idiota, percebia a forma como eu a olhava. Como olhava para todas elas. Existia simpatia, é claro. De uma forma distorcida, entendíamos as dores umas das outras.

Eu tinha as minhas cicatrizes e, elas, as próprias. O que passamos com Felipe poderia ser comparado em vários níveis. Depois de tudo, conseguiram recomeçar.

Não muito atrás estava Isabel. Ela ainda era uma incógnita para mim. De certa forma, foi a menos afetada pela influência nefasta de Felipe, afinal, entrou em sua vida com um fim específico — a sedução calculada por Vanessa. Todavia, nem mesmo a garota de programa com o coração frio ficou incólume à sedução de Felipe. Nunca ficou claro para nenhuma de nós o quanto ela foi afetada de verdade, ou se seu interesse naquele plano era só pegar a sua parte do dinheiro para cair fora da vida de programas e garantir a segurança financeira da filha. Mas eu sabia que nenhuma de nós se importava muito com isso.

Nunca nos importamos uma com a outra.

Ao não visualizar a quarta mulher com elas, fiquei aliviada. Respirei novamente. Lembrar de Vanessa e de tudo o que aconteceu desde que ela bateu à minha porta meses atrás ainda me fazia ter crises de ansiedade que não me deixavam dormir. Eu andava pela casa remoendo palavras que queria ter dito e, logo depois, percebia ter sido muito melhor não ter falado nada. Ela provavelmente não daria muita atenção também.

Contudo, a sensação não durou muito. Quando olhei por cima dos ombros de Isabel, vi Vanessa Prado andando em nossa direção.

Ao vê-la tão perto outra vez, caminhando tranquilamente pela praia, pude sentir seus olhos em mim. Minha fachada contida era apenas isso, fachada. Uma farsa. Era perturbador pensar que ela apresentava uma versão do que eu seria no futuro, mas nunca a deixaria saber o quanto me desestabilizava.

Não havia rivalidade entre nós. Apenas o conhecimento de que fomos as únicas a amar e a odiar o mesmo homem e, assim como Élida e Isabel, também fomos peças-chave para destruí-lo.

Elas tomaram seus lugares e Vanessa dispensou o garçom depois de pedir champanhe para todas.

Não sabia quanto a elas, mas eu não conseguiria engolir nem água antes daquela conversa estar finalizada.

— Eu passo — disse Élida, alisando a barriga. — Obviamente, não estou bebendo.

— Não é para você, mas elas vão querer essa taça — Vanessa rebateu sem muita emoção.

— Bonito lugar — Isabel elogiou. — Eu não confiava que seria um encontro decente, então deixei minha filha no Brasil. Mas agora estou arrependida, ela teria gostado da praia.

— Você terá mais do que o suficiente para levá-la a quantas praias quiser agora — disse Élida.

O garçom não demorou a chegar. Serviu cada uma de nós, colocando um prato raso com um envelope simples e pequeno dentro.

— Um envelope para cada — Vanessa explicou. — Neles vocês vão saber como acessar as contas.

— Gostei — Isabel sorriu. — Bem 007.

— Antes isso do que ser fotografada com as amantes de Felipe como se entregasse um presente ilícito.

Ignorei a alfinetada, assim como as outras. Élida pegou um tablet na bolsa e o apoiou na barriga para mexer.

— Ficamos com a mesma fatia do bolo, acho importante ressaltar.

— Não sei se sua palavra é o suficiente. — Isabel cruzou os braços, encarando a grávida com ar de dúvida. — Quer dizer... Não sou a única, certo? Como vamos confiar que não deu uma de esperta e ficou com uma parte maior que o combinado?

— Por que eu faria isso?

— Por que não faria? — questionei. Não me importava muito com o dinheiro. Mas havia uma pequena parte de mim que não queria ver qualquer uma delas melhor do que já estava.

— Eu poderia ter ficado com tudo sozinha desde o início.

— Quero ver a sua conta — disse Isabel, estendendo a mão para o tablet.

Eu quis rir da ousadia, mas mantive a postura.

— Ah, por favor, senhoritas... — Vanessa reclamou, como se estivesse entediada. — Tenham um pouco de classe. Acabamos de nos livrar de um ladrão. Eu gostaria de acreditar que ele não as corrompeu.

— Eu não confiaria tanto nisso — murmurei.

— Então, o que faremos agora? — perguntou Élida.

— Sem querer soar egoísta, mas já sendo... prefiro não saber nada sobre a vida de vocês — declarei. — Só precaução para o futuro.

— Eu concordo — disse Vanessa, me olhando brevemente antes de pegar sua bolsa. — Foi uma experiência... interessante. Mas, como pretendo não ver vocês outra vez, não fará diferença.

— Por mim, tudo bem — Élida concordou. — E, para referência futura, se algo voltar para nós algum dia, não sabemos de nada, certo?

Isabel se levantou também.

— Eu não poderia me importar menos. — Sorriu e colocou os óculos escuros ao pendurar a bolsa no ombro. — Tenho meu dinheiro e o gosto da liberdade. Façam como eu e aproveitem o mesmo.

Sem dizer mais nada, ela se foi.

— Observem muito bem os próximos homens com quem vão se envolver daqui pra frente — Vanessa aconselhou, e, seguindo o exemplo de Isabel, tirou os óculos que seguravam o cabelo em cima. Ela foi embora como se nem ao menos tivesse estado ali.

Élida foi a seguinte; ficou sentada por mais um ou dois minutos e depois saiu sem dizer nada.

Não me levantei quando todas saíram. Pedi mais uma taça de champanhe e finalmente abri o envelope, observando atentamente cada frase e números apresentados. Não confiava em nenhuma delas, portanto, a primeira coisa a fazer seria conferir os dados e garantir que o dinheiro era meu. Ao me ver completamente sozinha, fitei o mar e respirei profundamente.

Não éramos amigas, nunca seríamos. Talvez, no fim, essa fosse a única graça de tudo.

Quem deu a cartada final foram as quatro mulheres que ele chamava de "loucas", mas, em nossa visão, nunca estivemos tão sãs.

Bastou um único sopro e o castelo de cartas construído pelo rei desabou.

PARTE 6
COMO TUDO COMEÇOU

CAPÍTULO 35

· *Vanessa Prado* ·

Depois de vinte anos e de tudo o que passei com Felipe, desejar que ele morresse era algo que eu não conseguia, por mais que o amor que um dia senti por ele tivesse se esfacelado, assim como muitos dos meus sonhos que deixei para trás por sua causa. Eu não tinha coragem de matá-lo, nem de pagar alguém que pudesse fazer isso por mim. Não era idiota. Sabia que algo assim, tão extremo, só atrairia atenção indesejada. Eu seria a principal suspeita, e correria o risco de ser chantageada por um marginalzinho qualquer que conheceria meu segredo sórdido.

Não, a morte seria fácil demais para Felipe.

Abandoná-lo também não era o bastante, embora eu contasse os dias para me ver livre do status de mulher casada, para não ter nenhum vínculo matrimonial com o homem que me fez desperdiçar anos da minha vida.

Eu queria destruí-lo.

Sentia a necessidade de vê-lo sofrer o sabor da derrota. Tirar seu maldito sorriso arrogante dos lábios que tanto mentiram para mim, com sua face irresistível.

Após o divórcio, ele ainda teria como recomeçar e, conhecendo-o como eu conhecia, não demoraria muito para que Felipe logo colocasse uma substituta em meu lugar, muito provavelmente uma versão jovem de mim. Então, mesmo que me libertasse dele, ainda assim parecia muito pouco. Mas era tudo o que eu tinha. Era até onde tinha coragem de ir sem me perder no processo.

Por esse motivo, mesmo acreditando que o mais vantajoso possível fosse colocar uma garota de programa dentro da minha casa para tentar meu marido e assim conseguir chantageá-lo para me dar o divórcio, eu não me sentia em paz.

Encontrei Isabel em um restaurante e a ideia surgiu com tanta força que logo a coloquei em prática. Uma rápida pesquisa me mostrou que Isabel precisava mais daquela grana do que eu das provas para intimidar meu marido. E, confesso, a garota me agradou. Não por causa da sua história ingrata, de uma vida fodida e das suas inúmeras razões para desejar destruir homens como Felipe. Isabel era mãe. Não uma mãe qualquer, mas uma como eu, capaz de qualquer coisa pela sua filha, até mesmo de ir para a cama com as piores espécies em troca de dinheiro.

— Vai ser simples, Isabel. E rápido também — eu disse, não me sentindo nada bem em saber que pagava uma mulher para dormir com o Felipe, e não porque doía em mim a ideia de que meu marido teria mais uma amante. Dentro de mim não havia mais espaço para o amor, muito menos para o Felipe. O que ele fazia e com quem se deitava não me importava, pelo contrário.

Há um ano eu não deixava que ele encostasse em mim. Por mais que meu marido arrumasse uma maneira de me trair, e apesar das brigas constantes, Felipe não aceitava perder, e o meu afastamento foi como uma rasteira, fazendo-o nunca desistir.

— Não se preocupe, Vanessa — ela disse mantendo a postura jovem e relaxada, porém, eu sabia que lhe incomodava tanto quanto a mim. — Eu sei como pegar um homem como Felipe.

E eu bem sabia o que Felipe era capaz de fazer com a cabeça de uma mulher. Isabel era linda, jovem, cheia de vontade de... eu não sabia dizer. Talvez ela quisesse muito arrumar uma forma de sair dessa vida, entretanto, havia na garota uma raiva contida, um ódio que, eu sabia, só passaria quando ela conseguisse tirar tudo o que podia da sua vítima. Ou seja, quando os papéis fossem invertidos: ela deixaria de ser a vítima, e o seu cliente... eu nem queria pensar.

Então fechamos o acordo.

Ainda assim, não havia paz em mim. Nem mesmo quando Guilherme ousou me tocar pela primeira vez, ultrapassando os limites estabelecidos em nossa relação meramente profissional; eu, mesmo desejosa daquele toque, não permiti. Enquanto não me sentisse livre de Felipe de uma vez por todas não conseguiria me entregar a Guilherme com sinceridade, e ele merecia isso.

Para mim, meu casamento estava acabado havia muito tempo, mas não podia correr riscos, não enquanto Isabel estivesse executando sua parte do plano. Se de alguma forma Felipe desconfiasse de Guilherme comigo, ele certamente usaria isso a seu favor e o feitiço se viraria contra o feiticeiro.

De toda forma, eu rezava todos os dias para que algo novo aparecesse. Não sabia o que, mas queria que algo fosse capaz de derrubar Felipe de um jeito que ele não conseguisse se reerguer sozinho. Que o fizesse perder sua credibilidade e a confiança de qualquer pessoa que um dia esteve disposto a ajudá-lo.

Sim. Havia um sabor todo especial na derrota do meu marido. Um que me motivava a ir além. E quem diria que o próprio Felipe me proporcionaria essa vantagem?

A solução caiu no meu colo sem que eu esperasse. Foi o que me fez sorrir como uma boba por vários dias. E aconteceu sem qualquer pretensão, com um encontro ao acaso, no banheiro, em uma das minhas poucas visitas à empresa que meu marido geria — e que havia iniciado com o meu dinheiro.

Élida me pareceu frágil demais quando a vi pela primeira vez. Naquele momento, por inúmeros motivos, não cogitei seu envolvimento com Felipe. A garota tinha cabelo escuro, o que, como eu tive tempo para assimilar, não correspondia aos gostos do meu marido. Também não era fina nem sofisticada. Se vestia de forma simples, calça jeans e camiseta. Não usava joias, nem marca.

Por isso minha participação naquele encontro se deu pela preocupação real de a garota estar envolvida em algum relacionamento abusivo, algo muito nítido nas marcas deixadas em seus braços, no tremor das suas mãos e no seu comportamento ansioso. O fato de ela buscar refúgio no banheiro da empresa, em horário comercial, mais precisamente no meio do expediente, me chamou a atenção para o que sugeria que seus abusos ocorriam dentro da empresa.

Entretanto, ligar Élida a Felipe demandou tempo e, sendo justa, só aconteceu pela vontade dela. Um tempo depois de ter colocado Isabel dentro da minha casa, e sem conseguir muito sucesso quanto aos avanços do meu marido, fui abordada na saída da academia por uma garota nervosa, olhando para todos os lados, com medo até mesmo das bicicletas que passam próximas.

— Dona Vanessa? — ela chamou sem se aproximar. Em seguida olhou para os lados. — Vanessa Prado?

Foi a minha vez de verificar se havia alguém próximo o suficiente para me ajudar caso aquela mulher fosse alguma louca, psicopata, disposta a tudo contra mim. Ela então puxou o boné, revelando ser a garota que encontrei no banheiro da empresa. Soltei o ar dos pulmões, mas, ao mesmo tempo, fiquei tensa. O que ela fazia ali?

— Meu nome é Élida. A senhora disse que eu podia procurá-la se precisasse de ajuda. Lembra?

Assenti, ainda tentando entender como foi que ela conseguiu me encontrar se eu não tinha lhe dado o número do meu celular ou alguma informação a respeito da minha rotina. Mas desviei o foco desse detalhe. A garota parecia angustiada, o que me alertou mais do que o fato de precisar entender os meios utilizados para me encontrar.

— Tem um minuto? — concordei, e ela pareceu relaxar um pouco. — Em algum lugar mais discreto?

— Aconteceu alguma coisa? Em que posso te ajudar?

Relembrei o nosso encontro, e cogitei que Élida queria meu apoio para denunciar quem quer que fosse o funcionário da Prado Machado que a estivesse machucando.

— No meu carro. Venha comigo.

Caminhamos em silêncio, entramos no carro e, quando fui dar a partida, ela pediu que eu não estivesse dirigindo enquanto me contasse tudo, para nossa própria segurança. Então eu concluí que era realmente algo muito ruim.

E foi assim, através da mágoa, do sentimento de culpa e de impotência que Élida sustentava que eu soube muitas coisas sobre o meu marido, as quais nunca fui capaz de imaginar. A violência retratada e a maneira como ele agia com a menina, tudo me deixou enojada.

Enquanto eu pagava uma mulher para tentar seduzi-lo debaixo do nosso teto, ele tinha em suas mãos uma jovem que lhe servia para extravasar seu lado sádico. Contudo, por mais que seu relato me fizesse acreditar que ela me ajudaria a conseguir um divórcio ainda melhor, eu não podia simplesmente descartar Isabel.

— Você quer denunciar meu marido pelo que ele fez e por isso veio até mim? — Precisava entender o real motivo de Élida ter me procurado.

— Não quero acusar Felipe de ter me agredido. — Ela não conseguia me olhar nos olhos naquele momento. — Eu me envolvi com um homem casado. Fiz sexo consensual com ele...

— Você foi coagida a se envolver com ele, sob a ameaça de perder o emprego. É assédio! — pontuei, um pouco chocada com a forma como ela enxergava a manipulação de Felipe. O canalha a envolveu de forma a fazê-la se sentir culpada, como se o erro tivesse sido dela.

A vergonha em seu olhar me disse tudo. Meu marido ainda exercia um forte poder sobre a garota à minha frente, mesmo que ela acreditasse ter se livrado de sua influência. Ele a assustava.

Existia uma grande chance de Felipe sair como a vítima daquela história e, Élida, a vilã. Uma mulher interesseira tentando dar um golpe num dos homens mais respeitáveis do Rio de Janeiro. Infelizmente, a justiça ainda era cega em muitos aspectos, e a sociedade machista, fazendo a mulher se tornar culpada dos abusos que sofreu.

Porém, o relacionamento de Élida com Felipe e a maneira como ele adoeceu aquela garota ainda não eram tudo o que ela tinha para me contar. E, quando pensei que não teria nenhuma vantagem sobre Felipe com aquelas revelações, ela finalmente me trouxe a paz de espírito de que eu tanto precisava:

— Vou denunciar o Felipe.

Enquanto Élida me contava sua descoberta a respeito do golpe que ele estava dando na empresa, meu cérebro começou a processar todas as informações e, como engrenagens trabalhando a todo vapor, ao mesmo tempo em que ela me mostrava em seu tablet a quantidade absurda de dinheiro que meu marido desviou para inúmeras contas num paraíso fiscal, um novo plano se formava em minha mente.

— Vou fazer de forma anônima — revelou, me contando sobre a intenção de entregar Felipe à polícia, junto às informações, para que todo o dinheiro roubado fosse recuperado e devolvido aos investidores. — Não quero minha vida sendo virada do avesso pela mídia, e nem sei até onde a influência de Felipe alcança, então não posso arriscar e me colocar como um alvo. Ele é perigoso. Acho que nenhuma de nós ainda conheceu a verdadeira face de Felipe Prado. Não vou pagar pra ver. É por isso que estou contando tudo isso à senhora.

— Para que eu abandone o navio antes que ele comece a afundar?

— Sim. Não quero que a senhora se prejudique. O Felipe não perde nunca. Por qual motivo teria todas essas contas no exterior e desviaria dinheiro dos clientes? Um volume tão... — Ela engoliu em seco. — Ele me disse que só aceitaria o fracasso do casamento de vocês quando conquistasse uma vitória maior...

— Ele está indo embora — completei sua fala, testando como aquilo se refletia dentro de mim. Élida concordou sem nada dizer. — Não me admira. Felipe é previsível, mesmo acreditando que esteja acima da humanidade. O que me leva a pensar que...

Virei para a frente, me organizando para formular melhor as ideias.

— Ele tem outra pessoa — falei, por fim.

— Outra amante? Mas...

— Desculpe, Élida, mas, neste momento, meu marido está se divertindo com a babá do meu filho dentro da minha casa.

— Mas... — ela abriu e fechou a boca, sem saber o que dizer.

— Sim, ele é um filho da puta.

— E não pode ser ela?

— Não. Isabel foi contratada por mim.

Outra vez a garota ficou abismada.

— Escute, Élida. Há um tempo venho tentando pegar o Felipe. Qualquer coisa que me ajudasse a me livrar dele para sempre, mas o que você tem aqui é...

— Vai entregá-lo à polícia?

— Não hoje.

— Eu não entendo, Vanessa.

Dei a ela um sorriso amargo enquanto pensava numa forma de trazê-la para o meu lado. Ela tinha em mãos tudo de que eu precisava. Só teria que convencê-la a dançar conforme a minha música e, então, teríamos nossa vingança. Porque eu sabia, Élida não estava agindo por altruísmo em relação aos investidores que foram danados pelo golpe de Felipe. Ela, tanto quanto eu, queria que ele perdesse, sentia a necessidade de vê-lo derrotado, destruído.

Uma denúncia anônima era sua forma de dar uma rasteira no Felipe. Mas o meu plano era perfeito. Não apenas destruiria meu marido de uma vez por todas, como também nos compensaria por todos os danos que ele causou.

— Eu tenho uma ideia melhor.

Contei meu novo plano à Élida, unindo as informações que ela tinha ao jogo que iniciei com Isabel em minha casa. Eu ficaria fora de qualquer suspeita quando revelasse minha intenção de divórcio, mostrando que, se estava disposta a qualquer coisa para convencer Felipe a assinar a papelada, até mesmo contratar alguém para seduzi-lo, não existia nenhuma possibilidade de eu ser sua cúmplice naquela sujeirada que ele aprontou contra os próprios clientes.

Élida agiria sem que ninguém desconfiasse. Uma parte mínima — contudo pomposa — do que Felipe havia furtado seria redirecionada para outras contas; dessas, ele jamais saberia a existência. E então, no momento certo, ela entregaria as provas à polícia, de maneira anônima, e Felipe assistiria ao seu castelo desmoronar.

Eu estaria segura, protegida pelo meu pedido de divórcio. Isabel não correria nenhum risco, uma vez que sua participação em nada influenciava as questões da empresa, apenas ajudaria a conseguir minha liberdade. E, no final, quando Felipe estivesse atrás das grades, dividiríamos, em partes iguais, o que retiramos do fruto proibido que meu marido pensou que desfrutaria sozinho.

Ninguém perceberia.

— Você tem razão. Sua ideia é melhor que a minha, dona Vanessa. Estou dentro.

Não posso dizer que isso pesou em nossas consciências. O que Felipe nos fez precisava ser recompensado, afinal de contas, todas precisaríamos de um recomeço, então, por que não?

E assim seguimos com o plano

Confesso que estava feliz com a situação. Em breve Felipe seria preso, desmoralizado, ficaria pobre e sem qualquer atrativo, enquanto eu... bom, eu seguiria a minha vida de uma forma muito melhor. Até me sentia bem sabendo que o dinheiro que furtaríamos ajudaria as outras duas mulheres. Elas precisavam disso bem mais do que eu, mas não posso negar, alguns milhões a mais massageavam o meu ego.

Fiz tudo como combinamos. Isabel me procurou um tempo depois, ofendida, enfurecida com Felipe, da forma como temi. Coitada. Mais uma que se iludiu com as suas falsas promessas.

— Eu quero vê-lo na lama! — falou, sem qualquer medo da minha reação. Eu sorri. Apenas sorri.

— Já tenho os vídeos, Isabel. Logo ele será exposto.

— Para quem? Você só vai ameaçá-lo para conseguir mais grana no divórcio. Acha que isso basta? Acha que só deixá-lo livre para seguir destruindo a vida de outras mulheres é suficiente?

— Com o Felipe, me preocupo eu. Você será muito bem recompensada. É só ter paciência e seguir com o combinado. Não deixe nada sair do nosso controle.

— Controle? — Ela riu, raivosa. — Então é melhor você começar a se preocupar com ele também. Felipe tem outra mulher — afirmou com certo prazer.

— A Élida? — Sorri, mantendo a compostura. — Eu já sei. Ela me procurou.

— Élida? Sim, eu lembro de alguém com esse nome — falou pensativa. — Então estamos falando de...

— O que você quer dizer, Isabel?

— Mais uma mulher. Felipe tem mais uma garota! — Riu exasperada. Chocada e delicada demais. — Desgraçado! O filha da puta estava passando todas para trás.

— Fale de uma vez o que você sabe.

Ela se balançou nos próprios pés, pensando no assunto.

— O que você e essa tal Élida estão aprontando? — perguntou, demonstrando estar mais calma.

— Isso não é da sua conta.

— Parece que sim. Se a outra amante tem algum esquema com você, eu mereço estar no jogo, não?

— E eu já não prometi que te recompensaria? — Comecei a perder a paciência.

— Só que antes eu não tinha a informação que tenho agora.

Encarei a mulher que coloquei em minha casa para incriminar meu marido. Não seria tão injusto dividir a fortuna com ela também, afinal de contas, Isabel era mais uma vítima do Felipe. Tinha em mãos uma informação valiosa. E eu poderia contar com ela para o que mais fosse necessário fazer, sem arriscar que eu fosse pega.

— Tudo bem. Você tem a minha palavra.

— E vale de alguma coisa?

— Levando-se em consideração tudo o que fizemos até aqui... — Dei de ombros e acendi um cigarro, mesmo ciente de que Felipe sentiria o cheiro assim que colocasse os pés em casa.

— Ele tem uma amante. Uma celebridade — ela sorriu, vitoriosa.

— Celebridade?

— Uma garota famosa. Dessas que as pessoas começam a seguir no Instagram sem qualquer motivo, só por causa da beleza e das roupas, eu acho. Ela tinha muitos seguidores e fazia várias propagandas dessas marcas chiques que você usa também. Mas, do nada, anunciou que abandonaria tudo, e sumiu.

— E como posso confiar? Quem é essa garota?

Isabel riu.

— É, Vanessa, aquele cretino te mantinha cega mesmo. O cara está com a famosinha há um bom tempo pelo que pude perceber.

— Como sabe?

— Eu vi os e-mails. Às vezes, enquanto o esperava no escritório dele, eu fuçava seu *laptop*. Eu sei que ele troca mensagens com essa mulher. Diz que a ama e tudo! Não acho que ela seja qualquer uma. É muito sério.

Aquilo me incomodou, mas não pelos motivos que seriam óbvios. Se Felipe queria trepar com uma blogueirinha, era um problema dele. O que me incomodava era saber que ele manteve essa por mais tempo. O que indicava que Isabel tinha fechado, sem perceber, o que faltava em nossas desconfianças.

Élida tinha razão. Felipe não tinha furtado aquele montante para viver sozinho em algum lugar do mundo. Ele fez uma escolha. Uma coitada que colocaria em meu lugar. Sumiria no mundo com dinheiro para nunca mais precisar se preocupar com a vida.

Mas isso eu não permitiria. Felipe tinha que cair, nem que para isso eu tivesse que derrubar a coitada que ele fazia de amante.

— Tudo bem. Posso te incluir no meu plano.

— Que plano?

Contei tudo o que sabíamos à Isabel. Ela se dispôs a seguir a garota, a descobrir tudo o que eu precisava e, lógico, demonstrar estar muito mais comprometida com a causa, uma vez que levaria uma bolada que resolveria todos os seus problemas.

No dia certo, iniciei o que combinamos.

Dessa vez, Felipe foi ousado. Escolheu uma pessoa que construía uma vida pública. Conhecida nas redes sociais e que emplacava vários contratos de moda. Ri sozinha no carro alugado. Tanta exposição facilitaria para mim.

Com a informação colhida por Isabel, eu conhecia os horários daquela casa, assim como a necessidade de molhar a mão do porteiro para que minha presença fosse liberada e esquecida. Bom, "generosidade" era o meu segundo nome. Nem sob tortura ele confessaria que eu estive ali.

Contudo, hesitei por alguns minutos. Não podia entrar naquele apartamento como a esposa corroída pelo ciúme. Isso aguçaria o seu desejo de tê-lo. Não. A garota, Melina Sampaio, tinha uma personalidade orgulhosa, um tanto quanto infantil em suas atitudes, nada que não estivesse de acordo com a sua idade. Ainda assim, ela era uma mulher apaixonada. A amante mais bem tratada do meu marido. Como fazê-la abrir mão do que tinha e entender que, na verdade, não tinha nada?

Não era por dinheiro, foi fácil perceber. A família era rica e influente. Além do mais, os contratos facilitavam a sua vida de blogueirinha. Então como?

Sorri satisfeita.

Fácil.

Eu só precisaria derrubar o seu castelo de areia.

Assim que o elevador abriu, esbarrei em um rapaz que parecia não conseguir ver nada à sua frente.

— Desculpe, eu... — Seus olhos se estreitaram quando me viu direito, e depois ficaram imensos.

— Algum problema?

— Não. — Continuou me encarando. — Não. Desculpe. É que você parece muito com... uma amiga.

Sorri apenas porque precisava ser educada.

— Com licença.

Aguardei que ele entrasse no elevador, mas não me importei em esperar a porta se fechar para caminhar até o apartamento dela. Ainda ouvi um resmungar do lado de dentro e, então... a garota na minha frente. Linda, nova, irritantemente uma versão jovem de mim mesma.

Felipe era um doente.

— Melina Sampaio? — Estendi a mão para ela. — Vanessa — falei com calma e, confesso, certa satisfação ao completar: — Prado.

— Eu não te conheço, com licença.

Ela ia fechar a porta na minha cara? Meu Deus! Quanta falta de elegância. Até mesmo as amantes tinham o mínimo de nobreza para encarar a esposa do homem com quem elas iam para a cama.

Como eu não queria perder a oportunidade, desci ao mesmo nível. Segurei a porta com força, estragando meu sapato caro e correndo o risco de quebrar uma unha.

— Você não pode entrar aqui...

— Vamos economizar tempo, Melina. Para o que eu vim tratar, argumentos como "quem é você" e "não é o que está pensando" não vão acrescentar em nada. Você sabe quem eu sou, e eu, como pode ver, sei quem é você.

Entrei no apartamento sem aguardar pelo convite. Não pude deixar de conferir o ambiente. Felipe não poupou dinheiro para sustentar aquela garota. O meu dinheiro. Desgraçado!

— Está bem. O que você quer?

— Muitas coisas — coloquei um tom alegre em minha declaração. — Você nem faria ideia. Mas podemos começar por tirar algo do homem com quem, infelizmente, me casei. Nada que não possa ser corrigido com brevidade. E também será bom para a sua saúde mental. Esse Felipe que está te usando é o mesmo que já usou muitas outras.

— Não gaste saliva à toa. Estou preparada para o que quer que veio inventar.

Acabei rindo. Não porque era engraçado confrontar a amante do meu marido, mas porque enxergava aquela garota apaixonada, determinada a enfrentar tudo e todos... Lembrava o que eu fui, e tudo o que fiz para manter Felipe ao meu lado. Sem pensar muito bem no que fazia, peguei um porta-retrato, o único existente na casa, com a foto dos dois. Encarei por mais tempo do que precisava. Felipe ainda era lindo, e sorria ao lado dela como se a amasse de verdade.

A angústia que senti não surgiu pelo ciúme. Não. Era difícil encarar aquela foto e não lembrar de nós dois. A garota se parecia muito comigo. De uma forma doentia. Como se Felipe tivesse escolhido a dedo aquela que seria uma versão minha mais jovem.

De certa forma tive pena da Melina. Ela não fazia ideia do que a aguardava.

— Muito bonita. Foi mais fácil admitir isso do que pensei que seria.

— Diga o que quer de uma vez, Vanessa. Felipe chegará a qualquer momento.

— Acha que tenho medo disso? Dele?

— Ele odeia ser contrariado, deve saber disso.

— Estamos falando do meu marido, não é? Conheço muito bem a personalidade instável que ele sustenta.

— Foi por isso que o casamento de vocês acabou?

Suspirei controlando a vontade de acender um cigarro. Seria divertido o Felipe entrar naquela casa e se enojar com a fragrância. Mas me contive. Não queria deixar rastros.

— E o meu casamento acabou? — devolvi a pergunta, pegando-a de surpresa. Melina estreitou os olhos em minha direção. Seria mais difícil do que eu imaginei, e o tiro poderia sair pela culatra. — Bom... — Sentei na poltrona confortável e cruzei as pernas para indicar que não estava ali para brigar. — É certo que o casamento ainda existe, mas posso te garantir que não por minha causa.

— Não vou ter essa conversa com você.

Ela se desestabilizou. A informação de que Felipe não queria o divórcio fez com que a garota ficasse insegura. Era a minha chance.

— Aqui está. — Estendi para ela uma cópia do meu pedido de divórcio. Melina titubeou, olhou muitas vezes para mim e para o papel. — Pegue. Você vai gostar do que tem aí.

Ela retirou o papel da minha mão e começou a ler. Seus olhos se estreitavam em alguns momentos e, em outros, um leve sorriso brotava em seus lábios.

— É o divórcio? — sussurrou encantada com a possibilidade de enfim viver com aquele que acreditava amar.

— É o meu pedido, como pode verificar.

— Mas então ele vai...

— Ele não vai assinar — anunciei. O choque que se prolongou no rosto dela não me passou despercebido.

— Claro que vai.

— Não. Não vai. Essa é a terceira vez que peço o divórcio.

— Não vou cair no seu jogo. — Devolveu a cópia, voltando a ficar na defensiva.

— Essa é uma escolha sua. Na verdade... há muitas coisas que nos fizeram chegar ao ponto em que estamos hoje, eu e ele obviamente. Não vou discutir todas com você. Não vem ao caso. Mas tem as principais, as que me fizeram perceber que, se passasse mais algum tempo ao lado dele, mesmo que só no papel, eu perderia minha sanidade.

— Vanessa... existe uma hierarquia que conhecemos e respeitamos. Por enquanto você é a esposa, então eu não vou atrás, não te provoco e tento não lembrar que existe. Mas você vir até aqui, abordando-me dentro de casa, não está certo.

— Não vim como uma provocação.

— E então o que é?

— Queria te alertar. Avisar que o homem que ele construiu para você não é real. O seu Felipe é só mais uma das faces de tantas outras que ele tem.

Ela começou a rir, contudo, foi fácil perceber o quanto minha declaração a impactou.

— Você está com ciúmes! — rebateu com raiva. — Ele vai te deixar para ficar comigo. Nós vamos construir uma família. Ele vai te deixar, acabou. Precisa se conformar e seguir com sua própria vida. Tenha um pouco de amor próprio!

Acabei sorrindo para a força que ela utilizou em sua tentativa de me humilhar. Era louvável a sua determinação em ficar ao lado do Felipe. Mais uma semelhança. Houve um tempo em que eu abandonaria o mundo para segui-lo. Talvez tenha sido isso que me fez não desistir de salvar aquela pobre alma. De tentar, de alguma forma, fazê-la enxergar. O que seria de Melina quando Felipe fosse preso? E quando percebesse que aquelas promessas, sobretudo a construção de uma família só deles, não passava de uma grande mentira?

— Não há uma maneira de ser delicada ao dizer isso, mas você vai pensar o pior de qualquer jeito. O que importa é deixá-la ciente de em que está metida.

— Se já sabe que vou rejeitar qualquer palavra, por que não vai embora de uma vez?

— Ele fez uma vasectomia — anunciei sem aguardar por mais nada. — Isso é fácil de descobrir. Você consegue inclusive verificar as duas pequenas marcas, quase imperceptíveis, no saco escrotal dele. — Sorri maliciosa e satisfeita.

Melina deu um passo para trás. Tentou, mas não encontrou argumentos.

— Você pode acreditar em mim agora, ou lembrar das minhas palavras quando nunca conseguir engravidar. A opção é sua.

Ela continuou estática, os olhos úmidos, mas sem derramar uma lágrima.

— Melina... — Dei um passo em sua direção. — Felipe fez o mesmo comigo. Ele me prometeu amor eterno, me fez acreditar que ninguém valia mais a pena do que ele, me afastou do mundo, da minha família. Ele tirou tudo o que podia de mim, inclusive o meu direito de dar a meu filho um pai decente.

— Ele ama o Guto — ela sussurrou, horrorizada. Eu tive que rir, só que sem qualquer gosto nisso.

— Ele nunca se aproximou do menino mais do que o que manda o decoro. Guto sequer brinca com ele.

— Você está mentindo.

Não havia qualquer força em suas palavras.

— Felipe teve dois casos nos últimos meses. A babá do meu filho e uma funcionária da empresa. Elas são as únicas das quais eu sei, mas não duvido de que existam outras aqui e ali.

Ela me observou com atenção, buscando em meu rosto qualquer coisa que indicasse a mentira, mas nada encontrou.

— Vendo como você vive, já percebi que, das duas, foi a única bem tratada.

— Chega!

— Posso colocá-las em contato com você e...

— Pare!

— Felipe não estendeu a mesma simpatia a elas. Ele as usava e...
— Já chega, Vanessa. Não quero ouvir mais!

Ela andou atordoada pela sala, como se minhas palavras conseguissem levá-la para alguma lembrança que não desejava revisitar.

— Eu entendo a recusa em acreditar. Não foi fácil quando passei por isso.

— Está se sentindo realizada em vir aqui e despejar todas essas mentiras, não é? Ele me avisou que você é completamente louca, mas eu não acreditei. Pelo menos não até agora. Vá embora de uma vez, antes que eu peça a um dos seguranças para subir.

— Acredite: de nós duas, você é a única se debulhando de amor por Felipe Prado, então sua visão de loucura está distorcida. E não digo isso de uma forma completamente maldosa, também já fui louca por ele.

— Ele é seu marido, o que significa que o ama também.

— Não. Já amei muito. Hoje o encaro e conto as horas até me ver livre dele.

— Por que será que não consigo acreditar nisso?

— Não vou mentir. Fazê-la acreditar na verdadeira face do meu futuro ex-marido me beneficiaria mais do que pode imaginar.

— Por tê-lo de volta?

Pegando-me de surpresa, ela foi até a porta, abrindo-a com violência, me aguardando em um convite aberto. Balancei a cabeça, incrédula.

— Eu te mostrei o pedido de divórcio. Se Felipe quiser mesmo ficar com você, vai chegar comemorando. Vai te contar que está livre e que vocês vão poder viver felizes para sempre.

— Por que está fazendo isso? Se não o quer mais, como diz, por que está tentando estragar a minha vida ao lado dele?

Eu me aproximei, ciente de que não deveria forçar demais. Melina já tinha todas as dúvidas necessárias. Ela iria testá-lo e descobriria por si só quem Felipe era.

— As outras estão ao meu lado, dispostas a arrancar a coroa que ele imagina ter; a mostrar que não se pode conquistar tudo ferrando os outros. Enquanto se decide, encare minha visita como um ato de sororidade.

— Vou encarar sua visita como algo que nunca aconteceu. — Ela ergueu o queixo, porém, pude ver que não se manteria firme por muito tempo.

Caminhei até o elevador, repensando as palavras que utilizei e verificando o que ainda faltava ser dito. Então, quando a porta abriu, olhei para trás, encarando a mulher que se abraçava, como se pudesse quebrar a qualquer momento.

— Esqueci de perguntar uma coisa — falei de forma educada. Ela aguardou. — Ele te chama de *boneca*, não é mesmo? — Assisti Melina abrir e fechar a boca. — Que conveniente, não acha? Era como ele me chamava.

— Eu... — ela tentou falar, balbuciando sem nada dizer.

— Teste Felipe. Se ele passar, lembre-se que o amor acaba quando ele parar de te chamar assim.

Deixei o apartamento sem saber se morderia a isca ou se ela se voltaria contra mim. Não havia chance de Felipe saber sobre o plano, mesmo se Melina desse com a língua nos dentes. Mas me incomodava de uma forma estranha saber que aquela menina teria um destino horrível se escolhesse ficar ao lado dele.

Felipe resolveu partir antes do programado. Não estávamos preparados. Eu sequer havia conseguido o divórcio. Não consegui impedi-lo nem mesmo quando o ameacei quanto à Isabel. Nada o impediu de sair daquela casa. Nosso plano estava arruinado. Sem o divórcio, quando Élida entregasse as provas à polícia, eu seria suspeita. Era provável que não conseguisse tirar muito daquele divórcio depois do escândalo.

Havia ainda o dinheiro que conseguimos separar, mas não era o suficiente para mim. Eu queria a sua derrota. Queria Felipe de joelhos. Mas não sabia como alcançá-lo. Era certo que precisaríamos reformular o plano. Élida não poderia entregar as provas da maneira como imaginamos e, por causa de uma manobra infeliz, eu e Isabel ficamos no olho do furacão.

A salvação chegou de uma forma inusitada, em uma tarde de sol, dois dias depois de Felipe deixar a nossa casa e desaparecer no mundo.

Melina entrou em minha sala sem a mesma petulância de antes. Aguardei enquanto ela conferia o luxo em que eu vivia e fazia, mentalmente, as comparações necessárias. Sim, eu era a esposa que Felipe mantinha no pedestal. Pelo menos foi o que fez até o dia em que resolveu partir deixando tudo para trás.

— Você não deveria ter vindo aqui — falei, querendo entender o motivo que a trouxe.

— Não se preocupe com Felipe. Além disso, fui cuidadosa; outras pessoas além de você vivem no prédio, posso ter vindo visitar qualquer um.

— Devo dizer que esperava sua visita.

— Como sabe que ele me chama de boneca? — A insegurança destacada em seus olhos.

Sem querer dizer o óbvio, acendi um cigarro encarando aquela garota que se parecia tanto comigo. Enquanto eu me mantinha presa ao cigarro, ela me analisava de forma minuciosa. E então, suas mãos foram para o seu rosto, em seguida para o cabelo. Horrorizada demais para expressar em voz alta.

— O que foi? Está reparando as semelhanças? — Ela desviou os olhos, entendendo tudo.

— Tenho um sapato igual ao seu.

— Precisei olhar meus pés para saber qual par estava usando.

— Lembro-me de que o primeiro par que ele trouxe não era o tamanho exato. Ele me trouxe um novo.

— E me deu o que não te serviu.

— É o que parece — confirmei.

— Ele me deu o colar que você está usando — ela disse com pesar. — Mas eu disse que não podia usar Graff pelo meu contrato com a Chopard.

Por instinto, toquei o colar. Não pude evitar o sorriso irônico que se abriu em meu rosto. Que belo escroto era o meu marido.

— E ele me deu o que você não quis.

— É o que parece — rebateu.

— Bem, Felipe não para de surpreender.

Traguei mais um pouco e, depois, com calma, deixei a fumaça sair.

— Você me perguntou como sei sobre o apelido.

— Não é necessário — ela me interrompeu, os ombros curvados, como se não conseguisse respirar. — Ele... ele me contou que não pode ter filhos.

— Contou? Que interessante. Felipe sempre optou pela mentira.

— Eu sei — ela sussurrou, buscando apoio no sofá. — Eu fiz tudo por ele.

— Todas nós fizemos.

— E ele nos destruiu como recompensa.

Deixei que Melina sentisse um pouco o peso das suas escolhas. Não posso dizer que a cena que sentia se sobrepunha à alegria de tê-la ali. Ela era o que faltava para que Felipe caísse de vez.

— Nunca teremos as respostas sobre o meu marido. É algo que está permanentemente trancado a sete chaves na cabeça doentia dele. Mas a pergunta é... o que nós vamos fazer sobre isso?

— Durante anos você teve tudo o que eu quis — ela disse, horrorizada. — Sei que não me procurou à toa, está planejando algo. Principalmente se queria tirar a felicidade dele.

— Posso ter ido de boa vontade te avisar.

Ela riu, bestificada.

— Sei que pareço estúpida, principalmente depois de anos pensando que ele fosse um santo. Mas não sou, Vanessa. Não me trate como uma.

— Vai ter que me provar isso.

— Não tenho que te provar nada. Quero acabar com a vida dele, e alguma coisa me diz que você andou pensando nisso.

— Bom...

Contei o plano para Melina. Revelei o que Élida havia feito e disse que, mesmo que ela quisesse arriscar ficar com Felipe, ele não teria mais nada. Por outro lado, se ela desistisse dele, haveria como recuperar tudo o que deixou para trás. Como a garota era instável, e ainda afirmava amar o meu marido, deixei claro que, caso Felipe fosse preso, ela seria sua cúmplice.

Assim, Melina determinou que seria ela a dar a pancada final. Entregaria Felipe à polícia e destronaria aquele que se sentia o rei do mundo.

Felipe feriu todas nós de uma forma única. Por prazer? Talvez. Eu tinha essa certeza. O demônio tinha olhos bonitos e sorriso astuto. Uma falsa paz transmitida, especialmente (e isso nunca fugiu aos meus olhos) quando nos causava dor, fosse física ou psicológica.

E foi assim que quatro mulheres, frágeis, com problemas e magoadas derrotaram aquele que se sentia um deus.

Sabíamos que a queda do Felipe não seria o santo remédio que arrancaria de dentro de nós a dor e o trauma por que passamos. Tudo o que ele foi capaz de fazer ainda nos aterrorizava, contudo, havia compensação em saber que ele mofaria na cadeia, que nunca mais alcançaria nenhuma de nós. E, como recompensa, bancava o nosso recomeço.

É, havia todo um *glamour* naquela vingança.

Por que não?

EPÍLOGO

VANESSA PRADO

Assim que me vi próxima à Praia da Barra, em Aveiro, tirei as sapatilhas, peguei o chapéu de praia que deixei estrategicamente dentro da bolsa, colocando em seu lugar a camisa de manga comprida que usei para encontrar as outras garotas, e caminhei sem pressa para o outro ponto, onde encontraria as duas pessoas mais importantes da minha vida.

Guilherme e Guto.

Foi inevitável sorrir quando meus pensamentos me levaram até a imagem daqueles dois. Há seis meses eu tinha arriscado tudo, acreditando fazer o melhor por Guto, e, no fim, descobri que fiz o melhor por mim também.

Aquele plano, improvável no início, cheio de mágoa e de sentimentos frustrados, que envolveu tanta gente e quase levou junto a oportunidade de viver um conto de fadas ao lado de Guilherme, havia chegado ao fim. Dessa vez, um fim verdadeiro, com tudo resolvido, concluído e finalizado.

Guilherme pediu demissão antes que sua posição na empresa lhe cobrasse que assumisse o caso do meu ex-marido. Ele sempre fora correto, e entendeu que ficar comigo e defender Felipe — ou tentar, de alguma forma, encontrar a melhor saída para o seu crime — eram atitudes que corriam na contramão.

Assim, conseguimos que o divórcio saísse, a partilha dos bens me favorecesse e ocorresse antes do julgamento do Felipe.

Assegurei a meu filho uma vida confortável e longe daquela loucura. Vendi tudo e deixei o país um dia depois de o juiz decretar a minha inocência no caso.

E por que fiz assim? Bom, em parte não havia como ficar no Brasil depois daquele escândalo. As pessoas me reconheciam na rua, e muitas delas não eram nada delicadas, mesmo ficando provado que não houve participação minha nos esquemas do meu marido. Além disso, depois que consegui fazer com que o plano se concretizasse, observei, com bastante prazer, confesso, que existia uma força em mim impossível de ser contida.

Por isso, passei a desejar mais. Eu queria uma vida livre para Guto e outra ardente para mim. Guilherme era o que eu desejava, mas, da maneira como o queria, só conseguiria a sensação de liberdade fora do Brasil. Para a minha surpresa, meu amante, agora noivo, aceitou a minha ideia sem que eu precisasse repeti-la.

Ah, as alegrias que o amor pode nos causar!

Organizei nossa partida com animação. Guto a cada dia interagia melhor com Guilherme, que era carinhoso, interessado e cuidador. Conquistou meu filho aos poucos, criando uma relação sólida, de confiança, que arrancava suspiros de mim sempre que presenciava uma cena dos dois.

Um dia antes de deixarmos o país, consegui, não de forma lícita, uma visita ao meu ex-marido. Ri sozinha. Sim, eu ainda ria quando lembrava da sua cara ao me ver na sala de visitas, aguardando por ele. Eu sorri e ele endureceu as feições.

— O que faz aqui? — rosnou ao se aproximar. — Já não levou tudo o que tinha de mim?

— Nem tudo. — Olhei para a cadeira na qual ele se apoiava, indicando que deveria se sentar. Felipe não gostou da ideia, mas obedeceu.

— E então? — Cruzou os braços na frente do corpo.

— Vim avisar que estamos deixando o país.

— Vai levar o menino embora?

Constatei não haver qualquer sentimento naquelas palavras. Felipe não amava o filho. O que deveria ser doloroso para mim, no entanto, me fez bem. Guto era feliz ao lado de Guilherme, e isso me bastava. Por isso concordei apenas com um aceno de cabeça.

— Veio pedir a minha autorização?

— Ah, eu não preciso disso! — informei com alegria.

Havia em mim uma satisfação imensa em poder demonstrar a meu ex-marido a mulher que me tornei. A Vanessa à sua frente era mais forte, decidida e, quem diria, mais bonita.

— Guilherme conseguiu que um juiz aprovasse a minha decisão. Quem não concederia a uma mãe honesta o direito de levar o seu filho para longe de um pai tão... — saboreei a palavra antes de dizê-la — perigoso.

— Perigoso? — Ele riu.

— Você não é nenhum exemplo, Felipe.

Como se aumentasse a minha satisfação, peguei a carteira de cigarros na bolsa e acendi um, puxando a fumaça com força, só para soltá-la em sua direção. Ele não reagiu. Continuou me encarando com atenção.

— Se veio até aqui para me dizer que você e Gutemberg vão embora... — fez um gesto com a mão, indicando a porta. Traguei a fumaça e sorri.

— Eu — pontuei. — Guto. — Sorri de forma diabólica. — E Guilherme.

— Guilherme?

Felipe não entendeu de imediato o que eu quis dizer. Sua sobrancelha ergueu em dúvida para, logo em seguida, a informação cair em seu colo como uma bomba. Meu ex-marido se encostou no espaldar da cadeira de plástico, um tanto quanto surpreso. Mas, depois de alguns segundos, ele sorriu, daquele jeito que eu odiava.

— O idiota sempre foi louco por você. O que ele fez? Te consolou quando fui embora?

Puxei a fumaça, saboreando a sensação dentro de mim. Aguardei um tempo, observando meu ex-marido, conferindo o quanto havia emagrecido, o cabelo sem o brilho habitual, vestindo roupa de presidiário, nada elegante, as unhas sem os cuidados de antes. Eu quase ri. Só não o fiz porque, melhor do que assistir à sua ruína, seria assistir à sua reação.

— Não. Ele me ajudou a te colocar aqui, que é o seu lugar — falei com calma.

A cadência em minha voz me fazia soar inocente. E era tão bom ver que Felipe nada tinha para falar.

— Sim, Guilherme sempre me quis e, veja só, eu adoro esse fato. Estou muito satisfeita, obrigada! Mas a melhor parte de ter o amor do Guilherme é saber que, por mim, ele fez o possível para te deixar aqui.

— Por pouco tempo.

— Ah, claro! — falei com cuidado. — Existe a possibilidade de os seus advogados conseguirem um acordo. Abrandar a pena, não é mesmo? Quem sabe em alguns anos você consiga ser um homem livre. — Sem demonstrar interesse, inclinei meu corpo sobre a mesa. — Para fazer o quê? Viver de quê, Felipe?

— O que está dizendo?

— Tomei o cuidado de deixar para você apenas o que poderia ser penhorado e vendido como parte do que deveria ser devolvido para os clientes que furtou.

Ele riu, não mais com o mesmo escárnio, muito menos com a sordidez que o acompanhava. Era a minha vitória. Mais saborosa do que todos os orgasmos que Guilherme me ofertava.

— Ah, tadinho! — Inclinei a cabeça para observá-lo. — Você não sabia? O dinheiro encontrado nas contas que você criou para roubar a empresa não totaliza o valor desaparecido.

Fiz biquinho.

— Seus bens serão leiloados. — Um muxoxo escapou pelos meus lábios. — Temo informar que nem assim conseguirão tudo o que foi retirado dos seus clientes.

— O que está falando? Está tudo lá. Centavo por centavo — rosnou.

— Será? — Deixei que um sorriso imenso tomasse conta do meu rosto.

— O que você fez, sua imbecil?!

— Eu? — Tentei parecer ofendida. — Segundo o juiz: nada.

Mantive o sorriso. Pirraçando. Ansiando pelo seu desespero.

— Já as outras...

— Que outras? — Sua voz ficou mais ameaçadora, me divertindo.

— Você está pobre, Felipe! Voltou a ser o mesmo filho da puta de merda. Aliás, na merda.

— Sua...

Meu ex-marido avançou em minha direção, tentando me acertar com algum golpe esquisito. Empurrei minha cadeira para trás, soltando um grito agudo, proposital, o que alertaria os guardas.

— Eu vou te matar! — ele gritou de raiva, ao ser contido por dois homens. — Devia ter te matado, sua cretina! Eu devia ter...

Sua voz ecoou pelo corredor por onde foi levado. Arrumei o cabelo, respirei fundo e sorri.

— Pois é. Deveria ter me matado — sussurrei para ninguém, ao me aprumar e deixar a sala.

E então, desde então, tratei de viver a melhor vida que pude desejar. Fui embora para Portugal e recomecei. Alguns meses depois, finalmente me sentia livre para colocar as mãos no dinheiro sem chamar a atenção de ninguém.

Se eu não me sentia mal por ter tramado o furto e envolvido as outras amantes do meu marido? Não! Aquele dinheiro serviria de indenização pelos sentimentos desperdiçados naquela relação. Nós merecíamos certo acalento pela ferida que Felipe deixou em nossas vidas. Além do mais, ficar com parte do que foi furtado nos assegurava que Felipe não conseguiria se reerguer e, de alguma forma, buscar vingança. Aquele dinheiro era a nossa paz de espírito.

Sorri quando meus pés encontraram as madeiras da passarela que ligava a Praia da Barra à Praia de Costanova. Aquela sensação de liberdade, enfim completa dentro de mim, me fazia querer pular de felicidade. Faltava pouco para me juntar aos dois e deixar o meu passado para trás. Dessa vez, de verdade.

No ponto exato em que combinamos de nos encontrar, avistei Guilherme segurando Guto pelos braços, brincando na beira da água gelada, rodopiando com meu filho.

Parei, encostando na madeirinha da cerca que me separava da areia para contemplar a cena. A vida parecia perfeita para mim. A areia branca, a praia imensa e quase vazia, o sol que não chegava a esquentar com tanta voracidade como acontecia no Brasil, as pequenas barraquinhas vermelhas e o farol em uma das pontas, dando à paisagem um ar todo característico, os guarda-sóis espalhados espaçadamente e os dois ao fundo, sem perceberem que alguém os observava.

Fui invadida por uma sensação estranha. Algo que nunca havia vivenciado antes. Uma paz que parecia parar o vento, firmar o sol, dar brilho à areia e um sabor de felicidade que tocava a ponta da minha língua com cuidado, contudo, deixando claro que seria permanente.

E eu assim desejei que fosse.

Desci a pequena rampa e corri na areia. Corri na direção dos dois, ansiosa demais para deixar a vida seguir, para ter dias normais ao lado deles, para dizer o quanto os amava.

Guilherme foi o primeiro a perceber a minha presença. Assim que me avistou, se inclinou na direção do Guto, carregando-o. Uma figura paterna perfeita. Eles me receberam com os braços abertos, cheios de carinho, beijos e risos.

— Conseguiu resolver o problema no banco? — Guilherme perguntou, abraçado a mim, e observando Guto ir e voltar com medo das pequenas ondas, ou da água gelada em seus pezinhos descalços.

Abracei ainda mais seus corpos, desgostosa por continuar mentindo. Aquele teria que ser o meu eterno segredo. Meu noivo nunca me perdoaria se soubesse o que fiz, e eu não queria perdê-lo.

— Consegui, sim. O gerente me ajudou com o resgate de alguns investimentos.

— Que bom! — Deu um beijo rápido no topo da minha cabeça. — E o que quer fazer agora?

— Hum! Que tal um passeio pelo centro de Aveiro?

— É onde tem os barquinhos?

Eu ri. Não conseguíamos lembrar como o passeio de gôndolas era chamado ali.

— Isso mesmo. Vamos?

— Para onde você quiser, Vanessa!

Falou com devoção, confirmando o que me dizia todas as noites. Guilherme me seguiria para onde quer que eu fosse. Sem saber que eu só iria para onde ele estivesse.

ISABEL RODRIGUES

Finalmente estava acabado.
Pousei meus olhos na paisagem que se delineava pela janela do avião, o Rio de Janeiro surgindo por entre as nuvens lá embaixo. Sorri, apertando a boneca que tinha comprado por impulso para Júlia no aeroporto em Portugal. Estava morrendo de saudade da minha bebê e não via a hora de abraçá-la, agora sabendo que estávamos livres.

Ou melhor, eu estava livre.

Júlia ainda era uma criança. Não entendia o que os adultos eram obrigados a fazer às vezes para manter um teto sobre suas cabeças. Pensar em todas as coisas que eu fiz naqueles anos no intuito de mantê-la segura fez o sorriso morrer em meu rosto por um instante. Recordações nada bonitas.

Sim, agora eu estava livre daquela vida. Nunca mais ia precisar me sujeitar a homem nenhum por dinheiro. Mesmo que já fizesse alguns meses do meu último programa.

Bem, se é que eu podia dizer que Felipe fora um programa.

No final, nunca tínhamos transado. Mas ele fora, de alguma forma, meu último cliente.

A última vez que coloquei uma máscara para seduzir um homem.

Não gostava de lembrar que por um ínfimo segundo cogitei a possibilidade de que Felipe pudesse se transformar em mais do que isso. Hoje, eu lhe agradecia por ter sido escroto comigo naquele momento de fraqueza em que pedi para ficar com ele, iludida pela falsa promessa de uma vida melhor.

Não queria nem imaginar que tipo de podridão eu teria que passar se ele tivesse aceitado. E olha que já tinha conhecido muito cara escroto, a começar pelo pai da minha filha, mas, depois de ouvir as histórias de Élida, Melina e Vanessa, eu podia dizer com certeza que eu tive foi muita sorte de ter passado apenas de raspão por sua sedução.

E claro, foi um prazer imenso fazer parte daquele plano para jogá-lo na lama. Sorri de novo, enquanto o avião pousava na pista.

Felipe agora estava atrás das grades. Sem dinheiro. Sem mulher. Sem dignidade alguma.

E esperava que continuasse lá por bastante tempo.

E quanto a nós, as mulheres que ele havia usado e degradado, estávamos livres e ricas graças ao dinheiro que ele tinha roubado.

Ladrão que rouba ladrão tem cem anos de perdão, não é o que diz o ditado popular?

Eu não sentia nem um pouco de remorso por aceitar a minha parte daquela grana. Aquele era o passaporte para uma vida diferente. Para mim e para minha filha.

E foi com essa esperança que eu caminhei pelo desembarque, ansiosa para rever minha filha e começar minha nova vida, ignorando o olhar interessado do homem engravatado ao meu lado. Em outros tempos, eu lhe sorriria com malícia. Deixaria claro que ele poderia ter de mim o que quisesse se me desse algo em troca. Bem, aquela Isabel ficou no passado.

Apressando o passo, saí pelas portas de vidro e de repente parei ao reconhecer alguém por entre as pessoas que esperam no desembarque.

O homem alto estava de costas, mas o tom inconfundível dos seus cabelos não deixava dúvida.

O delegado Fráguas se virou, os olhos percorrendo os passageiros que desembarcavam e parando em mim.

Merda.

Tinha sido descoberta.

Meus passos vacilaram, mas sustentei seu olhar enquanto avançava parando à sua frente.

— Achou que eu não fosse descobrir? — Sua voz fria como o gelo me desestruturou por alguns instantes, mas me mantive impassível.

— Estou encrencada? — desafiei.

Ele se manteve em silêncio. O olhar me avaliando.

Eu mal ousava respirar.

Então, quando já estava começando a ficar irritada, ele se inclinou e me beijou.

— Ah, merda! Você me assustou! — resmunguei por entre seus lábios, fazendo-o rir.

— Isabel, achou mesmo que ia sair do país e eu não ia saber?

Bem, ele tinha razão.

Isso que dava namorar um delegado da Polícia Federal.

Mesmo um delegado de conduta duvidosa como Marcelo Fráguas.

Ainda me recordava, como se fosse ontem, da noite em que ele apareceu na minha casa sem avisar, depois que Felipe foi preso. Sem fazer ideia de que eu estava metida naquela história até o pescoço. E por isso mesmo eu devia tê-lo colocado para fora da minha casa e da minha vida. Mas, quando se tratava do delegado, meu senso de proteção parecia totalmente desvirtuado.

E eu o deixei ficar. No meu apartamento. Na minha cama.

Na minha vida.

Mesmo sabendo, bem lá no fundo, que um dia ele poderia descobrir o que eu fiz.

O que todas nós fizemos.

Assim, os dias passaram. Os meses. Felipe foi julgado, e um dia fui surpreendida quando Fráguas virou para mim e perguntou quando eu iria contar que tinha mais envolvimento com o caso Felipe Prado do que tinha deixado transparecer.

— Como você sabe? — Eu o encarei chocada, e ele riu enquanto acendia um cigarro.

Estávamos na praia, estirados em uma espreguiçadeira em um típico dia de domingo enquanto Júlia brincava de fazer castelo de areia mais à frente.

— Eu não sabia, mas essa sua cara de culpada diz tudo.

— Seu... seu filho da puta, você esperou seis meses para me testar e me pegar desprevenida!

Ele deu de ombros, muito presunçoso.

— Eu sempre desconfiei de que tinha algo. E ainda desconfio. Só queria que você fosse sincera comigo e me contasse.

Eu o encarei sem saber o que dizer.

Se podia dizer.

Naquele tempo em que estávamos juntos, eu tinha ido devagar. Não era fácil para mim confiar em um homem. Eu não queria cair em uma armadilha de novo, justo agora que faltava tão pouco para a liberdade final.

Mas Fráguas havia tomado espaço. Não só na minha vida, mas também no meu coração.

Um coração que eu julgava quebrado para sempre.

Ao que parecia, ele fora remendado pelo policial.

— Um camaleão reconhece o outro — murmurei, e ele segurou minha mão.

— Se não quiser contar, não conte. Mas eu gostaria de estar preparado para tirar minha esposa da cadeia caso ela se meta em confusão.

Arregalei os olhos com o coração parando de bater por um instante.

— Esposa?

Ele riu.

— Por que não? Acho que podemos pular certas formalidades. Mas, se quiser que eu ajoelhe, posso fazer o sacrifício. Embora ache que essa bobagem romântica não combina com você.

— Não combina mesmo — murmurei ainda aturdida.

Porra, ele estava me pedindo em casamento?

— E aí? Vai responder?

— Está falando isso só pra eu te contar?

— Eu sei quem é você, Isabel. Sei de todas as suas merdas. E mesmo assim não me importo. Foda-se. Se você teve alguma coisa a ver com toda a sujeira de Felipe Prado, isso ficou para trás. Aquele imbecil foi condenado e o caso está encerrado.

— E se não ficou?

Ele aguardou eu continuar, em silêncio.

— Não posso revelar segredos que não são só meus — eu disse, por fim.

Ele se inclinou e me beijou.

— Apenas prometa que vai me contar se precisar de ajuda.

— Eu não sou uma mocinha que precisa ser salva no final, ainda não entendeu?

Ele me beijou de novo.

— Eu sei.

Quando recebi o chamado de Vanessa para ir a Portugal, eu não disse nada a ele. Apenas fui.

Não esperei por permissão. Nem daria satisfação.

Muito menos esperaria por perdão agora.

Afinal, essa história não era sobre mulheres que cavavam sua própria redenção?

Mas Fráguas apenas pegou minha mala e me guiou para fora do aeroporto.

— Vamos embora. Amanhã cedo tenho que bater à porta de mais um político corrupto para levar para o xilindró.

Eu ri e o acompanhei.

Não tinha a ver com dominar, e sim com ficar e completar. Não era isso que minha vizinha Lúcia disse há tanto tempo?

ÉLIDA

— Eu sempre te achei linda, mas assim, mãe do meu filho, você está simplesmente perfeita.

Encarei o reflexo de Sávio aproximando-se de mim enquanto eu observava minha barriga de vinte e nove semanas de gestação no espelho do *closet*.

Eu tinha acabado de voltar ao apartamento que alugamos em Aveiro depois de um último encontro com três mulheres que, sendo bem sincera, esperava nunca mais ver pelo resto da minha vida. Isso porque finalmente havíamos encerrado o último capítulo da história que nos ligava.

A partir de agora, eu só queria aproveitar minha gravidez e meu marido, no país que escolhemos para recomeçar e para criar nosso filho.

Eu merecia essa felicidade.

— Talvez fosse mais modesto da minha parte dizer que são seus olhos, mas não vou mentir. Acho que nunca me amei tanto quanto me amo neste momento. Nunca me senti tão bonita quanto me sinto agora, gerando um bebê.

Sávio me abraçou por trás e beijou meu pescoço, fazendo com que eu me aconchegasse a ele e simplesmente me permitisse ser amada. Desde que cortei meu cabelo, o mantive curtinho. Dava menos trabalho e era prático, além de ser um corte moderno. Com isso, meu pescoço estava sempre à mostra, e Sávio se aproveitava para me encher de beijos no cangote.

Ele era tão carinhoso que no começo me deixava desconfiada e um pouco retraída. Nunca tive um namorado antes de Sávio, e meu relacionamento com Felipe não envolvia romance ou gestos afetuosos. Às vezes, tinha a impressão de que ele sabia de tudo pelo que passei nas mãos de Felipe e tentava me compensar, mostrando que eu era digna de ser bem cuidada e amada.

Embora eu não tivesse conseguido me abrir com Sávio a esse ponto, pela vergonha e pelos traumas psicológicos, de alguma forma o homem com quem me casei há pouco mais de três meses me ajudava a superar. Foi graças ao seu incentivo que comecei a fazer terapia, e os progressos se tornavam cada vez mais evidentes.

— Você está feliz? — perguntou Sávio, me fazendo virar para encarar seu lindo par de olhos azuis. — Aqui em Portugal, casada comigo...

Era estranho que ele fosse o inseguro da relação. Sempre achei que, por ser lindo e ter todas as mulheres disputando entre si sua atenção, Sávio fosse o tipo de cara que se achava a última Coca-Cola do deserto. Mas eu devia saber que, realmente, as aparências enganam.

Enquanto eu pensava que ele nunca me notaria como mulher, Sávio não se achava bom o suficiente para que eu me apaixonasse por ele. Com isso, fez de tudo para esconder de mim os seus sentimentos.

Mesmo quando eu acreditava que ele era um pegador, tudo o que passava na cabeça do @playboyencantado era tentar de alguma forma me fazer demonstrar ciúmes para ele descobrir se poderia existir alguma chance de eu estar minimamente interessada por ele. Seu maior medo era estragar a amizade que tínhamos, caso se declarasse e eu o rejeitasse.

Dois bobões que não enxergavam a verdade diante de si.

Agora eu tinha ao meu lado o homem que amava, e logo teria em meus braços um filho que nunca ousei sonhar ter, pelo medo de me iludir com a fantasia de uma família.

Nunca mais teria que me preocupar com dinheiro, pois tinha o suficiente para viver e, com os investimentos certos, não demoraria para multiplicá-lo. Descobri que era boa nisso também.

Sávio não me questionou sobre a origem da minha modesta fortuna, pois lhe garanti que não havia prejudicado ninguém que não merecesse. Acho que no fundo ele entendeu o recado, e tinha noção de que permanecer alheio às vezes era uma medida de segurança. Depois de tanto eu lhe pedir que confiasse em mim, ele simplesmente o fez em todos os aspectos.

Voltei a encarar nosso reflexo no espelho e sorri.

— Estou mais do que feliz, estou realizada.

Era a mais pura e simples verdade.

Você está livre agora. Você é foda, porra!

MELINA

A sequência de *stories* no Instagram em frente à janela com vista para o mar para divulgar tanto o hotel quanto a nova campanha que íamos fotografar naquela manhã ficou perfeita. Eu seguia rumo aos nove milhões de seguidores, dormia agradecendo pelas inúmeras propostas de trabalho aparecendo durante o dia e acordava já pensando sobre quais aceitar. Minha vida havia dado um giro positivo, melhor do que eu jamais poderia imaginar.

Para o início de uma recuperação mental, foram necessários meses, além da presença nada convencional da minha família, que não hesitou em dizer que estava certa o tempo todo, e, é claro, da minha turminha de amigas que, sim, tinha seu lado vagabunda, assim como todas as mulheres o têm. Ainda havia uma psicóloga e uma psiquiatra me ajudando a entender tudo o que tinha acontecido e uma receita de remédios que eu levaria na bolsa pelo resto da vida.

Mas fui me reerguendo aos poucos. Voltei ao trabalho, contratei uma equipe espetacular para me ajudar a lidar com o alvoroço das fofocas na mídia sobre meu sumiço relâmpago e a desistência de tudo. Muitas mentiras foram contadas para que aqueles que ficaram contra mim me abraçassem outra vez. Naquele ramo, era isso ou passar o resto da vida me desculpando.

Mas ali era irônico que, num momento tão importante da minha vida, eu tivesse escolhido Fernando de Noronha.

Lembrar dele ainda doía todos os dias.

Ainda não me permiti dizer seu nome, assim como não voltei ao apartamento que ingenuamente passei anos chamando de "casa". Proibi as pessoas que sabiam da nossa relação de falarem sobre ele, me proibia diariamente de ir atrás de notícias. Ele estava em todos os cantos, tinha todo o meu coração. Parte era amor; outra parte era ódio. Eu esperava que algum dia, ao acordar, o ódio tivesse consumido a parte boa do que restou nas lembranças, pois só assim ele iria embora de vez.

Fiz vinte e nove anos. Ia para Santa Catarina todo mês, duas ou três vezes, dependendo de como estivesse a agenda de trabalho. Meu pai voltou a falar comigo assim que bati na porta de casa com uma mala na mão e os mesmos óculos escuros que usei para me esconder ao sair do avião. Ele sabia dos problemas com a polícia, então percebeu no meu rosto que algo deu errado.

Fiquei lá por uma semana. Foi insuportável. Minha mãe agia como se eu ainda tivesse vinte e quatro anos e não fosse aquela que saiu de casa para viver em função de um cara que mal conhecia. Mas deixei que fizesse isso. Acho que, na hora do baque, precisava saber que ainda existia alguma verdade em minha vida, mesmo que fosse a relação louca dos meus pais, meu irmão que se casou com nossa prima e os netos que minha mãe ora amava, ora odiava por serem filhos da sua sobrinha.

Ninguém me perguntou o que houve entre nós. Talvez estivesse explícito em meu rosto o fato de que não ia falar sobre o assunto; quando passava algo sobre ele na TV, noticiando o escândalo, eu saía imediatamente.

Vi a filha de Rebeca nascer, fui madrinha da criança e vivia constantemente negando os avanços de Leonardo, agora casado com minha melhor amiga. Quando fui visitar Íris, a filha deles, pela primeira vez, ele me encurralou na cozinha e deixou claro que lutaria por uma segunda chance.

Eu estava calejada de caras casados. Apanhei nos dois lados do rosto para aprender. Cortei as asinhas dele na hora e, quando voltei ao quarto da menina, Rebeca me deu um sorriso triste.

— Tudo bem se ficar com ele, Lina. — Ela trocava a fralda de Íris ao falar. — Ele te ama e eu o amo. Mas amo você também. Todas as mulheres casadas precisam aprender a lidar com isso.

— Não diga bobagens.

— É verdade. Eu prendi o cara com uma gravidez, o que mais podia esperar?

Depois daquela nossa conversa, entendi que dificilmente as pessoas têm finais felizes. Sempre existiria algo no começo, no meio ou no fim que mandaria tudo direto para o inferno. Então parei de buscar o meu. Passei a aproveitar os dias de felicidade e tive que aprender a lidar com aqueles de tristeza. Particularmente, gostava mais dos raivosos. Meus amigos me odiavam nesses, mas entendi que era neles que eu me encaixava melhor.

Decidi parar de ser careta. A boneca perfeita estaria sempre dentro de mim, treinada para aparecer em público. Mas a Melina que *ele* não gostava que eu fosse ganhou um espaço maior em quem eu era. Aquela que desafiava, falava o que pensa, que não tinha medo de arriscar e de se impor. A minha favorita.

Me entreguei a outros homens, às vezes só por diversão e, outras, por tédio. Comparei todos com ele, mas não me permiti ficar presa à ideia de que não deixaria outro tocar o que lhe pertencia. Aceitei trabalhos que ele me fez recusar e fui feliz com isso.

Passei a escalar minha subida para fora do poço. Outro homem jamais teria o meu coração, mas nenhum me jogaria para baixo novamente também.

— Ainda bem que já está acordada! — O gerente da marca, Vini, invadiu meu quarto com um exército de maquiadores, *personal stylist*, cabeleireiros, manicure e pedicure. Até o fotógrafo já foi se preparando num cantinho para filmar os bastidores.

— Sabia que se dormisse demais você ia passar todo o tempo da maquiagem reclamando do rosto inchado.

Cumprimentei todos eles e esperei que montassem o espaço de trabalho antes de sentar e deixar que me produzissem.

Vini segurou meus ombros, apoiando o queixo em minha cabeça e me encarando pelo espelho.

— Hoje é um grande dia, Lina. Tem noção do que estamos prestes a fazer?

— Trabalhei meses por isso, Vini. — Respirei profundamente, sorrindo mais para mim mesma do que para ele. — Finalmente vai acontecer.

— E será um sucesso. Graças a você!

Sim, graças a *mim*.

— Eu quero propor um brinde. — Poliana, minha assessora e amiga de vida, ergueu o catálogo no qual a coleção estava definida. — Anos atrás essa mulher à nossa frente desistiu da faculdade de moda, e hoje ela é um exemplo de que, mesmo depois de anos, ainda podemos correr atrás dos nossos sonhos! Um brinde à Melina e um brinde a Little Doll!

Minha equipe me aplaudiu, brindando mesmo sem taças e sem champanhe. Isso ficaria para a festa, ao anoitecer. Mas senti um orgulho imenso aflorar e tocar meu coração profundamente. *Little Doll*, ou *Bonequinha*, era a próxima fase da minha vida. O nome carregava lembranças de uma existência inteira, e talvez daqui a alguns anos eu me arrependeria de dedicar meu sucesso a ele. Mas hoje, me olhando no espelho daquele hotel onde nos conhecemos anos atrás, vi o fruto do meu trabalho acontecer à minha volta e ergui o queixo. Me ergui. Levaram anos, mas finalmente descobri.

Isso é o que eu era sem Felipe Prado.

▪ *Fim* ▪

AGRADECIMENTOS

• *Tatiana Amaral* •

Quando me convidaram para fazer parte deste projeto, pensei: "Isso não vai dar certo". Sempre divulguei que jamais conseguiria escrever em parceria com ninguém devido à minha natureza individualista, além da minha incapacidade de aceitar sugestões em meus textos. Então, trabalhar com mais três autoras, todas dentro do mesmo romance, e extrair disso o melhor foi um choque para mim.

Mas, para a minha surpresa, na primeira reunião, me apaixonei pelo projeto e me vi ansiosa para construir algo com autores que eu já admirava.

Fui presenteada com a Vanessa Prado, uma personagem que me desafiou por não ser a mocinha inocente, a garota livre, nem mesmo a mulher independente que luta pela sua carreira, que sempre foi o que escrevi. A Vanessa era uma personagem fria, vingativa, estrategista. Ela me desafiou e eu comprei a ideia.

Amei tanto a Vanessa que escrevi muito rápido a sua participação nesta trama que, na minha opinião, ficou digna de filme. Eu queria mais. Poderia escrever uma série inteira sobre a personagem, que se parece muito mais com as minhas vilãs do que com as minhas mocinhas.

Então, com muito prazer, entrego Vanessa Prado para vocês, e espero que gostem dela como eu gostei.

Por este motivo, escrever meus agradecimentos se tornou uma tarefa deliciosa. Pela primeira vez eu sei exatamente a quem devo agradecer. Então, vamos lá:

Agradeço ao Felipe Colbert, meu agente, por não ter desistido de mim quando fiquei insegura em aceitar escrever este livro. Você sempre sabe mais do que eu, e só me guia pelos melhores caminhos.

Agradeço também às meninas, essas autoras lindas que entraram nesta aventura com a mesma alegria e empolgação que eu. Evy Maciel, Juliana Dantas e Nana Simons, vocês foram incríveis! Aprendi muito e amei escrever com vocês.

Agradeço às minhas betas por embarcarem nesta comigo mais uma vez. Winnie Wong, Sheila Pauer, Gabriela Canano, Thárcyla Pradines, Kelly Fonseca, Thaisa Amaral, Gllauce Brandão e Marcira Jara. Mais uma vez vocês fizeram um lindo trabalho. Gratidão eterna.

Preciso agradecer também a duas pessoas especiais: Dra. Lívia Guanabara, advogada que me ajudou nos termos técnicos para compor o Guilherme (você nem faz ideia do quanto tornou este livro mais completo), e Tenente Roberto Lacerda, por me ajudar a entender como funciona a participação da polícia em um crime como o do Felipe Prado. Os dois foram essenciais. Obrigada!

Por fim, agradeço a vocês, leitores fiéis que me acompanham, por chegarem até aqui comigo e por estarem sempre ao meu lado.

Obrigada! Obrigada! Obrigada!

AGRADECIMENTOS

• *Juliana Dantas* •

Quando nos reunimos pela primeira vez para definir o tema deste projeto, ainda falávamos de uma coletânea. Particularmente, não sou fã de contos. Acho frustrante porque, quando estamos nos empolgando, a história acaba. Então sugeri que fizéssemos um romance, uma única trama com quatro pontos de vistas diferentes, em que cada autora seria dona de uma personagem. Muitas conversas no WhatsApp depois, chegamos à história do infame Felipe Prado e das mulheres em sua vida.

A mim, coube Isabel, a garota de programa que finge ser uma sedutora babá adolescente. Maliciosa, esquiva e mentirosa, é assim que o delegado Fráguas a descreve, mas Isabel também é mulher forte e batalhadora que faz o que for preciso para sustentar a filha. Como muitas mulheres, já sofreu em um relacionamento abusivo e saiu dele mais forte e decidida a sobreviver em um mundo em que, às vezes, é preciso agir de forma nada ortodoxa. E é isso que eu amo nessa personagem, tão diferente de todas as outras que já escrevi. Sua personalidade dúbia, ora mocinha, ora vilã, a fez única. Aliás, essa ambiguidade está presente em quase todos os personagens deste livro, tornando-o delicioso.

Eu amei participar de um projeto que sai do lugar comum, trazendo personagens tão ricas e humanas. Adorei dar vida à Isabel e também acompanhar as outras personagens. E só tenho a agradecer às outras autoras, pois fizeram o processo ser incrível. Eu amei escrever a oito mãos, e, mesmo as coisas ficando embaralhadas às vezes (vocês não têm ideia do que são quatro cabeças criativas pensando ao mesmo tempo!), a experiência foi gratificante.

Então, muito obrigada, Tati, Evy e Nana, pela companhia neste projeto.

E claro, não posso deixar de agradecer ao Felipe Colbert por nos guiar nesta jornada e emprestar o seu nome para o nosso vilão!

Também ao Alexandre e ao Sergio Mirshawka da DVS, por nos darem total liberdade de criação e confiarem em nosso trabalho.

Aos leitores, espero que tenham tido uma boa leitura!

AGRADECIMENTOS

• *Evy Maciel* •

Trabalhar neste projeto foi uma experiência engrandecedora. Pensei que seria complicado ter que dividir espaço com outras autoras — sendo elas supertalentosas — e ainda assim manter certa individualidade, um desafio e tanto. Eu já as conhecia, e trabalhar com elas só fez com que passasse a admirar ainda mais a competência e dedicação que cada uma tem com seu trabalho.

Tatiana, Juliana e Nana (sou a única sem "ana" no final!), agradeço a vocês por contribuírem com ideias mirabolantes para que a nossa história ganhasse forma. Até que foi rápido quando a gente finalmente entendeu o que estava fazendo! Vocês são incríveis e me tornei fã!

Ao meu agente, Felipe Colbert, obrigada por juntar esse time de mulheres e acreditar que juntas conseguiríamos criar algo que realmente vale a pena ler!

À DVS, obrigada por abraçar a ideia e nos dar liberdade para deixar fluir a nossa imaginação.

E aos leitores, sou grata por vestirem a camisa da literatura nacional e apostarem em romances escritos por autoras brasileiras — cada vez mais!

Muito obrigada!

AGRADECIMENTOS

• *Nana Simons* •

Trabalhar com alguém de forma tão íntima, como que deixando que coloquem as mãos no que é seu, não é fácil. Misture quatro autoras com cabeças completamente diferentes quando se trata de criar histórias e tente imaginar o cenário. Foi um verdadeiro teste, mas, ao ver o resultado final, eu voltaria meses atrás e aceitaria mais uma vez. Estou agradecida por poder dividir essa experiência com a Evy, a Ju e a Tati, mulheres que leio e admiro.

O meu muito obrigada a Felipe Colbert pelo convite especial e por ter confiado no meu trabalho para fazer parte disso.

Preciso agradecer à TM Kechichian, por ter me escutado falar dessa história e ter me tranquilizado. Depois daquele papo na sua sala, essa história saiu num sopro!

Obrigada a Alexandre e Sergio Mirshawka, da Editora DVS, por terem confiado em nós para criar essa história da nossa forma e levá-la até vocês.

Por fim, obrigada aos meus leitores que vão ler minha Melina e, como sempre, talvez amá-la, talvez odiá-la. Essa personagem foi um desafio porque, quem me conhece e lê, sabe que eu adoro extremos: completamente doce ou completamente louca. Contudo, Melina foi metade das duas coisas. Me apaixonei por ela quando o papel foi dado. A quarta mulher, sonhadora e enganada. Mas isso nos traduz. Nunca somos só uma coisa, não é?

Espero que, mais uma vez, essa jornada tenha tocado você de alguma forma, assim como fez comigo.

Até a próxima.

Este livro foi composto nas tipologias
Antiga, Mrs Eaves e Palatino Linotype,
e impresso no papel Pólen Soft 70 na Gráfica Viena

Abajour
BOOKS

WWW.ABAJOURBOOKS.COM.BR